ZWEI FRAUEN UND EIN MORD

AF198256

Jutta Mehler, Jahrgang 1949, hängte frühzeitig das Jurastudium an den Nagel und zog wieder aufs Land, nach Niederbayern, wo sie während ihrer Kindheit gelebt hatte. Seit die beiden Töchter und der Sohn erwachsen sind, schreibt Jutta Mehler Romane und Erzählungen, die vorwiegend auf authentischen Lebensgeschichten basieren, sowie Kriminalromane.

JUTTA MEHLER

ZWEI FRAUEN UND EIN MORD

Kriminalroman

emons:

Bibliografische Information der Deutschen Nationalbibliothek
Die Deutsche Nationalbibliothek verzeichnet diese Publikation
in der Deutschen Nationalbibliografie; detaillierte bibliografische
Daten sind im Internet über http://dnb.d-nb.de abrufbar.

© Emons Verlag GmbH
Alle Rechte vorbehalten
Umschlagmotiv: mauritius images/Udo Siebig
Umschlaggestaltung: Nina Schäfer, nach einem Konzept von
Leonardo Magrelli und Nina Schäfer
Umsetzung: Tobias Doetsch
Gestaltung Innenteil: César Satz & Grafik GmbH, Köln
Druck und Bindung: CPI – Clausen & Bosse, Leck
Printed in Germany 2018
ISBN 978-3-7408-0274-5
Originalausgabe

Unser Newsletter informiert Sie
regelmäßig über Neues von emons:
Kostenlos bestellen unter
www.emons-verlag.de

Dieser Roman wurde vermittelt durch die Aulo-Literaturagentur.

Wir müssen lernen, entweder als Brüder miteinander zu leben oder als Narren unterzugehen.

Martin Luther King

Prolog

»Inno! Innocent! Wieso liegst du denn da mitten auf dem Tanzboden? Ist dir schlecht? Oder bist ausgrutscht und hast dir den Fuß verknackst?« Eva Brunriedl ließ den Henkelkorb fallen und hastete quer durch den ehemaligen Festsaal. »Innocent? Jetzt sag halt was.«

Weil der junge Nigerianer ihr nach wie vor den Rücken zukehrte und keine Anstalten machte, sich zu bewegen, ging sie um ihn herum und bückte sich, um ihm ins Gesicht schauen zu können.

Innocent lag auf der Seite, hatte die Beine angezogen und den linken Arm mit gestreckten Fingern wie einen Zeigestock hinter dem Körper abgelegt. Der rechte Arm ruhte angewinkelt unter dem Brustkorb. Von seinem Gesicht waren nur das linke Ohr und ein Teil der Wange zu sehen. Der Rest wurde von seiner Mütze verdeckt, die ihm über Stirn und Augen geglitten war.

Eva kniete sich hin, griff nach der Mütze, zog sie weg und begann im nächsten Moment zu keuchen.

Innocents Stirn war blutverschmiert, sein linkes Auge starrte ihr blicklos entgegen.

»In – no.« Es klang wie zerhackter Seufzer.

Nachdem Eva es geschafft hatte, ihren Atem halbwegs unter Kontrolle zu bringen, legte sie die Hand auf Innocents linke Brustseite, schloss die Augen, horchte, fühlte und merkte, wie sich Panik in ihr ausbreitete.

Dann ging ein Ruck durch ihren Körper. Energisch zog sie ihr Mobiltelefon aus der Gesäßtasche ihrer Hose und tippte 112 ein.

In den darauffolgenden Stunden und Tagen gaben sich bei Eva Brunriedl Polizisten, Leute von der Spurensicherung, Kripobeamte und Zeitungsreporter die Klinke in die Hand.

In Zirnding und Umgebung sprach man von nichts anderem als von dem toten Asylbewerber auf Evas Tanzboden. In den Nachrichten wurde darüber berichtet und natürlich im Tagblatt.

Sämtliche Hausbewohner wurden verhört – allen voran Eva –, etliche Zimmer wurden durchsucht, Fragen wurden aufgeworfen und meist unbeantwortet wieder fallen gelassen. Und irgendwann schien die Sache damit erledigt zu sein. Nach einer guten Woche schlief die Berichterstattung ein. Die Kripoleute machten sich rar. Die Zirndinger wandten sich anderen Themen zu. Der Mord an Innocent begann zu verblassen.

Eva Brunriedl warf den Stift auf die Tischplatte, hob den Kopf und sah ihre Nichte mit schmalen Augen an.
»Was is fest ausgmacht?«
Felizitas nickte, wohl um auszudrücken, dass sie recht gut wusste, was ausgemacht war.
Eva wollte sich gerade mit einem »Also dann« wieder ihrem Schreibkram zuwenden, da fiel ihr das vorgereckte Kinn ihrer Nichte ins Auge, der feste Blick, die straffe Haltung.
Statt des »Also dann« stieß sie einen Seufzer aus. »Gilt auf einmal nicht mehr?«
Felizitas demonstrierte Entschlossenheit. Kein Blinzeln, kein Gewicht-aufs-andere-Bein-Verlagern, kein trockenes Schlucken. »Innocent ist vor zwölf Tagen erschlagen worden.« Ihre Stimme klang fast automatenhaft, so sehr bemühte sie sich, nicht das kleinste bisschen Schwäche heraushören zu lassen. »Und die Polizei hat noch nix rausgefunden. Nix über den Täter, nix übers Motiv.«
»Weil sich die Scheißpolizei einen Scheißdreck drum schert, wenn ein Scheißasylant hopsgeht«, sagte Eva und nahm den Stift wieder auf. »Denen ist das doch scheißegal.«
Sie sah Felizitas kurz die Augen schließen und tief Luft holen. Eva biss sich auf die Lippen. Zugegeben, in letzter Zeit übertrieb sie es mit dem Scheiß-dies und Scheiß-das. Aber es gab ja kaum noch etwas, das die Bezeichnung nicht verdiente.
Andererseits schien sie damit allmählich Anstoß zu erregen.
Vor einiger Zeit hatte sie Chantal zu ihrer Nichte sagen hören: »Deine Tante Brunriedl hat ja schon immer einen Hau gehabt, aber seit sie die Asylantenmama spielt, ist sie voll abartig drauf.«
Ausgerechnet Chantal musste sich vor Felizitas über sie

mokieren. Chantal Mösenbichler, das Flitscherl aus dem Friseursalon.

»Aber willst du nicht auch wissen, wer den Inno auf dem Gewissen hat?«, fragte Felizitas.

Eva warf den Stift quer durch den Raum. Er flog in hohem Bogen ans Fenster, prallte ab und blieb mit der Spitze in einem Blumentopf stecken.

Warum konnte ihre Nichte nicht endlich akzeptieren, dass der Scheißmörder ungestraft davonkommen würde? Nicht einmal die Polizei wollte sich in den Fall reinhängen. »Die ganze Rumfragerei ist für die Katz«, hatte Sepp Maxenberger nach den ersten Verhören gesagt. »Die mauern, die können auf einmal kein Wort Deutsch mehr, die halten so was von dicht.«

Maxenberger war ein Vollpfosten, keine Frage, aber in diesem Fall schätzte er die Lage richtig ein. Evas afrikanische Hausgäste hüteten sich davor, Informationen über sich und ihre Mitbewohner preiszugeben.

Sofern sie überhaupt Informationen besaßen.

Felizitas war ans Fenster getreten und pickte den Stift aus dem Blumentopf. Trockene Blätter raschelten, als sie die Hand zurückzog.

Die Pflanze war also inzwischen verdurstet. Sollte sie doch. Was hier in der alten Gaststube geschah, interessierte Eva nicht mehr. Vor ein paar Wochen hatte sie mit einem lautstarken »Ihr könnt mich alle mal« Türen zugeknallt und damit quasi gekündigt.

Mit »alle« waren speziell fünf junge Männer gemeint gewesen. Fünf Afrikaner, deren genaue Herkunft sie nicht kannte.

Dass Evas Abdankung Kollateralschäden verursachen würde, war abzusehen gewesen. Dass auch die arme Birkenfeige leiden musste, zeigte, wie wütend Eva gewesen war und wie wenig ihre Wut sich seither gelegt hatte.

Felizitas hielt ihr den Stift hin, doch sie griff nicht danach, fixierte ihre Nichte mit Basiliskenblick. »Man hat uns gewarnt.«

Ein kompletter Satz ohne das Wort »Scheiße«. Ein Zeichen, wie ernst Eva es meinte. Bitterernst. Sie musste Felizitas zum Einlenken bringen.

Die presste ihre Kiefer so fest aufeinander, dass man es knacken hörte. »Die Lage ist brenzlig, das weißt du doch.« Eva schnappte sich den Stift und hämmerte damit auf die Tischplatte, sodass darin kleine Löcher entstanden. Im Takt dazu sagte sie: »Es hat ja immer mal wieder ein bisschen gekriselt. Geht gar nicht anders, wenn man einen Haufen junger Kerle zusammensperrt, dazu müssten die nicht mal aus allen möglichen Ecken von Schwarzafrika kommen.« Sie zeigte mit dem Stift auf den Durchgang zur Großküche, von wo Geschirrklappern zu hören war und ein sagenhaft köstlicher Duft hereinwehte. »Aber seit der Sabo da ist, haben wir Krieg.«

Sabo, so nannte Eva einen der Asylbewerber seit dem Tag des Türknallens. Sie hatte Innocent nach einem afrikanischen Ausdruck für »Verräter« gefragt. Er hatte das Wort auf eine alte Zeitung gekritzelt.

Innocent war seit zwölf Tagen tot. Erschlagen. Von Sabo? Von ihm oder einem seiner Anhänger, dachte Eva. Von wem genau, interessierte im Dorf nicht wirklich. Niemanden interessierte das. Nur Felizitas.

»Einen beschissenen Scheißkrieg«, fuhr sie mit erhobener Stimme fort. »Wegen Allah oder irgendeinem andern Gott, wegen dem Koran oder der Bibel, wegen irgendeiner Scheißstammeszugehörigkeit oder Scheißbruderschaft, was weiß ich. Der Krieg wird heimlich geführt, aber glaub mir, da gärt es ganz gewaltig. Sabo und seine Kumpane sind hinterfotzig. Das haben sie ja gründlich bewiesen.« Sie wies mit der Spitze des Stifts auf ein gerahmtes Foto, das über dem Schanktisch hing. Ein Bild aus den glücklicheren Tagen, bevor dieser Sabo eingetroffen war und eine Gruppe Umstürzler um sich versammelt hatte. Es zeigte Innocent, Kobe und Tayo aus Nigeria, Bouba, Sidy, Oumar aus dem Senegal in orangefarbenen Anzügen vom Bauhof mit Schaufeln in den Händen. »Wer im Krieg zwischen die Fronten gerät, Felizitas, der wird eingestampft.«

Ihre Nichte musste endlich begreifen, dass Rückzug angesagt war.

Felizitas sah allerdings nicht so aus, als wollte sie die Richtung ändern. Eva ließ den Stift auf das halb ausgefüllte Formular fallen und machte sich auf Widerspruch gefasst.

»Innocent ist mein Freund gewesen«, sagte Felizitas bereits. »Ich muss wissen, wer ihn erschlagen hat.«

Eva warf ihr einen Blick zu, der als Antwort genügen sollte.

So war es auch, denn Felizitas erklärte geradezu trotzig: »Dass es Sabo und seine Leute waren, ist überhaupt nicht gesagt, auch wenn sie Streithammel sind.«

Natürlich hatte ihre Nichte recht. Was allerdings nichts daran änderte, dass sie die Finger von der Sache lassen musste. Aber zum ersten Mal, seit Felizitas bei ihr wohnte, biss Eva auf Granit. Noch nie zuvor hatte sich ihre Nichte so störrisch gezeigt.

Felizitas war sechs Jahre alt gewesen, als das Auto ihrer Eltern auf der Landstraße zwischen Aicha vorm Wald und Neukirchen vorm Wald von einem Lastwagen erfasst wurde. Der Unfall machte das Kind zur Waise. Eva und ihr Mann Alfred hatten sich sofort bereiterklärt, die Pflegschaft zu übernehmen, denn als Alternative wäre das Kind ihrer jüngeren Schwester im Heim gelandet.

Die ersten Monate als Neuling im Wirtshausbetrieb der Brunriedls mussten für Felizitas schrecklich gewesen sein. Doch wie Eva gehofft hatte, gewöhnte sie sich recht bald an ihr neues Zuhause, an Eva und Alfred und an die Pensionsgäste.

»So eine Wirtschaft hat ja viel Gutes«, hatte sie Jahre später einmal zu ihrer Tante gesagt. »Langweilig wird dir da nie, weil ständig Leute aus und ein gehen. Und jeder, der hereinkommt, bringt den neuesten Klatsch mit. Du musst bloß

Bitte senden Sie mir das aktuelle Verlagsprogramm zu

Ich möchte den Newsletter von emons: per E-Mail erhalten

Ich habe Interesse an Krimis aus folgender Region:

f Besuchen Sie uns auch auf www.facebook.com/EmonsVerlag

Name

Straße

PLZ/Ort

E-Mail

emons: verlag
Cäcilienstraße 48

50667 Köln

hinhören, dann weißt du immer ganz genau, was abgeht im Dorf.«

Eva hatte geschmunzelt. Genau deswegen war der Bürgermeister jeden Abend auf eine Halbe Coronator vorbeigekommen und der Pfarrer auf einen Schoppen Veltliner – der hatte es ja nicht weit, musste bloß über die Straße gehen. Der Chef vom Bauhof hatte regelmäßig auf drei Kurze hereingeschaut und der Vorstand vom SC auf eine Apfelschorle.

Damals setzten Eva und Alfred Brunriedl in ihrem Gasthaus hübsch was um. Gute Zeiten waren das, und Eva war in ihrem Element gewesen. Sie hatte gekocht und gebacken, die Gäste bedient und die Zimmer gemacht. Ihr Mann stand den ganzen Tag und die halbe Nacht hinter dem Ausschank, zapfte das Bier und füllte die Gläser. Und da, hinter dem Zapfhahn, war er am Allerheiligentag vor vier Jahren zusammengebrochen und wenig später gestorben.

Eva wäre es lieber gewesen, ihre Pflegetochter hätte nichts von dem Getuschel mitbekommen, das sich kurz darauf erhob, hatte jedoch schnell einsehen müssen, dass sich die Zirndinger das Schlechtreden einfach nicht verkneifen konnten – nicht einmal vor Zitas Ohren.

»Jede zweite Halbe hat er für sich selbst gezapft«, hieß es. Das sagten die Leute eigentlich immer, wenn ein Schankwirt ins Gras biss. Oft traf es sogar zu.

Was Alfred betraf, wusste Eva es besser. Und, wie sie bald erfahren sollte, war auch Felizitas nicht unwissend gewesen.

»Onkel Brunriedl hat sein Schnapsglasl jedes Mal untern Wasserhahn gehalten, wenn einer eine Runde ausgegeben hat, und sein Bierglas, das hat er nur mit Schaum vollgemacht. Ich hab ihm oft genug dabei zugeschaut. Onkel Brunriedl hat sich ganz bestimmt nicht totgesoffen«, hatte ihre Nichte kundgetan.

Und sie hatte recht damit gehabt. Aber Alfred war halt erst dreiundsechzig Jahre alt gewesen, als er den Löffel abgeben musste, und das hatte zu denken gegeben. Die Zirndinger machten kein Geheimnis daraus, was sie sich dachten.

»Der Doktor hat mir erklärt, dass Onkel Alfred an einem Gehirnschlag gestorben ist und dass so einen jeder kriegen kann, ob alt oder jung, ob Wirt oder Mesner«, hatte Felizitas hinzugefügt und dann mehr zu sich selbst gesagt: »So ist das, interessiert bloß keine Sau.«

Ja, dachte Eva deprimiert. Alfred ist schon mit dreiundsechzig gestorben. Felizitas war da gerade mal zwölf. Sie selbst hatte ein paar Monate zuvor ihren Sechzigsten gefeiert. Oben im Festsaal, mit halb Zirnding zu Gast. Alfred hatte einen Walzer mit ihr getanzt und ihr eine Urlaubsreise versprochen. Im November hatten sie das Wirtshaus für eine Woche schließen und nach Gran Canaria fliegen wollen. Aber daraus war nichts geworden.

Weil ich Ende Oktober schon keinen Ehemann mehr gehabt habe, dachte Eva, nur noch ein Wirtshaus an der Backe. Und Felizitas.

Aber ihre Nichte war keine Belastung gewesen, ganz im Gegenteil, von Tag zu Tag war sie Eva unentbehrlicher geworden. Da sie und Felizitas von irgendwas leben mussten, entschied Eva, die Gastwirtschaft weiterzuführen. Beherzt nahm sie den Schlegel und zapfte ein frisches Fass Bier an. Aber ohne Alfred hinterm Schanktisch war das Dorfwirtshaus nicht mehr dasselbe. Monat für Monat erschienen weniger Gäste.

Als sie an Alfreds zweitem Todestag vom Friedhof nach Hause gekommen waren, den Marmorkuchen angeschnitten hatten und zusammen am Tisch saßen, sagte Eva zu Felizitas: »Zita, das Geschäft rechnet sich nicht mehr. Ich mach zu, bevor die Sache kritisch wird.«

Felizitas schien kein bisschen überrascht. Offenbar hatte sie sich so etwas bereits gedacht. Sie nickte. Zu diskutieren gab es nichts, denn sobald ihre Tante einmal einen Entschluss gefasst hatte, führte sie ihn auch aus.

Nach einer Weile war Eva aufgefallen, wie bedrückt ihre Nichte wirkte. Sie hatte ihr Kakao nachgeschenkt, den Felizitas schweigend trank. »Was ist?«

Zita hatte herumgedruckst, dann rückte sie heraus damit.

»Ein bisschen mulmig wird mir schon, wenn ich es mir vorstelle: wir zwei mutterseelenallein in einem dichtgemachten Wirtshaus, wo mit der Zeit massig Spinnen, Mäuse und wer weiß was für Viecher in die leeren Zimmer einziehen.«

So war es dann ganz und gar nicht gekommen, was dem Zirndinger Bürgermeister zu verdanken gewesen war. Der hielt wenig davon, mitten im Ort ein erledigtes Wirtshaus stehen zu haben, und suchte nach Alternativen. Eines Tages kreuzte er bei Eva auf und machte ihr einen Vorschlag, der ihr – was enorm selten vorkam – eine Zeit lang die Sprache verschlug.

Der Bürgermeister nutzte ihr Schweigen und erklärte ihr seinen Plan ausführlich.

»Du musst nicht mal umbauen. Im Großen und Ganzen kann alles bleiben, wie es ist. Nur die Kühlkammer musst dichtmachen und einen Aufenthaltsraum musst einrichten. Aber da ist ja nicht viel dabei. Die Wirtshausküche und die Pensionszimmer kannst du so lassen, wie sie sind. Du stellst das Geschirr, die Bettwäsche und die Handtücher – ist ja alles da – zur Verfügung, kümmerst dich ein bisserl um die Asylanten und kriegst sechzehn Euro pro Tag für jeden. Da muss man doch nicht lang überlegen, wenn einem so ein Angebot gemacht wird. Wenn du die Bude leer stehen lässt, frisst sie dir die Haare vom Kopf, das kannst mir glauben.«

Der Bürgermeister kam derart in Fahrt, dass er überhaupt nicht merkte, wie schnell Evas Überraschung in Erleichterung umgeschlagen war. Dass das Haus – so gut wie unbewohnt – zu einer Ruine verkommen würde, wusste sie besser als er.

Ende November, pünktlich mit dem ersten Schnee, trafen sechs Nigerianer am Passauer Bahnhof ein. Eva lieh sich einen Ford S-Max mit sieben Sitzen aus und holte sie persönlich ab.

Sechs junge Kerle, schwarz wie der Eyeliner von Chantal Mösenbichler. Keiner konnte ein Wort Deutsch. Sie sprachen Englisch mit Eva, deren Wortschatz in dieser Sprache sich bisher auf »Okay« und »Coffee to go« beschränkt hatte. Auf dem Weg nach Zirnding lernte sie mindestens zehn neue Wörter dazu. In ihrem Haus nahm sie die Burschen auf, so wie sie acht Jahre zuvor Felizitas aufgenommen hatte. Die redeten sie allerdings nicht mit »Tante« an, sondern sagten »Mama« zu ihr.

Eva war eine strenge Mutter, ließ ihnen nichts durchgehen. Kein Schulschwänzen, kein Sich-vor-der-Arbeit-Drücken, keine Schlamperei und kein Aufmucken.

Auf Widerrede hatte sie stets die gleiche Antwort: »In deinem Country ist das anders? Da bist aber nimmer.«

Kurz vor Weihnachten kamen noch fünf junge Kerle, damit war die Mannschaft komplett.

Eine Zeit lang jedenfalls.

Die Namen der elf Asylbewerber, die damals in ihr Haus eingezogen waren, hätte sich Eva beim besten Willen nicht mehr ins Gedächtnis rufen können, denn bereits im Frühjahr begann das, was sie »Bäumchen wechsel dich« nannte: Ihre Schützlinge wurden ausgetauscht, nach und nach an andere Unterkünfte weitergereicht. Dafür kamen neue Burschen von irgendwoher.

Eva begriff nicht, warum man sie nicht dort beließ, wo sie sich halbwegs eingewöhnt hatten, und sie litt darunter.

Besonders weh tat ihr, wenn einer abkommandiert wurde, mit dem sie sich gut verstand. Am schlimmsten war, als Bafu gehen musste. Bafu hatte sie mehr als jeden andern ins Herz geschlossen, und er sie. »My good Mama« hatte er sie genannt.

Als Eva erfuhr, dass Bafus Tage in ihrem Haus gezählt waren, hätte sie der Asylbeauftragten am liebsten den Hals umgedreht.

»Die blöde Tussi verpflanzt unsern Bafu an den Arsch der Welt«, hatte sie gewettert, was von der inzwischen fünfzehnjährigen Felizitas trocken kommentiert worden war: »Als ob Zirnding nicht sowieso der Arsch der Welt wär.«

Evas Beurteilung sollte allerdings nach Bafus Umzug von ihm bestätigt werden.

»Zirnding ist Scheiße«, sagte Bafu, als er einmal zu Besuch kam. »Aber Loderhof ist Großscheiße.«

Scheiße war so ziemlich das erste Wort, das Eva Brunriedl ihren Schützlingen beibrachte. Sie benutzten es fleißig, wogegen sie bei ihnen nichts einzuwenden hatte. Bei Felizitas schon.

»Will ich nicht hören von dir«, pflegte sie ihre Nichte zu rüffeln. »Du nimmst das Wort nicht in den Mund, capito?«

»Hallo?«, hatte Zita ein- oder zweimal aufbegehrt. »Warum du, die Afrikaner, sogar der Karl, bloß ich nicht?«

»Weil ich nicht will, dass du in der Fäkalsprache daheim bist. Ende Gelände.«

»Zita?« Eva sah ihre Nichte scharf an. »Da ist nix zu machen. Also vergiss die ganze Gschicht.« Mit einem äußerst misstrauischen Blick setzte sie hinzu: »Haben wir uns verstanden?«

Felizitas schluckte. »*Ich* hab *dich* sehr gut verstanden.«

Eva konnte es kaum fassen. Auf Granit gebissen.

Sie stand auf, packte Felizitas bei den Schultern und begann sie zu schütteln. »Zünd ein paar Kerzen für den Inno an, spiel seinen Lieblingssong, stell dir sein Foto aufs Nachtkastl. Aber denk nicht mehr darüber nach, wer ihn auf dem Gewissen haben könnt. Und vor allem: Frag die Afrikaner nicht mehr über die Sach aus.« Daraufhin ließ sie ihre Nichte so plötzlich los, dass die zur Seite torkelte und sich am Schanktisch festhalten musste.

Als Felizitas das Gleichgewicht wiedererlangt hatte, schob Eva ihr Gesicht ganz nah an das ihrer Nichte: »Selbst wenn – was ein Mirakel wär – wir zwei Hübschen herausfinden könnten, wer den Innocent umgebracht hat, tät ihn das wieder lebendig machen?«

Zitas »Nein« kam kaum vernehmbar, aber es kam.

»Eben. Aber für dich – für uns alle zwei – könnt es gefährlich werden. Versprich mir …«

Eva spürte, wie sich ihre Nichte straffte.

Sie würde das Versprechen, das Eva haben wollte, nicht geben.

Das war gar nicht gut.

Andererseits war es besser, als hintergangen zu werden.

»Wär das nicht superverdächtig«, fragte Felizitas, »wenn ich mich überhaupt nicht dafür interessieren tät, wer's gewesen ist?«

Der Einwand war schlau, aber Eva hatte nicht vor, ihn gelten zu lassen. »Du hast dich in den letzten Tagen schon genug dafür interessiert. Schluss damit. Du stellst keine Fragen mehr, stocherst nirgends mehr rum.« Irgendwann würde ihre Nichte schon nachgeben.

Irgendwann vielleicht, aber nicht jetzt. »Meinst du wirklich, Tante, dass derjenige, der Innocent erschlagen hat, dich und mich auch umbringt, wenn er fürchten muss, dass wir ihm auf die Spur kommen könnten?« Bevor Eva eine Antwort parat hatte, fuhr Felizitas fort: »Das fürchtet der aber nicht. Garantiert nicht. Falls es Sabo oder einer von seinen Leuten gewesen ist, dann schon gar nicht. Die nehmen uns doch überhaupt nicht zur Kenntnis. Mit dir haben sie am Anfang nur deswegen geredet, weil es einfach nicht anders ging. Und dann haben sie so schnell wie möglich dafür gesorgt, dass du nichts mehr zu sagen hattest.«

Abermals schlau gedacht, musste Eva zugeben. Für ihr Alter – Zitas sechzehnter Geburtstag lag noch nicht lang zurück – war sie ganz schön gewieft.

Trotzdem. Oder gerade deshalb musste ihre Nichte es aufgeben, Innocents Mörder überführen zu wollen.

»Versprich mir –«, machte Eva einen neuen Vorstoß, durfte jedoch nicht ausreden.

»Ich kann nicht.« Felizitas' Miene wurde weicher. »Tante, ich bin's dem Innocent schuldig.«

»Einen Scheißdreck bist ihm schuldig«, regte Eva sich auf.

»Er ist doch mein Freund gewesen«, hielt Felizitas dagegen.

Eva stieß zischend die Luft aus. »Freund! Was ist denn

18

das für eine Freundschaft, wenn man sich kaum miteinander unterhalten kann? Und außerdem wär der Inno in drei, vier Wochen sowieso abgeschoben worden. Ende Gelände.« Sie beugte sich hastig über ihre Formulare, weil sie nicht sehen wollte, wie ihrer Nichte die Tränen in die Augen stiegen.

Doch den Blick abzuwenden nützte nichts, denn Felizitas sagte mit erstickter Stimme: »Tante, ich scheuer den Holzboden oben im Saal, ich wasch dein Auto und topf den Gummibaum um. Alles, was du willst. Aber ich kann das, was mit dem Inno passiert ist, nicht einfach von mir wegschieben und so tun, als wär nix. Weißt, das geht einfach nicht. Nicht mal, wenn ich es wollte.«

Eva hob den Kopf und starrte aus dem Fenster irgendwohin in die Ferne.

Vielleicht tat sie Sabo und seinen Leuten ja Unrecht. Vielleicht hatte sie die Burschen nur deshalb so auf dem Kieker, weil sie ihr bei Weitem nicht den Respekt und die Herzlichkeit entgegenbrachten, die sie von den anderen Asylbewerbern gewohnt war und auch von ihnen erwartete. Vielleicht waren sie grundanständig und harmlos. Vielleicht aber auch nicht. Wer wusste schon, weshalb sie aus ihrem Heimatland geflohen waren. Vielleicht waren sie Kriminelle, die sich zu viel aufs Kerbholz geladen hatten, um sich, wo auch immer sie herkamen, noch halbwegs sicher fühlen zu können. Vielleicht waren sie schlicht und einfach Banditen. Vielleicht machten sie kurzen Prozess mit Leuten, die ihnen ins Gehege kamen. Vielleicht waren sie aber auch bloß misstrauisch, wachsam und vorsichtig.

Es gab entschieden zu viele Vielleichts.

Tatsache war, dass man Innocent ermordet hatte, und zwar hier im Haus. Und deshalb hatte Eva Angst, speziell um Felizitas.

Ihre Stimme klang ein wenig heiser. »Vergiss den Kerl, Zita. Bitte.«

Dieses »Bitte«, das in Evas Wortschatz eigentlich nicht existierte, schien mehr zu bewirken als Argumente und Verbote.

Felizitas knickte sichtlich ein.

Gerade als Eva ihre Chance nutzen und doch noch ein Versprechen aus ihrer Nichte herausholen wollte, war aus dem Treppenhaus ein Krachen zu hören. Sie sprang auf, um nachzusehen, was draußen los war, kam aber nicht weit. Die Tür flog bereits auf. »Wer von denen hat denn einen alten Kühlschrank neben die Stiege gestellt? Was wollen die denn mit so einem Teil, das schon auseinanderfällt, wenn man bloß scharf hinschaut?«, rief Chantal erbost und stürmte in den Schankraum.

ZWEI

Eva stand, die Hände in die Hüften gestützt, im Treppenhaus vor einem etwas ramponierten Klein-Kühlschrank. »Wer hat denn das Scheißding da angeschleppt?«

Bouba, an den sie die Worte richtete, zuckte auf eine Weise die Schultern, die ihr sagte, dass er es gewesen sein musste. Eva deutete anklagend auf das Gerät. »Du weißt ganz genau, dass ihr nichts mitnehmen dürft aus dem Wertstoffhof. Das Scheißteil kommt wieder weg, und zwar pronto.« Sie warf einen zweiten Blick darauf und fügte hinzu: »Der funktioniert doch eh nicht mehr.«

Bouba nickte wie ein folgsames Kind und bückte sich, um das Kühlschränkchen in Richtung Ausgang zu schieben. Dabei stieß er mit dem Fuß gegen dessen Tür, die nur noch lose in den Angeln hing. Prompt fiel sie heraus, klapperte auf den Steinboden.

Eva setzte zu einer Verwünschung an, hielt jedoch inne, denn Bouba hatte sich aufgerichtet und sah sie mit einem seltsamen Ausdruck in den Augen an.

Was zum Henker …

Täuschte sie sich, oder flackerte sein Blick zu dem Schrottkühlschrank, der nun sein schäbiges Innenleben darbot?

Eva schaute es sich genauer an.

Die Klappe des winzigen Gefrierfaches rechts oben war verbeult und klaffte ein Stück weit auf. Die Glasfläche darunter wies einen Sprung auf, der mit Paketband geflickt worden war. Statt einer Lade für Obst und Gemüse gab es ein Wellengitter für Flaschen. Darüber befand sich ein Einlegeboden aus Plastik, und darauf lag ein Werkzeug. Es war knapp vierzig Zentimeter lang, sehr schmal und besaß an jedem Ende eine flache ringförmige Verdickung mit scharfen Ober- und Unterkanten. Eine dieser Verdickungen war auf der Oberseite bräunlich verfärbt.

Evas Blick blieb daran kleben. Ihre Gedanken rekapitulierten, wie der Gegenstand, mit dem Innocent erschlagen worden war und den man bisher nicht gefunden hatte, in der Zeitung beschrieben gewesen war.

Schwer und kantig und aus Metall.

Evas Piercing fing an zu zittern, als sich ihre Nasenflügel blähten. Ihre rechte Hand hob sich, wollte sich auf den Mund pressen, entschied sich jedoch anders, hob sich weiter, griff in ihre Kurzhaarfrisur und bekam die lila Strähne zu fassen, die sich strohiger anfühlte als der restliche Pelz. Eva zog daran, bis es wehtat. Sie musste heftig nach Luft schnappen, versuchte jedoch, sich selbst zu beschwichtigen. Bloß ein Scheiß-Ratschenschlüssel mit einem Rostfleck. Aber der Argwohn, die Tatwaffe vor sich zu haben, die der Täter womöglich in dem Schrottkühlschrank entsorgt hatte, ließ sich nicht verscheuchen.

Ihr Blick schoss zu Bouba hinüber, bat um ein beruhigendes Grinsen. Seine Miene war ausdruckslos, und das sprach Bände.

Auch Bouba hegte also den Gedanken, dieses Ding im Kühlschrank könne die Tatwaffe sein, nach der man tagelang vergeblich gesucht hatte.

Ein Ratschenschlüssel.

Schwer und kantig und aus Metall.

Die obere oder untere Kante einer der ringförmigen Verdickungen konnte Innocents tödliche Kopfverletzung durchaus herbeigeführt haben.

Mit einem Schauder erinnerte Eva sich an die tiefe Einkerbung oberhalb von Innocents Schläfe, die sie wahrgenommen hatte, und an all das Blut, das an manchen Stellen einen Farbton angenommen hatte wie der Fleck auf dem Ratschenschlüssel.

Und nun fand sich ein Ding, das möglicherweise, nein höchstwahrscheinlich die Tatwaffe war, in diesem ausgedienten Kühlschrank. Hatte Bouba ihn tatsächlich vom Wertstoffhof? Hatte er gewusst, was sich darin befand? Hatte er einen

Verdacht, wie die Ratsche hineingekommen war? In Evas Kopf begannen tausend Fragen durcheinanderzuwirbeln. Warum nur fühlte sie sich außerstande, wenigstens eine davon stellen?

Sie sah Bouba verstört an.

Er war ein stämmiger Kerl mit einem breiten Gesicht, platter Nase und gutmütigen Augen, die sich zu Schlitzen verengten, wenn er lachte. Im Moment blickten sie starr geradeaus, schienen irgendetwas zu fixieren, das nur er sehen konnte.

Eva stieß einen tiefen Seufzer aus. Sie hatte schon oft genug erlebt, wie einer ihrer Schützlinge einfach dichtmachte, wenn er sich überfordert, bedrängt oder sonst wie unter Druck gesetzt fühlte. Bouba würde nicht eine einzige Frage beantworten.

Eva ließ ihre lila Haarsträhne los und streckte die Hand langsam nach dem Ratschenschlüssel aus. Sie konnte nicht so tun, als gäbe es ihn nicht, und ebenso wenig konnte sie in ihrem Kopf die Überzeugung ausmerzen, dass die Tatwaffe vor ihren Augen lag.

Eva griff danach, aber Bouba kam ihr zuvor.

Erst jetzt bemerkte sie, dass er Handschuhe trug. Alte Arbeitshandschuhe mit Löchern an den Fingerkuppen.

Boubas behandschuhte Hand ergriff den Ratschenschlüssel und deponierte ihn mit einer achtlos wirkenden Bewegung auf dem Vilshofener Anzeiger vom Vortag, der auf der untersten Treppenstufe für die Papiertonne bereitlag.

Kaum hatte er das Ding weggelegt, schien er es auch schon vergessen zu haben. Er wandte sich dem Schrottkühlschrank zu, setzte die Tür ein und begann, ihn weiter Richtung Ausgang zu bugsieren.

Als er dabei eine kleine Drehung machte, um die Richtung zu korrigieren, traf Eva ein tiefgründiger Blick aus seinen weit geöffneten Augen.

Was wollte er ihr damit zu verstehen geben? Dass es ihm leidtat, den Kühlschrank angeschleppt und ihr damit – bewusst oder unbewusst – die Tatwaffe aufgehalst zu haben?

Dass er hoffte, sie würde tun, was zu tun war, und ihn dabei aus dem Spiel lassen?

Den Gefallen konnte sie ihm tun. Vorerst jedenfalls. Später würde sie ihn sich vornehmen, privat und unter vier Augen. In ihrer Küche, wo es keine Treppenabsätze und keine Flure gab, auf denen man herumlümmeln und belauschen konnte, was im Eingangsbereich gesprochen wurde.

Anklagend deutete sie auf den Kühlschrank. »Zisch bloß ab mit dem Mistding. Und lass dir nicht einfallen, noch mal was abzustauben am Wertstoffhof. Keine Kabel, keine Stecker, keine Rohrmuffen. Ist das angekommen?«

Ein kurzes Aufblitzen in Boubas Augen zeigte ihr, dass er zufriedengestellt war. Die Haustür schlug hinter ihm und dem Kühlschrank zu.

Eva starrte den Ratschenschlüssel an, der gleichmütig unter der Schlagzeile »Freie Bahn für offenes Internet« lag, und seufzte ein weiteres Mal.

Sie hätte eine Menge Fragen gehabt. Die dringlichste lautete: Wo kommt das Trumm her? Die zweitdringlichste: Was weiß Bouba darüber? Falls ihn ähnliche Ängste plagten wie sie selbst, würde es ziemlich schwierig werden, einschlägige Informationen aus ihm herauszuholen. Womöglich zeigten dann nicht einmal Marmorkuchen, Filterkaffee und leise Schlagermusik Wirkung.

Vielleicht aber doch.

Bouba musste schließlich wissen, dass er ihr vertrauen konnte, denn in den paar Monaten, die er nun hier wohnte, hatten sie eine geradezu enge Beziehung aufgebaut. Für Bouba war Eva tatsächlich »Good Mama« geworden. Er beherzigte ihre Ratschläge, ihre Kritik, steckte ihre Rüffel ein.

Eva gab es ja nicht gern zu, aber sie war zu Tränen gerührt gewesen, als er eines Abends mit einem Zwinkern zu ihr gesagt hatte: »I mog di.«

Was also könnte ihn daran hindern, ihr zu gestehen, was er wusste, vermutete oder sonst wie im Sinn hatte?

Die Antwort darauf lautete: der Zwiespalt, in den er sie bringen würde.

Mal angenommen, überlegte Eva, Bouba könnte mir Hinweise auf den Täter geben. Was mache ich dann? Ihn zu einer offiziellen Aussage zwingen? Ihn vor die Behörden schleppen, vor denen er mehr Angst hat, als ihm Innocents Mörder je einjagen könnte? Andererseits sollte der Täter nicht davonkommen dürfen. Das wollte Bouba sicherlich nicht, Eva genauso wenig und Felizitas am allerwenigsten.

Nur die Polizei schien kein Problem damit zu haben, denn es sah ganz danach aus, als würde der Fall des toten Nigerianers Innocent Kuti demnächst ungelöst zu den Akten gelegt werden, weil die Ermittler bisher nicht die geringste Spur zum Täter gefunden hatten.

Inwieweit sich Unfähigkeit und Desinteresse dabei paarten, musste dahingestellt bleiben.

Eva bückte sich, schlug den Vilshofener Anzeiger vorsichtig um den Ratschenschlüssel, knickte die Enden um und rollte das Papier so zusammen, dass es aussah, als wäre eine Salami darin eingewickelt. Dann hob sie das Paket auf, klemmte es sich unter den Arm und fragte sich, was sie nun damit machen sollte.

Fraglos galt es als ihre Bürgerpflicht, es schleunigst bei der Polizei abzuliefern. War es nicht sogar strafbar, Beweismittel zu unterschlagen? Unbedingt.

Die Polizei würde den Ratschenschlüssel auf Fingerabdrücke und Blutspuren untersuchen und vom Gerichtsmediziner feststellen lassen, ob Innocents Kopfwunde davon herrührte. Doch was auch immer sich bei diesen Untersuchungen ergab, man würde in jedem Fall wissen wollen, wo das Ding auf einmal herkam. Damit wäre Boubas Aussage fällig.

Eva befingerte das Paket unter ihrem Arm, das ihr mit jeder Minute schwerer zu wiegen schien. Eine Last war ihr aufgebürdet worden, die sie nicht tragen wollte.

Müde lehnte sie sich ans schmiedeeiserne Treppengeländer,

schloss die Augen und dachte an den frostigen Wintertag im vergangenen Januar, an dem sie Innocent, Kobe und Tayo vom Bahnhof in Passau abgeholt hatte. Drei lange, schlanke Kerle, von irgendwo aus Nigeria, mit dunklen Gesichtern und schneeweißen Zähnen, die zitternd in der Kälte standen. Sie kamen aus unterschiedlichen Gebieten, glaubten an unterschiedliche Gottheiten und hatten denselben Traum: Bleiberecht in Deutschland, Arbeitserlaubnis, Geld verdienen. Kobe und Tayo sahen phantastisch aus. Markante Gesichter, geschmeidige Körper. Neben ihnen wirkte Innocent wie das sprichwörtliche hässliche Entchen. Er war nicht nur schlank, sondern dürr, elendslang und kantig wie ein Holzscheit. Alles war kantig an ihm: der Kopf, das Gesicht, die Gliedmaßen, die Bewegungen. Doch im Gegensatz zu Kobe und Tayo war Innocent inwendig ganz weich und rund. Er war – nomen est omen – ein Unschuldslamm. Niemand brauchte länger als ein paar Minuten, um ihn entsprechend einzuschätzen. Kobe und Tayo sollten sich als härter und zielstrebiger erweisen. Sie wussten, was sie wollten, und versuchten, es zu bekommen: das Fahrrad, den Markenblazer, den Trolley. Selbst wenn Eva das eine oder andere noch gute Stück, von dem sich ein Zirndinger zugunsten der Asylbewerber trennte, für ihn aufsparte, winkte Innocent oft lächelnd ab. »Passen für Kobe oder Tayo. Oder vielleicht Bouba?«

Bouba. Der Senegalese und der Nigerianer schienen sich zu mögen. Man sah sie zusammen die Dorfstraße hinuntergehen, zusammen in den Bus steigen und auf der Bank neben der Haustür sogar zusammen deutsche Grammatik pauken. Dabei hätten sie unterschiedlicher nicht sein können. Äußerlich sowieso. Der eine lang, dürr und linkisch, der andere kurz und platt, aber flink. Der eine, Innocent, schien ein trauriges Herz zu haben, der andere, Bouba, dagegen ein fröhliches. Quasi als Ausgleich dafür besaß Innocent einen scharfen Verstand.

Gemeinsam war den beiden eine unerschütterliche Rechtschaffenheit.

Waren Innocent und Bouba echte Freunde gewesen? Eva

hätte das nicht mit Sicherheit beantworten können. Denn ihre Schützlinge waren ihr bei aller Zuneigung im Grunde fremd geblieben. Manche schotteten sich komplett ab, manche – wie Bouba – machten hin und wieder ein Fensterchen auf. Felizitas hatte bei Innocent eine ganze Scheibe eingedrückt.

Eva stieß sich vom Geländer ab und fuhr sich mit der freien Hand über die Augen. Hätte sie den Treffen der beiden einen Riegel vorschieben müssen? Aber weshalb hätte sie das tun sollen?

Alles war ja ganz unschuldig – innocent – gewesen. Zwei, die immer ein wenig abseits standen, sich in Cliquen und Klüngeln nicht wohlfühlten, hatten sich zusammengetan und versucht, sich gegenseitig ein bisschen zu stützen.

Hätte sie ahnen müssen, dass die Sache nicht gut ausgehen würde? Könnte Innocent noch leben, wenn er Zita nicht in sein trauriges Herz gelassen hätte, das durch sie womöglich ein wenig froher gestimmt worden war? War er wegen seiner Schwäche für sie ermordet worden?

Wohl kaum. Denn als Motiv käme ja nur Eifersucht in Frage, und wer sollte auf die harmlose Annäherung zwischen Innocent und Zita eifersüchtig gewesen sein?

Das Motiv musste woanders stecken, und nur der Täter konnte wissen, wo. Hielt sie gerade das Instrument in der Hand, das ihn überführen würde?

Eva zuckte zusammen. Nun hatte sie doch tatsächlich geglaubt, Zitas Stimme zu hören. Aber das Mädel war ja noch mit Chantal im Schankraum. Was hatten die zwei eigentlich so lang zu bequatschen? Und seit wann gab Chantal sich mit Felizitas ab? Hatte sie normalerweise nicht »null Bock« auf die Gesellschaft von »unangesagten« Leuten?

Als unangesagt galt Zita wohl vor allem deshalb, weil sie sich nicht so aufbrezelte wie Chantal und die anderen Mädchen, die zur Miedinger-Clique gehörten.

Obwohl Eva es ihrer Nichte nicht abgeschlagen hätte (sie trug ja selbst eines), hatte Felizitas nie nach einem Piercing oder einem Tattoo, ja nicht einmal nach einer pinkfarbenen Haarsträhne verlangt.

Sie hatte es vorgezogen, mit Innocent in gotterbärmlichem Kauderwelsch ernste Gespräche zu führen.

Worüber hatten sich die beiden eigentlich unterhalten? Eva musste sich eingestehen, dass sie nicht die geringste Ahnung hatte. Sie biss sich auf die Unterlippe. Konnte es sein, dass Felizitas in Gefahr schwebte, weil ihr Innocent Geheimnisse verraten hatte, die sie nicht wissen durfte? Es reichte ja vielleicht sogar schon, wenn Innocents Mörder bloß glaubte, Felizitas wüsste etwas, das nicht für ihre Ohren bestimmt war.

Vorausgesetzt, es verhielt sich so, was würde der Kerl tun?

Auf jeden Fall würde er Felizitas mit Argusaugen beobachten, jeden ihrer Schritte kontrollieren und rigoros eingreifen, wenn sie ihm zu nahe zu kommen drohte.

Das Gleiche galt für Bouba. Auch ihm konnte Innocent Dinge anvertraut haben, die der Täter unter dem Deckel halten wollte.

Evas Unterlippe begann zu bluten, aber sie kümmerte sich nicht darum. Wie konnte sie die beiden, vor allem natürlich Felizitas, am besten schützen?

Ganz einfach: indem sie herausfand, weshalb Innocent hatte sterben müssen.

Eva horchte auf, als sie jemanden die Treppe herunterkommen hörte, und entschloss sich, eiligst in ihrer Wohnung zu verschwinden. Neugierige Blicke oder gar Fragen konnte sie jetzt überhaupt nicht gebrauchen. Sie klemmte ihr Paket fester unter den Arm und setzte sich hastig in Bewegung. Dummerweise nahm sie in ihrem Eifer die Kurve zu eng und blieb mit dem Jackenärmel am Schubladengriff des Flurschränkchens hängen. Bevor sie sich losmachen konnte, erschien Sabo in ihrem Sichtfeld.

Sie richtete sich auf und blickte ihm entgegen.

DREI

Ausgerechnet Sabo war aufgekreuzt, den sie nicht ausstehen konnte.

Von Anfang an hatte er sich nicht anpassen und nicht auf sie hören wollen. Hatte eine Eigensinnigkeit an den Tag gelegt, die sie bisher nur von sich selbst kannte, weshalb sie bei jemand anderem nicht damit umzugehen wusste. Sabo, der sie bloß unverwandt anstarrte, wenn sie ihn zur Rede stellte, weil er wieder einmal die Schule geschwänzt hatte oder über Nacht weggeblieben war, ohne sich abzumelden. Sabo, der im Laufe weniger Wochen fast die Hälfte ihrer Schützlinge mit Widerspenstigkeit infiziert hatte.

Dabei meinte sie es doch nur gut mit den Burschen. »Integration« hieß nämlich das Zauberwort, das ihnen in dem Land, in das sie geflüchtet waren, ein Auskommen bescheren würde. Aber wie sollte ihnen auch nur ein Hauch von Integration gelingen, wenn sie sich nicht einmal an ein paar einfache Regeln halten wollten, die Eva in aller Mütterlichkeit aufgestellt hatte.

Eine Zeit lang hatte sie sich wirklich Mühe gegeben, die Kerle zu erziehen, musste aber einsehen, dass bei Sabo absolut nichts fruchtete. Da streckte sie eines Tages die Waffen, machte eine Kehrtwende und begann, ihn zu verabscheuen.

Daraufhin bildeten sich zwei Lager. Innocent, Kobe und Tayo, die drei Nigerianer, die schon etliche Monate bei ihr wohnten, aber auch Bouba, Sidy und Unmar aus dem Senegal hielten sich weiterhin an Eva. Der Rest hielt sich an Sabo, kochte unter seiner Ägide sein eigenes Süppchen und steigerte damit fortlaufend Evas Erbitterung.

Zwischen den beiden Lagern herrschte nicht wirklich Krieg, aber auch kein Frieden. Es gab finstere Blicke und manchmal auch Wortgefechte, die Eva zwar meist mitbekam, aber selten ausdeutschen konnte.

Der Konflikt gipfelte schließlich darin, dass Sabo und seine Truppe eines Morgens mit dem Acht-Uhr-Bus in die Kreisstadt fuhren und im Landratsamt allerlei Beschwerden vorbrachten. Daraufhin wurde Eva vor die Asylbeauftragte zitiert.

»Sie haben die Asylsuchenden zu beherbergen und sich ansonsten nicht einzumischen«, belehrte die sie.

»Wollt ihr mir einen Maulkorb verpassen?«, hatte Eva erbost gefragt.

»Nun seien Sie nicht so aufsässig«, war die Antwort gewesen.

So ging es noch eine Weile hin und her, dann dankte Eva ab. Für die Asylbewerberunterkunft in Zirnding wurde ein staatlicher Administrator eingesetzt, der sich allerdings nur selten blicken ließ und an den dort Untergebrachten oder deren Problemen verschwindend geringes Interesse zeigte, sodass letztlich alles beim Alten blieb. Die Sabo-Leute verschanzten sich auf der einen Seite einer unsichtbaren Trennwand, »Good Mama« und ihre Schützlinge auf der anderen.

Die sichtbarste Konsequenz ihrer Entscheidung zeigte sich darin, dass Eva ihre bisherigen Privatzimmer im ersten Stock räumte und das ehemalige Lager im Westflügel zu einer Wohnung für sich und Zita umbauen ließ. Das hatte zur Folge, dass drei weitere Quartiere für Asylbewerber frei wurden, die mal belegt waren, mal nicht.

Die am wenigsten sichtbare Konsequenz war Evas vervielfältigte Abneigung gegen Sabo. Der Kerl, fand sie, war abgefeimt. Alles war dem zuzutrauen. Alles bis hin zu Mord und Totschlag.

Und nun stand er ihr gegenüber. Musterte sie. Bohrte den Blick in das Paket, das unter ihrem Arm klemmte.

Eva schluckte.

Wie viel von dem, was sich vorhin abgespielt hatte, hatte er mitbekommen? Wie lange hatte er oben an der Treppe gestanden, hatte den Hals gereckt und die Ohren gespitzt? Lungerte auch seine Gefolgschaft dort oben herum? Würden sie nun über sie herfallen, ihr die soeben sichergestellte Tatwaffe entreißen und ihr damit den Schädel einschlagen, wie sie es bei Innocent getan hatten?

Sie zuckte zusammen, als Sabo plötzlich auf dem Absatz herumfuhr und den Zeigefinger in einen Aushang an der Pinnwand stach. »Erlaubt?«

Redete der Kerl mit ihr? Offenbar. Es war ja sonst niemand hier.

Langsam ging Eva auf, was Sabo wissen wollte. Es musste mit dem Aushang zu tun haben. Sie kniff die Augen zusammen, um erkennen zu können, um welchen es sich handelte. »Heilige Messe für unseren Mitbruder Innocent, der … von uns …« Das Todesdatum und was da sonst noch stand, schenkte sie sich, sie hätte es ohnehin auswendig hersagen können. Verwundert suchte sie Sabos Blick, der ihr wieder einmal unverwandt begegnete.

Bitte, blöd glotzen konnte sie auch. Sie starrte zurück.

Schließlich deutete Sabo zuerst auf sich, dann wieder auf den Aushang. »Erlaubt kommen zu Messe für Innocent?«

Was sollte das? Wollte Sabo auf einmal so tun, als wäre er gut Freund mit Inno gewesen? Wollte er mit seiner Teilnahme an der Gedenkfeier einen Beweis dafür liefern? Wollte er Trauer und Schmerz um den Ermordeten zeigen und damit allen zu verstehen geben, dass er Innocent Kuti niemals ein Härchen gekrümmt haben würde?

Oder war Sabo der Täter, und das schlechte Gewissen trieb ihn dazu, den Gedenkgottesdienst zu besuchen?

Sabo wartete noch immer auf eine Antwort.

Eva räusperte sich. »Jeder kann in die Kirche gehen. Wann er will und so oft er will. Aus einer Kirche wird niemand vertrieben – außer er hält sich nicht an die geltenden Regeln. Regeln muss man nämlich immer und überall einhalten.«

Unvermittelt wandte Sabo den Blick von ihr ab und begann sich im Eingangsbereich umzuschauen, als hätte er das Haus in diesem Augenblick zum ersten Mal betreten.

Eva konnte nicht anders, als seinem Blick zu folgen.

Betrat man dieser Tage das frühere Dorfwirtshaus von der Straße aus, die quer durch Zirnding von Saldenburg über Thurmansbang nach Schöllnach führte, dann gelangte man wie eh und je in ein weitläufiges Treppenhaus. Von dort aus ging es rechts in den ehemaligen Schankraum, der jedoch – laut Verordnung für das Gaststättengewerbe – nicht mehr als solcher benutzt werden durfte. Den Asylbewerbern war der Zutritt sogar strikt verboten. Hinter dem Schankraum lag die ehemalige Wirtshausküche, die den Burschen zum Kochen zur Verfügung stand. Sie war vom ersten Stock aus, wo die Zimmer und der Aufenthaltsraum lagen, über eine schmale Stiege zugänglich. Der ehemalige Kühlraum daneben war versperrt.

Wandte man sich im Treppenhaus nach links, dann gelangte man in einen kleinen Flur und durch ihn zu Evas Wohnung. Auch in diesem Flur gab es eine schmale Stiege. Sie führte zu einem Appartement, das für den vorgeschriebenen Hausmeister hergerichtet worden war, nachdem die ersten Asylbewerber eingetroffen waren und Karl Rucknagel den Job übernommen hatte.

Gegenüber der Haustür befand sich die Haupttreppe, die in den ersten Stock zu den früheren Pensionszimmern führte. Deren Fenster lagen teils zur Straße hin, teils zu dem riesigen, längst verwilderten Garten hinterm Haus, der sich bis an die Grenze einer Moorlandschaft hinunterzog.

Eva hatte es längst aufgegeben, dort nach dem Rechten zu sehen. Karl kümmerte sich darum, dass die Wege zwischen Büschen und Bäumen begehbar blieben. Manchmal sah sie einen der Afrikaner im Gesträuch verschwinden, dann wünschte sie ihm, er würde dort – wenigstens in seiner Phantasie – auf all jene Tiere treffen, die er aus seiner Heimat kannte.

Sabo hatte seinen Rundblick beendet. Er wandte sich wieder dem Aushang zu und begann, ihn zu studieren. Nach einer Weile tippte er auf das Datum und spreizte zwei Finger der rechten Hand ab.

Eva rechnete nach. »Ja, in zwei Tagen.«

Daraufhin nickte er kurz, spannte die Muskeln an und sprintete die Treppe hinauf.

Mit einem Schnauben wandte Eva sich ab, trat in den kleinen Flur, der ans Treppenhaus grenzte, ging an der Stiege vorbei, die zu Karl Rucknagels Appartement hinaufführte, öffnete ihre Wohnungstür und machte in der Diele dahinter halt.

Wohin mit dem Trumm?, fragte sie sich, zog es unter dem Arm hervor und wog es in der Hand.

»Was hast denn da für ein Packel? Ist da der Fisch vom Ottmar sein Weiher drin, den er uns versprochen hat?«

Eva fuhr herum. »Scheiße, Mann. Musst du mich so erschrecken?«

Karl Rucknagel schloss die Tür hinter sich und schaute sie empört an. »Man wird ja noch was fragen dürfen.«

Eva bemühte sich hastig um einen konzilianten Gesichtsausdruck. Sie wollte Karl nicht komplett vergraulen. Seit er da oben eingezogen war, hatte sie ihm ohnehin eine Illusion nach der andern geraubt.

Karl war ein tüchtiger Handwerker, keine Frage. Gründlich – manches Mal allzu gründlich –, verlässlich, besonnen. Ohne ihn zurechtkommen zu müssen war für Eva kaum vorstellbar.

Aber ihn heiraten? Ganz gewiss nicht.

Nein, eine Liebesbeziehung kam ebenso wenig in Frage. Und nein, auch keine geschäftliche Partnerschaft.

Wirtshaus und Pension waren ja längst passé, und die Herrschaft über das daraus entstandene Asylbewerberheim wollte Eva sowieso nicht mehr zurückhaben. Die Abmachung mit Karl hatte von Anfang an gelautet: freie Wohnung gegen Hausmeisterservice. Eva hatte nicht vor, das Geringste daran zu ändern. Weder in der einen noch in der anderen Richtung.

Doch so wenig sie Karl privat und persönlich näherkommen wollte, so gern sah sie ihn als Mann im Haus. Er besaß eine tiefe, dröhnende Stimme, die auf die jungen Afrikaner nachhaltig Eindruck machte. Sein kräftiger Körperbau und die buschigen Brauen über tiefliegenden Augen, die ihm ein beinahe despotisches Aussehen gaben, taten ein Übriges, ihm einen Respekt zu verschaffen, den die Bewohner Eva bei aller Liebe niemals entgegenbringen würden.

Karl griff nach dem Paket. »Gib her, ich filetier dir den Fisch. Dann kannst nachher einfrieren, was du nicht gleich verwenden willst.« Er brachte das Paket an sich und wog es in der Hand. »Ganz schön schwer.«

Eva entriss es ihm wieder. »Der Fisch liegt schon im Waschbecken in der Küche.«

»Und was ist dann da drin?«, fragte Karl.

»Nix, was dich was angeht.« Mist, warum war ihr Mundwerk immer schneller als ihr Hirn? So würde Karl sich gewiss nicht abspeisen lassen. Er arbeitete nicht nur gründlich, er ging allem penibel auf den Grund. Würde er noch mal fragen oder einfach nachsehen?

Im Moment schaute er sie mit gerunzelter Stirn an.

Sollte sie ihn einweihen? Karls Schnüffelnase konnte von großem Nutzen sein. Seine Mitteilsamkeit weniger. Bis zur Maiandacht wäre halb Zirnding darüber informiert, dass Eva Brunriedl einen Ratschenschlüssel im Haus hatte, der höchstwahrscheinlich die Tatwaffe war. Spätestens morgen Vormittag würde (schlimmstenfalls) der Maxenberger Sepp daherkommen oder (schlimm genug) ein anderer aus der Polizeiinspektion und wissen wollen, von was für einem Ratschenschlüssel die Rede war; wann, warum, woher und wie er ins Haus gekommen war. Da konnte sie mit dem Ding gleich selbst zur Polizei gehen. Was die Ermittlungen wieder in Gang bringen würde und sich deswegen letztendlich wohl nicht vermeiden ließ. Aber darüber wollte sie noch mal genauer nachdenken.

Karl griff nach dem Paket, entwand es ihr, drehte es um und um. Eine Sekunde noch, dann würde er es öffnen.

»Gib her, da ist doch bloß der Pürierstab drin, den sich die Nachbarin ausgeliehen und grad zurückgebracht hat.«

Eva streckte die Hand aus, und Karl rückte widerstrebend mit dem Packen heraus, wobei er ihn noch immer befühlte. »Langer Stiel, kleiner Kopf vorn und hinten. Komischer Pürierstab.« Eva krallte die Finger ins Zeitungspapier und sann über ein Ablenkungsmanöver nach.

Was ihr einfiel, war zwar leidig, würde aber nützen. »Meinst nicht auch«, sagte sie eine Spur zu freundlich, »dass der Fisch frisch am besten schmeckt? Du richtest ihn her, ich mach die Rahmkartoffeln dazu. In einer knappen Stunde können wir essen.«

Karls Augen leuchteten auf. »Ja, da fang ich doch gleich an.« Eva bedachte ihn mit einem zustimmenden Nicken, woraufhin Karl sich trollte.

Sie wollte sich gerade erleichtert abwenden, da kam er noch mal zurück. »Was schreibt eigentlich die Felizitas andauernd in so ein grünes Heft?«

»Hausaufgab, was sonst?« Eva presste hastig die Lippen zusammen, um zurückzudrängen, was noch kommen wollte: Und jetzt schwirr endlich ab.

»So, Hausaufgab soll das sein.« Karl kratzte sich am Hals.

Evas Blick saugte sich an der Küchentür fest, als könnte sie Karl damit zwingen, unverzüglich hindurchzugehen. Aber offenbar hatte er noch eine weitere Beobachtung gemacht, die er mit ihr teilen wollte.

»Hast du mitgekriegt, wer das Fahrrad mit dem Lastenanhänger genommen hat? Wollt einer von denen«, Karl machte eine Kopfbewegung in Richtung Obergeschoss, »ein größeres Trumm transportieren?«

Eva zuckte die Schultern und fragte sich einen Moment lang, ob Karls Unsitte, über alles, absolut alles, was vorging, Bescheid wissen und allem auf den Grund gehen zu wollen, bereits in die Kategorie »Zwangsstörungen« fiel. Vermutlich hatte Bouba den Hänger genommen, weil er ja den Kleinkühlschrank wegbringen musste. Das Ding hatte höchstens siebzig Liter Fassungsvermögen, passte also leicht drauf.

Am Wertstoffhof würde er allerdings Pech haben, erkannte Eva mit einem Blick auf ihre Armbanduhr. Der war längst zu. »Ich hab den Kerl radeln sehen«, sagte Karl. »Den Weg bei den Furthwiesen runter. Wenn mich nicht alles täuscht, ist er dann nach rechts auf die Schneise abgebogen, über die man zum Ottmar seinem Fischwasser kommt. Aber wer von denen«, erneute Kopfbewegung zum Obergeschoss, »auf dem Radl gesessen ist und was er unter der Plane auf dem Hänger gehabt hat, kann ich beim besten Willen nicht sagen.«

Eva rang sich ein verständnisinniges Lächeln ab, das Karl offenbar zufriedenstellte und ihn schließlich in die Küche abdampfen ließ.

Sie überzeugte sich kurz davon, dass die Tür hinter ihm ins Schloss gefallen war, dann sah sie sich nach einem Versteck für den Ratschenschlüssel um. Ihr Blick fiel auf das Schuhregal, neben dem sie stand und das ihr ebenso gut geeignet schien wie jeder andere Winkel. Hastig stopfte sie das Bündel ganz nach hinten und stellte die Winterstiefel davor.

Sie wollte Karl soeben in die Küche folgen, als ihr in den Sinn kam, was er eben erwähnt hatte.

War Bouba tatsächlich mit dem Schrottkühlschrank zum Fischweiher gefahren? Was zum Teufel wollte er da?

Kopfschüttelnd ging sie ins Treppenhaus zurück, öffnete die Haustür und blickte die Straße hinauf und hinunter.

Weit und breit nichts zu sehen.

Bouba – sie zweifelte nicht daran, dass er der Radler gewesen war, den Karl gesehen hatte – war anscheinend noch nicht zurück, denn das Fahrrad, an das Karl vor ein paar Wochen den Anhänger montiert hatte, stand nicht an seinem Platz vor dem Haus und kam auch nirgends in Sicht, obwohl man die Straße ein schönes Stück weit überblicken konnte.

Was hatte Bouba vor?

Karl, der Fisch und die Rahmkartoffeln hin oder her, sie wollte es wirklich gern wissen, und dazu musste sie ihm hinterher.

»Bin eh schon lang nicht mehr joggen gewesen«, murmelte

sie, eilte in die Diele, schlüpfte in ihre Laufschuhe und band sich die Fleecejacke um den Bauch. Zum Umziehen war keine Zeit, die Jeans, die sie trug, musste es tun.

Eine Minute später fiel die Haustür hinter ihr zu.

Wie lange sie schon nicht mehr gelaufen war, merkte Eva daran, dass die Strecke entlang der Straße kein Ende nehmen wollte.

»Scheißbauchfett«, japste sie, hielt jedoch eisern ihr Tempo, bis sie die Abzweigung zu den Furthwiesen erreichte. Dort bremste sie ab, nahm die Kurve ganz langsam, um wieder zu Atem zu kommen, und begann erst wieder zu laufen, als der Weg die Wiesen entlang bergab ging. Da kam sie richtig in Schwung und wäre fast an der Stelle vorbeigelaufen, wo eine Schneise durchs Gebüsch und weiter zum Fischwasser führte. Gerade noch rechtzeitig stoppte sie, schwenkte herum und tauchte zwischen den Stauden ab. Das Vorwärtskommen erwies sich nun als schwieriger, denn die Trasse war – obwohl breit genug für einen Geländewagen – mit Schlaglöchern, losen Steinen und abgebrochenen Ästen übersät. Ottmar Benn schien wenig Interesse daran zu haben, die Zufahrt zu seinem Fischwasser leicht begeh- und befahrbar zu halten.

Hat wahrscheinlich Angst, dass die Zirndinger haufenweise zum Schwarzfischen kommen, wenn sie den Weiher auf dem Tablett serviert kriegen, dachte Eva und umschiffte einen Felsbrocken, der aussah, als wäre er erst kürzlich in den Weg gerollt.

Dahinter lag das Fahrrad.

Der Lenker und das Vorderrad hatten sich in den Morast gebohrt; der Sattel und das Hinterrad ragten in die Luft, als hätte jemand eine Zirkusnummer geübt. Der Anhänger stand hochkant, seine Achse stützte das Hinterrad, weswegen es an Ort und Stelle verblieb.

Der Schrottkühlschrank fehlte ebenso wie Bouba.

»Bouba, wo bist du?« Eva schaute sich suchend um, als hätten sie sich zu einem Versteckspiel treffen wollen.

Wo konnte er denn sein?

Wenn Bouba sich zu Fuß auf den Heimweg gemacht hätte, dann hätte sie ihm begegnen müssen. Erneut suchten ihre Augen den Wegrand ab, bohrten sich ins Gebüsch, forschten zwischen den Farnwedeln.

Ihr Blick war schon ein halbes Dutzend Mal über einen von Nesseln fast überwucherten, längst vermoderten Baumstamm geglitten, als sie Bouba daneben entdeckte. Er war sogar ein kleines Stück daruntergerollt, sein dunkles Gesicht hob sich kaum vom schwarzen Holz und der schwarzen Erde ab, was der Grund sein mochte, dass sie ihn so lange nicht wahrgenommen hatte. Sein kaffeebraunes Hemd wirkte wie ein Flecken aus welken Blättern.

»Bouba!« Es war mehr ein Keuchen als ein Schrei. Eva stürzte auf ihn zu, beugte sich über ihn. »Bouba, hörst du mich? Good Mama ist da. Alles ist gut, Bouba, alles wird gut.«

Er rührte sich nicht. Seine Augen standen halb offen, der Blick wirkte glasig.

»Bouba! Bouba, sag doch was. Sag was zu Mama. Sag doch was, Mann.«

Die letzten vier Worte stieß sie geradezu verzweifelt aus. Aber Bouba schwieg.

Der Gedanke, Bouba könne tot sein, traf Eva mit solcher Wucht, dass ihr die Knie einknickten. Sie musste sich auf den Baumstamm setzen, der mit einem lauten Knacken nachgab und sich ein wenig senkte.

Bouba rührte sich kein bisschen.

Widerstrebend, weil sie vor der grausamen Gewissheit zurückschreckte, legte ihm Eva zwei Finger an die Halsschlagader.

Nichts.

Oder doch? Täuschte sie sich? War ein schwaches Pulsieren zu spüren? War da ein ganz leises Pochen? Wenn ja, dann galt es, keine Zeit mehr zu verlieren.

Eva riss ihr Mobiltelefon aus der Gesäßtasche und tippte – zum zweiten Mal innerhalb von zwei Wochen – mit nervösen Fingern 112 ein.

Als abgenommen wurde, beschränkte sie sich auf recht knappe Mitteilungen:»Ein Schwerverletzter. In Zirnding. Zirn-ding. – Ja, Zirnding. Furthwiesen. – Ja, schwer. – Ist doch scheißegal. Ein Krankenwagen muss her. Sofort. – Nein, nicht bei Bewusstsein. – Woher soll ich denn das wissen? – Ja, ich bleib da …«

Schwer atmend legte sie auf, beugte sich erneut über Bouba. Jetzt erst entdeckte sie das Blut unter der schwarzen Wolle auf seinem Kopf.

Auch Innocent hatte sie so vorgefunden. Leblos mit blutverklebten Haaren. Aber Inno war erschlagen worden.

Bouba war offensichtlich mit dem Rad in einer morastigen Kuhle stecken geblieben und vermutlich kopfüber hinuntergestürzt.

Eva machte einen Schritt auf die Stelle zu, wo der Lenker feststeckte, und musterte nachdenklich den Untergrund. Nach einer Weile suchte sie sich ein Stöckchen und prüfte damit die Beschaffenheit.

Die Morastschicht war weich und nicht besonders tief.

»Da hätte er doch problemlos durchfahren können«, sagte sie laut.

Was hatte ihn so abrupt gestoppt? Hatte er vor der Kuhle zu heftig abgebremst, weil er dachte, sie wäre tiefer? Oder weil er den Felsbrocken dahinterliegen sah und fürchtete, ihm nicht mehr ausweichen zu können?

Eva wusste nur zu gut, dass ihre Schützlinge erbärmliche Radfahrer waren. In Nigeria, im Senegal und auch in Eritrea schien Radfahren alles andere als ein Volkssport zu sein. Hier in Zirnding war den Männern nichts anderes übrig geblieben, als es möglichst schnell zu lernen, wenn sie nicht immer auf den Bus angewiesen sein wollten – der ohnehin bloß dreimal am Tag im Ort hielt – oder darauf, dass Good Mama sie herumgondelte. Bei den meisten hatte es ganz gut geklappt, und Eva hatte dafür gesorgt, dass Sepp Maxenberger regelmäßig Verkehrsunterricht erteilte.

Bouba war einer von denen, die sich recht geschickt anstellten, sowohl beim Slalom durch die Hütchen als auch im Verkehrsverhalten. Er war noch lange kein Erik Zabel, aber man konnte ihn auf die Straße lassen und auch in solch unwegsames Gelände wie dieses hier. Bouba fuhr einigermaßen sicher, vor allem aber besonnen.

Warum lag er dann mit blutendem Schädel da?

»Erklär's mir, Bouba«, flüsterte Eva.

Aber Bouba schwieg. Die Blätter rauschten, ein Zweig fiel mit trockenem Geräusch von einem Baum, ein Fischreiher stieß sein raues Kräk-Kräk aus.

In der Ferne erklang ein Martinshorn.

»Hörst du, Bouba?« Eva beugte sich wieder zu ihm hinunter. »Sie sind schon an der Kreuzung. Gleich ist ein Doktor da, der dir helfen kann. Ach Bouba, sag halt was.« Sie brachte ihr Gesicht ganz nah an seines heran und stellte erschrocken fest, dass seine Augen nun geschlossen waren.

Der Krankenwagen kam vor dem Felsbrocken zu stehen. Ein Arzt und zwei Sanitäter sprangen heraus, drängten Eva beiseite und machten sich umgehend an Bouba zu schaffen.

Eva reckte den Hals, wollte sehen, was sie taten, konnte aber nicht viel erkennen, weil Boubas Körper von ihnen und den Gerätschaften, die einer der Sanitäter aus dem Wagen herbeischaffte, fast völlig verdeckt wurde.

Das Rettungsteam schien umsichtig und professionell zu arbeiten. Keiner würdigte sie auch nur eines Blickes. Aber das nahm sie den Männern nicht übel, ganz im Gegenteil. Sie war zutiefst erleichtert darüber, dass Bouba richtig verarztet wurde.

Sie selbst konnte im Moment nichts für ihn tun.

Good Mama konnte nach Hause gehen.

Der Weg dahin war ihr jedoch versperrt, denn der Krankenwagen nahm fast die gesamte Breite der Schneise ein. Links, wo noch Platz zum Vorbeigehen gewesen wäre, stand die Tür weit offen, weil der Sanitäter immer mal wieder etwas herausholen musste.

Eva schreckte davor zurück, ihm in die Quere zu kommen. Sie drückte sich noch eine Weile herum, dann ging sie langsam in Richtung Fischteich davon. Sie würde sich ans Wasser setzen und warten, bis der Krankenwagen mit Bouba auf dem Weg ins Krankenhaus war.

Kaum hatte sie ein paar Schritte gemacht, wurde sie gerufen.

»Wo willst'n du hin?«

Unzweifelhaft die Stimme von Polizeiwachtmeister Sepp Maxenberger. Eva seufzte auf. In jeder beliebigen Geräuschkulisse hätte sie Maxenbergers Stimme identifizieren können, denn sein heiseres Krächzen stand dem des Fischreihers in nichts nach.

Man hatte den Vollpfosten an die Unfallstelle geschickt.

Sie drehte sich um, sah ihn dort stehen und zuckte die Achseln, was so viel heißen sollte wie »einfach irgendwo«. Dabei bemerkte sie das Polizeiauto, das jetzt hinter dem Krankenwagen parkte und dessen Rückweg blockierte.

Typisch Maxenberger, dachte sie.

»Du musst dableiben und eine Aussage machen, weil du die Rettung gerufen hast«, teilte er ihr mit.

»Flachpfeife«, sagte Eva leise. Dann rief sie so laut, dass Maxenberger sie über ein Knacken im Gestrüpp, über das Kräk des Fischreihers, über das Klacken der Trage, die soeben in Position gebracht wurde, und über die Kommandos des Notarztes hinweg verstehen konnte: »Da kannst Gift drauf nehmen, dass ich eine Aussage mach.«

Damit wandte sie sich wieder ab und stapfte weiter.

Wenige Minuten später stand sie am Rand des Weihers und starrte ins Wasser. Eine fette Forelle – oder was für Viecher auch immer Ottmar Benn da züchtete – strich am Ufer entlang.

»Was hast du hier gewollt, Bouba?«, fragte Eva, als stünde der junge Senegalese neben ihr. »Schwarzfischen doch ganz bestimmt nicht.«

Selbst die größten Schlawiner unter ihren Schützlingen hielten sich so gut es ging an Recht und Gesetz.

»Klau was, demolier was, mach Randale, und du kannst das Bleiberecht vergessen«, hatte Eva ihnen eingebläut.

Bei den meisten war das gar nicht nötig gewesen. Sie waren ängstlich darauf bedacht, nicht aufzufallen, verhielten sich, als könnten sie das Strafgesetzbuch auswendig.

Auch Sabo und seine Leute sahen sich vor. Aber die kannten auch ihre Rechte. Zumindest ihr Rädelsführer kannte sie. Und er wusste sogar, wie er sie durchsetzen konnte. Die anderen vier folgten ihm blind. Vielleicht waren sie es von irgendwann früher her so gewohnt, jemandem blindlings zu folgen.

Bouba war vom ersten Tag an unverkrampft und zugänglich gewesen. Eva fragte sich, ob das daran lag, dass er so eine ehrliche Haut war. Es drängte ihn, seine Gefühle zu zeigen, und er tat es. Allerdings nur solange er nicht den Eindruck gewann, es würde ihm schaden.

Bouba war grundanständig, das stand fest.

Rechtschaffenheit, überlegte Eva, hat wohl kaum etwas mit dem Kulturkreis zu tun, aus dem man kommt, nichts mit Hautfarbe, nichts mit Wohlstand.

Bouba war rechtschaffen und kannte mittlerweile die Vorschriften, die in seiner neuen Heimat einzuhalten waren. Er hatte aufgepasst. Im Unterricht für die Asylsuchenden sowieso, aber auch bei den Lektionen, die Eva ihren Schützlingen erteilt hatte.

Deshalb war Bouba bestimmt nicht zum Schwarzfischen hergekommen. Aber wozu dann? Und warum hatte er den Schrottkühlschrank dabeigehabt?

Evas Blick folgte versonnen dem fetten Fisch, den sie für eine Forelle hielt. Er hatte sich einem Schwarm kleinerer angeschlossen und schwamm soeben unter einem dünnen Algenteppich entlang.

Muss viel Arbeit machen, so ein Fischweiher, ging es ihr durch den Kopf. Mindestens einmal täglich muss gefüttert werden, die Wasserqualität muss man im Auge behalten, der Fischbestand sollte nicht zu groß, aber auch nicht zu klein sein, und das Schlimmste von allem: Irgendwann muss man die Fische fangen, schlachten, ausnehmen ...

Das kann der Ottmar allein eigentlich gar nicht alles schaffen, spann sie den Faden weiter. Und das brachte sie auf den Gedanken, dass er sich Bouba als Helfer angestellt haben könnte.

Unter der Hand. Denn erlaubt war es nicht. Zählte aber wahrscheinlich nicht zu den Dingen, die Bouba als Gesetzesübertretung eingestuft hätte. Vermutlich fand er nichts Unrechtes daran, gegen ein kleines Salär – ausgezahlt in Naturalien womöglich – ein paar Hilfsdienste zu verrichten, ebenso wenig wie er es als Unrecht ansah, sich am Wertstoffhof zu bedienen. Schließlich lagerten dort nur Sachen, die andere nicht mehr haben wollten. Kabelreste, kaputte Elektrogeräte ...

Ach ja, der Schrottkühlschrank.

Das Ding musste auf dem Fahrradanhänger gelegen haben, doch der war ja nun leer. Demnach hatte Bouba den Kühlschrank abgeladen. Wo? Irgendwo im Gestrüpp, um ihn möglichst schnell loszuwerden?

Gut möglich, dachte Eva. Was Umweltschutz betraf, befand sich Bouba noch längst nicht auf europäischem Niveau.

Sie sah sich suchend um. Die Sträucher, die den Weg säumten, den sie gekommen war, machten in Ufernähe einem grasigen Bewuchs Platz. Mechanisch registrierte sie Hahnenfuß, Günsel, Löwenzahn und Klettenkraut. Die Pflanzen waren auf einer gut zehn Quadratmeter großen Fläche zertreten und zerdrückt.

Reifenspuren. Fußstapfen. Abdrücke eines Kastens oder großen Behälters.

Evas Blick glitt über das zertrampelte Terrain und fand am östlichen Ende eine Trasse, die offenbar regelmäßig befahren wurde, denn die Gräser und Kräuter, die da irgendwann gewachsen waren, sahen aus wie für ein Herbarium getrocknet und gepresst.

Die Fahrschneise schien zu einer kleinen Baumgruppe zu führen.

Eva folgte ihr. Als sie unter den Bäumen ankam, entdeckte sie die Scheune. Sie war riesengroß und hätte ihr eigentlich schon von Weitem auffallen müssen, wären die Bohlen, aus denen sie gebaut war, nicht alt und verwittert gewesen, rissig und dunkel wie die Baumstämme drum herum. Das Dach der Scheune bestand aus hölzernen Schindeln, angegraut, bemoost, so gut wie unsichtbar unter einer dicken Schicht Fichtennadeln und Buchenblättern.

War die Scheune Boubas Ziel gewesen?

VIER

»Mann, ey. Jetzt mach dich mal locker«, sagte Chantal. Sie hatte ihr Beautycase auf den Schanktisch gestellt und klappte es auf. Es war so vollgestopft, dass ein paar Töpfchen und Döschen herauspurzelten und über den Boden rollten. Felizitas sammelte sie auf.

Chantal griff nach einem länglichen Kästchen aus Plexiglas und studierte die darin aufgereihten Lidschatten. Mintgrün bis Oliv. Nagelneu. Unbenutzt. Sie besaß auch neue Lippenstifte, neue Eyeliner, neue Cremetuben.

Chantal musste wieder einmal auf Raubzug gewesen sein. Douglas, dm, Rossmann.

Felizitas wusste, dass Chantal Kosmetikartikel klaute. Sie gab oft genug damit an, dass sie höchstens die Hälfte von dem bezahlte, was sie von den Regalen nahm. Alles, was klein genug war, verschwand irgendwo in ihrer Kleidung, bevor sie zur Kasse ging.

Chantal war noch nie erwischt worden.

»Der Krug geht so lange zum Brunnen, bis er bricht«, sagte Tante Brunriedl oft.

Was aber, antwortete Felizitas dann, wenn er aus Eisen ist? Oder elastisch?

Das brachte Tante Brunriedl jedes Mal zum Lachen, was allerdings nichts daran änderte, dass sie Chantal für ein Luder hielt und Felizitas davor warnte, sich mit ihr einzulassen.

Die Blicke, die Chantal folgten, wenn sie die Dorfstraße entlangging, waren stierig.

Sogar der Karl kriegt glasige Augen, wenn er sie vorbeistöckeln sieht, dachte Felizitas.

»Wie die mit dem Arsch wackeln kann. Die wär was fürs Fernsehen«, hatte sie ihn sagen hören.

Da war was dran. Germany's Next Topmodel. Was hinderte Chantal daran, sich bei der Show anzumelden? Vielleicht hatte sie es ja sogar schon mal versucht.

»Dem Stefan seine Partys sind echt mega«, sagte Chantal. »Voll geil. Wer da eingeladen ist, geht auch hin.«

»Muss ein Versehen sein«, erwiderte Felizitas.

Chantal schaute verwirrt von der Lidschattenpalette auf.

»Dass ich eingeladen bin«, ergänzte Felizitas.

Chantal schüttelte den Kopf. »Ist es bestimmt nicht. Stefan hat megaviele Leute auf der Liste, eigentlich alle, die er kennt. Echt cool.«

Es war bescheuert, fand Felizitas. Die Miedingers hätten sich eine Menge Geld sparen können, wenn Stefan nur die Hälfte der Gäste eingeladen und diejenigen außen vor gelassen hätte, die sowieso nicht dazugehörten.

Aber der Granit-König im Landkreis musste ja für die Geburtstagsparty vom Söhnchen unbedingt den Festsaal in Zirnding mieten. Den größten unterm Brotjackelriegel. Und wie hätte das auch ausgesehen, wenn er halb leer gewesen wäre.

»Halt still«, verlangte Chantal.

Sie hatte Felizitas auf einen Stuhl am Schanktisch genötigt und dafür gesorgt, dass sie mit dem Rücken zur Theke zu sitzen kam. Die Kante drückte ihr unangenehm ins Genick.

Chantal bog Zitas Kopf so weit zurück, dass er auf der Platte lag wie ein Kürbis, der für Halloween bearbeitet werden sollte. »Augen zu.«

Was bleibt mir schon anderes übrig?, dachte Felizitas und gehorchte.

Es war Chantals Sache, wenn sie das teure Schminkzeug – bezahlt oder nicht bezahlt – an sie verschwendete, obwohl ihr Felizitas unmissverständlich zu verstehen gegeben hatte, dass Stefan Miedingers Party für sie nicht in Frage kam.

Dafür gab es mehr Gründe, als sie aufzählen konnte. Innocent zum Beispiel. Keine zwei Wochen war es her, dass Tante Brunriedl ihn oben im Festsaal gefunden hatte. Wie lange der Ärmste da schon gelegen hatte, war unklar geblieben, denn der Saal wurde außer in der Faschingszeit höchstens zweimal im Monat benutzt. Tante Brunriedl hatte den Raum an dem Tag nur deshalb betreten, weil sie das Geschirr holen wollte, das sie für ihren Kaffee- und Kuchenstand beim Pflanzentauschmarkt brauchte.

Felizitas fragte sich, ob der tote Innocent sonst womöglich jetzt noch da oben liegen und erst heute Abend gefunden werden würde. Ein paar Minuten vor Beginn der Party. Würde Miedinger sein Geburtstagsfest dann absagen? Sie hatte ihre Zweifel.

»Augen auf«, befahl Chantal. »Nicht zucken und nicht blinzeln.« Sie hielt einen schwarzen Stift in der Hand und strichelte damit um Felizitas' Unterlid herum. »Wird spitzenmäßig.« Sie musterte ihr Werk. »In die Haare machen wir dir lila Strähnen, wie deine Tante eine hat. Und zum Anziehen hab ich dir ein Glitzertop von mir mitgebracht. Dein Auftritt wird alle voll umhauen.«

Es wird keinen Auftritt geben, dachte Felizitas. Weil ich mich nicht zum Affen machen werde.

Zita aus Zirnding.

Stefan Miedinger hatte sie so genannt, und mittlerweile machte es seine ganze Clique so.

Zita aus Zirnding im Girlie-Look. Warum gab Chantal sich solche Mühe?

Felizitas zuckte zusammen, als ihr der Gedanke kam, dass sie als Partygag vorgesehen sein könnte, als Lachnummer. Würde Chantal so eine Gemeinheit mitmachen? Mit Sicherheit. Chantal war total scharf auf Stefan Miedinger und hätte alles getan, um richtig für ihn zu zählen.

»Da macht sie aber die Rechnung ohne den Wirt«, hatte Tante Brunriedl neulich verlauten lassen.

Möglich, dachte Felizitas. Aber sie gehört zur Clique. Zita aus Zirnding gehört nicht dazu. Die ist nämlich unscheinbar, uncool und deshalb unbeachtet.

Ihretwegen konnte es so bleiben.

Zita, das Durchschnittsgemüse.

Durchschnittliche Noten, durchschnittlicher Fleiß, durchschnittliches Sozialverhalten. Das würde sie beim Realschulabschluss schriftlich bekommen. Ende Juni war es so weit. Durchschnittliche Größe. Durchschnittliches Aussehen. Alles Durchschnitt. Eigentlich passte ihr das ganz gut so. Sie wollte gar nicht herausragen. Und geile Partys mit angesagten Leuten interessierten sie nicht die Bohne.

Wenn Felizitas einen Wunsch frei gehabt hätte, dann hätte sie Innocent zurückhaben wollen.

»Lass mal sehen.« Chantal klappte Zitas Kopf nach vorn. Machte Katze-auf-Mäusejagd-Augen. »Supi. Fast fertig.«

Zitas Kopf knallte wieder auf die Tischplatte.

Chantal stäubte Puder auf ihre Nase. »Ich lass mir ein Tattoo in die Arschbacke stechen, wenn's heut Abend nicht haufenweise Dates für dich hagelt.«

Es wird nicht hageln, widersprach ihr Felizitas stumm. Dates schon gar nicht.

Unvermittelt fiel ihr ein, dass die Maiandacht wegen des guten Wetters heute im Freien stattfinden würde. Der Pfarrer hatte sie gefragt, ob sie kommen könnte, weil sie die kräftigste Stimme im Chor hatte.

Im Freien sind kräftige Stimmen besonders wichtig, dachte sie, sonst bläst der Wind die Marienlieder auf und davon.

Chantal pinselte Rot auf ihre Wangen.

Es würde Tage dauern und Tante Brunriedls Kernseife bedürfen, um das alles wieder abzubekommen.

Chantal zog ihren Kopf unsanft nach vorn und schmierte ihr Gel in die Haare.

In Felizitas' Gedanken geisterte wieder Innocent herum, und das ließ sie unbedacht sagen: »Tante Brunriedl hat für den Inno eine Messe aufschreiben lassen.«

Chantal lachte so dermaßen, dass sie kaum Luft bekam: »Krass, ey. Voll krass.«

»Wieso krass?«

Chantal fuhrwerkte durch Zitas Haare, bis sie in alle Richtungen abstanden. »Sind die nicht alle Moslems? Mit Gebetsteppich und Allah und so?« Sie dachte kurz nach. »Also Katholiken sind die bestimmt nicht.«

Sich mit Chantal auf eine Diskussion über Religion einzulassen, war sicher nicht anzuraten, aber Felizitas konnte jetzt nicht mehr zurück. »Tante Brunriedl schwört, dass es wurscht ist, wo und zu wem man betet.«

Das musste Chantal erst einmal verdauen. Dann fragte sie: »Was sagt denn da unser Pfarrer dazu?«

»Zu was?«

»Zu dem, was deine Tante da textet. Dass es wurscht ist ...«

Davon sollte der Pfarrer tatsächlich lieber nichts erfahren. »Den lässt sie es nicht hören«, antwortete sie. »Der kommt ja nicht mal über das weg, was sie sonst noch so sagt.«

»Aber die Messe für den Afro, die zieht er durch?«, fragte Chantal interessiert.

»Was soll er machen?«, sagte Felizitas obenhin. »Ablehnen wär krass unchristlich.«

Chantal nickte, tauchte die Fingerspitzen in rote Pampe und fuhr ihr damit durch die Haare.

Plötzlich flüsterte sie verschwörerisch: »Du bist auf den Typ gestanden.«

Aufsteigende Tränen machten Felizitas eine Antwort unmöglich.

Chantal fügte in einem Ton, wie man ihn kleinen Kindern gegenüber anschlagen würde, hinzu: »Hätt aber nix gebracht – never ever.«

Felizitas war noch immer außerstande zu sprechen.

Chantal begann aufzuzählen: »Kein Geld, keine Arbeit, keine Wohnung, keine Zukunft, verpeilt ...«

Aber gutherzig, dachte Felizitas, und sanft und ehrlich und einfühlsam ...

Fast hätte sie überhört, was Chantal als Nächstes sagte: »Hätt nicht passieren müssen, wenn er sich rausgehalten hätt.«

Es dauerte eine Weile, bis das in Zitas Hirn eingesickert war. Dann hatte sie drei Fragen auf einmal: »Was hätt nicht passieren müssen? Wo hätt sich der Inno raushalten sollen? Wer sagt so was?«

Chantal tat einen Seufzer und beantwortete die letzte Frage zuerst. »Tobi, O-Ton: Nullchecker brauchen eins auf die Birne.«

Tobias Kunz. Anwaltssöhnchen. Stefan Miedingers bester Kumpel. »Voll der coole Typ«, sagte Chantal, wenn sie von ihm sprach.

Wusste Tobi tatsächlich etwas? Oder wollte er bloß der Oberchecker sein? Klar wollte er das. Aber irgendwelches Blabla in die Welt setzen ohne Aufhänger, ohne den kleinsten Anhaltspunkt?

Kann er nicht bringen, entschied Felizitas. Bringt er auch nicht. Also weiß er was.

Sie musste herausbekommen, was. Aber dazu musste sie auf die Party.

»Kannst du knicken«, sagte Chantal.

»Was?«

»Dass einer was rauslässt. Darum geht's dir doch, oder? Du willst wissen, wer den Afro kaltgemacht hat und warum. No way.«

Das werden wir ja sehen.

Chantal zog ein grünes Top mit Glitzersternchen aus einer H&M-Tüte, die sie hinterm Schirmständer abgestellt hatte, begutachtete es mit gefurchter Stirn, warf abwechselnd einen kritischen Blick auf Felizitas und auf das Top. »Ganz schön gewagt zu den lila Strähnen.«

Felizitas sprang auf, riss ihr das Top aus der Hand. »Passt schon.« Sie hastete bereits in Richtung Tür, als ihr noch etwas einfiel. »Wann geht's denn los?«

Chantal brachte ihre stylische Armbanduhr in wirkungsvolle Position. Nagelneu. Offenbar teuer. Viel zu teuer für ihr Minigehalt im Friseurladen. »Müllers Partyservice kommt um halb sieben. Auf später wollte sich der Schlaffi nicht einlassen. Canceln und woanders bestellen war nicht, weil der Alte vom Stefan nur den Müller nimmt. Der Alte hat auch verordnet, dass um Mitternacht Schluss ist. Wegen morgen Schule und so. Echt ätzend.«

Felizitas war schon fast draußen, da rief Chantal ihr noch nach: »Hast du genug Deo?«

Deo hatte Felizitas noch nie besessen.

»Brauchst du dringend.«

Falsch. Wasser und Seife taten es auch.

FÜNF

Eva starrte die Scheune an, als wäre sie vor ihren Augen aus dem Boden gewachsen.

Da wohnte sie nun seit mehr als sechzig Jahren zusammen mit ein paar hundert Leuten, die sie mindestens seit dem Durchbruch des ersten Milchzahns kannte, in dem Kaff Zirnding; glaubte, über jeden Dreckfleck und jeden Hasenstall hier Bescheid zu wissen, und dann stand da eine Scheune, von der sie nichts geahnt hatte.

Was andererseits aber auch wieder nicht verwunderte. In ganz Zirnding und Umgebung war ja bekannt, dass Ottmar an seinem Weiher keine Besucher wünschte. Keine Spaziergänger, keine Badegäste und erst recht keine Angler. Davon, dass die Zirndinger sich tatsächlich fernhielten, zeugte die fast zugewachsene Zufahrtsschneise.

Eva überlegte, wie lange es her sein musste, seit sie das letzte Mal hier gewesen war, und kam auf ein halbes Jahrhundert. Falls ihr damals – sie war ja noch ein Kind gewesen – die hinter den Bäumen verborgene Scheune aufgefallen war, hatte ihr Gedächtnis deren Vorhandensein längst als unwesentlich eingestuft und ausgelöscht. Dabei war doch eigentlich ganz klar, dass Ottmar an seinem Fischteich eine Art Behausung haben musste. Wo sonst sollte er die ganzen Gerätschaften aufbewahren, die er für die Fischzucht benötigte?

Es musste sich um eine Menge Zeug handeln, denn die Scheune wies beträchtliche Ausmaße auf. Eva schätzte, dass sie gut acht Meter lang und etwa vier Meter breit war.

Die Eingangstür befand sich mittig an der langen Frontseite, direkt vor Evas Nase, und als sie merkte, dass sie einen Spalt offen stand, beschloss sie, einzutreten.

Drinnen war es dämmrig, fast dunkel, sodass Eva ein paar Sekunden warten musste, bis sich ihre Augen an das schwache Licht gewöhnt hatten. Als es so weit war, sah sie den Schrottkühlschrank. Er lag neben dem Eingang, als wäre er hastig dorthingeworfen worden. Was wohl auch der Fall war. Aber warum hatte Bouba ihn ausgerechnet in Ottmars Schuppen entsorgt?

War das ein spontaner Einfall gewesen, oder hatte es einen triftigen Grund dafür gegeben? Darüber glaubte Eva nachdenken zu müssen und meinte, das könne sie ebenso gut hier tun. Ohnehin zog es sie nicht nach Hause und zu Karl und dem Fisch.

Sie setzte sich auf eine Bank, die zusammen mit einem klobigen Holztisch und mehreren Stühlen links von der Eingangstür an der Schmalwand stand, und starrte die Kerben in der Tischplatte an.

Bouba kennt sich aus hier, dachte sie. Er muss oft hier gewesen sein.

Hatte es aber vor ihr geheim gehalten.

Warum hast du mir nie davon erzählt, Bouba? Wirst du mir das jemals erklären können?

Sie schloss die Augen und sah ihn wieder neben dem Baumstamm liegen, reglos und still.

Energisch schluckte sie aufsteigende Tränen hinunter. Du bist nicht tot, Bouba, dachte sie. Und du wirst auch nicht sterben. Die kriegen dich wieder hin. Du musst aber das Deine dazu beitragen. Versprich mir das. Du bist es mir schuldig.

Eva öffnete die Augen wieder. Bouba musste über den Schuppen im Bilde gewesen sein und darüber, dass der nicht immer abgeschlossen war.

Das wiederum sprach dafür, dass er für Ottmar gearbeitet hatte. Vermutlich hatte er die Fische gefüttert, Blätter und Algen aus dem Wasser gefischt, Geräte gereinigt, Fische ausgenommen, was halt so anfiel.

Eva hob den Blick und ließ ihn über die Wand gleiten, die dem Eingang gegenüberlag. Er fiel auf etliche Kescher, Rechen und Schaufeln, die dort ordentlich aufgereiht hingen.

Sie fasste einen der Kescher scharf ins Auge und versuchte, sich die zappelnden Fische darin vorzustellen. Das war nicht schwer. Schwieriger war, sich auszumalen, was dann mit ihnen passierte. Eva entschied, den nächsten Schritt, der allerdings unumgänglich war, einfach wegzulassen, und machte damit weiter, dass sie sich vergegenwärtigte, wie ein toter Fisch nach dem andern auf dem Tisch vor ihr landete, um für den Verzehr hergerichtet zu werden. Dabei musste eine Menge Abfall anfallen. Innereien, Schuppen, Schleim, Flossen, ein Haufen stinkendes Zeug. Der Müll kam offenbar in die blaue Plastiktonne, die sie draußen neben dem Eingang gesehen hatte. Der Geruch, der ihr entströmte, war unverkennbar gewesen.

Und die fertigen Fische? An heißen Sommertagen würden sie schnell zu riechen anfangen und wären innerhalb weniger Stunden verdorben. Demnach mussten sie gekühlt werden. In einem Kühlschrank. Aber um ein solches Gerät betreiben zu können, brauchte es einen Stromanschluss.

Eva warf einen kurzen Blick zur Decke und sah die Neonröhre, die sich über die gesamte Länge des Raumes erstreckte. Sie stand auf, fand beim Eingang einen Schalter und betätigte ihn.

Licht flackerte auf und strahlte dann so grell, dass sie ein paarmal blinzeln musste.

Sie trat an die Wand mit den Keschern und sah, dass darunter Kisten und Körbe aufgestapelt waren, alte und neue, große und kleine. An der Wand gegenüber gab es ein altes, durchgesessenes Sofa mit einer bemalten Bauerntruhe davor. Die Truhe kannte sie. Das Trumm hatte Ottmars Mutter gehört.

An der hinteren Schmalseite der Scheune, die der Wand, vor der Tisch, Bank und Stühle standen, gegenüberlag und die zuvor in fast völliges Dunkel getaucht gewesen war, zeigten sich eine weiß lackierte Anrichte und ein nagelneuer Großkühlschrank.

So war das also. Ottmar hatte sich ein neues Gerät zugelegt und Bouba gefragt, ob er das alte haben wolle.

Und wie war es dann weitergegangen? Hatte Bouba den

ausgedienten Kühlschrank aus dem Schuppen geschafft und den Ratschenschlüssel darin gefunden? Vielleicht. Hatte er dem Ding sofort eine Bedeutung beigemessen und es einfach gelassen, wo es war, weil er nicht wusste, wohin damit?

Während ihr solche Fragen durch den Kopf gingen, schlenderte Eva zu Ottmars Neuanschaffung hinüber und klinkte die Tür auf.

In Griffhöhe stand ein Bierträger, im Fach darüber steckten etliche Flaschen Obstler. Auf der obersten Ablage gab es ein paar Konservendosen, eine Packung Knäckebrot, ein Stück Salami. In den drei unteren Fächern befanden sich reihenweise Plastikboxen. Einige schienen leer zu sein, andere waren offenbar mit speziellem Fischfutter gefüllt.

»Hormone, Antibiotika, Phosphor, Nitrate«, murmelte Eva. »Wer weiß, was für Scheißzeug der Ottmar in sein Fischwasser schüttet, damit die Viecher ordentlich Fett ansetzen, keine Krankheiten und Parasiten kriegen und fleißig ablaichen.« Sie betrachtete die durchsichtigen Boxen und deren teils wie bunte Bonbons wirkenden Inhalt mit finster gerunzelter Stirn. »Den Algenvernichter nicht zu vergessen«, fügte sie mit einem Blick auf eine verschlossene Blechdose hinzu.

»Ettl Hell und Zwetschgenbrand, sonst hab ich momentan nix da.«

Eva knallte die Kühlschranktür so heftig zu, dass die Flaschen klirrten. »Wo kommst du denn her, und was machst auf einmal da?«

Ottmar Benn lachte gutmütig. »Fisch füttern, Fischwasser kontrollieren, nachschauen, ob sich jemand in meinem Schuppen rumtreibt, der da nix verloren hat. Such dir was aus.«

Eva entschied, sich Vorwände und Ausreden zu sparen. Sie stellte einfach die Frage, die ihr als Erstes in den Sinn kam. »Hast dir einen neuen Kühlschrank zugelegt?«

»Magst eine Halbe?«, fragte Ottmar zurück.

Wortlos zog Eva die Tür wieder auf, angelte zwei Flaschen Ettl Hell heraus und trug sie zum Tisch. Ottmar öffnete sie an der Tischkante, dann setzte er eine Flasche an und ließ sich das Bier in die Kehle rinnen, ohne zu schlucken. Versierte Biertrinker konnten das. Eva auch. Sie hatte es allerdings schon lange nicht mehr gemacht.

Ottmar stellte die nun halb leere Flasche auf den Tisch und grinste Eva an. »Der Maxenberger sucht dich. Hast was ausgefressen?«

»Es ist wegen dem Bouba«, antwortete Eva. »Ich hab ihn gefunden.«

Ottmar schaute sie verständnislos an, wofür es nur eine einzige vernünftige Erklärung gab: Er hatte von Boubas Unfall nichts mitgekriegt. Was wiederum nicht sein konnte, denn es gab keinen anderen Weg zu seinem Fischwasser als den, auf dem Bouba vom Rad gestürzt war. Ottmar musste ihn genommen und dabei zwangsläufig die Unfallstelle passiert haben. Oder etwa nicht?

Eine Sache, die sich ausnahmsweise mal leicht klären lässt, sagte sich Eva und fragte: »Von wo genau kommst denn du her?«

Ottmar deutet mit dem Daumen über die Schulter nach Nordwesten. »Alle paar Tag muss der Zulauf zum Weiher freigeräumt werden. Das ganze Dreckszeug, das der Bach anschwemmt, staut sich hinter dem Schutzgitter.«

Eva war an die Tür getreten und schaute zum gegenüberliegenden westlichen Ufer hinüber, wo der Zirndinger Bach ein Stück weit entlangfloss und dann im Wald verschwand. Ein Seitenarm, der sich weiter nördlich befinden musste, speiste anscheinend Ottmars Fischwasser. Um von da zur Scheune zu gelangen, konnte man entweder am Nordufer entlanggehen (was der kürzere Weg war) oder dem ganzen Westufer folgen und über die Süd- und Ostseite heraufkommen. Diese Route führte an der Stelle vorbei, wo die Schneise von den Furthwiesen her einmündete.

»Wo hast denn den Maxenberger getroffen?«, fragte Eva.

Ottmars Daumen schwenkte in südliche Richtung.

»Und der hat kein Wort darüber gesagt, was passiert ist?«

Eva hielt das kaum für möglich, denn Sepp Maxenberger war ein kolossales Klatschmaul.

Ottmar hatte seine Flasche wieder angesetzt und leerte sie nun in einem Zug aus. »Der Sepp ist grad so was von im Stress gewesen. Er ist nämlich über die Rolle Stacheldraht gestolpert, die ich zum Einzäunen hergerichtet hab, und hat sich die Hosennaht aufgerissen gehabt.« Ottmar grinste breit. »Genau im Zwickel. Wie ich auf ihn gestoßen bin, hat er sich den Riss grad mit einer Angelschnur zusammengeflickt. Er hat nach dir gefragt, aber bevor ich was hab sagen können, ist er auf dem Handy angerufen worden. Dienstlich. Hat sich nämlich sozusagen subaltern angehört, wie sich der Sepp gemeldet hat. Da bin ich lieber weitergegangen. Was is'n eigentlich los?«

Eva sagte es ihm und fügte streng hinzu: »Der Bouba hat für dich die Fische ausgenommen.«

Ottmar nickte. »Und gefüttert, das Wasser kontrolliert, den angestauten Dreck weggeräumt ...«

»Illegal«, warf Eva ein.

»Illegal«, äffte Ottmar sie mit einer Grimasse nach. »Die sollen mich doch alle am Arsch lecken, die Ausländerbehörde, das Landratsamt, die, die ...«

»Die ganzen Scheißbürokraten«, half ihm Eva aus.

»Genau. Da haben wir mal einen da, der anstellig ist und fleißig, aber was tun die, die ...«

»Scheißbürokraten.«

»Genau. Geben ihm keine Arbeitserlaubnis. Wo gibt's denn so was? Der andere, der gleichzeitig mit dem Bouba angekommen ist, arbeitet schon seit Wochen in der Autolackiererei in ...«

Eva hörte nicht mehr hin. Sie hatte sich schon oft gefragt, nach welchen Gesichtspunkten Arbeitserlaubnis, Bleiberecht, Aufenthaltsgenehmigungen und dergleichen erteilt wurden. Einmal hatte sie sich sogar beim Landratsamt danach erkundigt und zur Antwort bekommen, es gäbe Richtlinien – einen ganzen Katalog sogar –, an die man sich halten müsse. Das Herkunftsland zählte, die Kenntnisse ...

Eva hatte den Verdacht geäußert, dass es bei der Vergabe zuging wie bei der Ziehung der Lottozahlen, woraufhin man ihr keine weiteren Auskünfte mehr erteilte.

»Für dich kommt doch sowieso bloß einer in Frage, der keine Arbeitserlaubnis hat«, sagte sie jetzt zu Ottmar. »Oder hättest du den Bouba fest angestellt, wenn's erlaubt gewesen wär, und die ganzen Abgaben für ihn gezahlt?«

Ottmar schenkte sich die Antwort und fragte stattdessen: »Meinst du, er is tot?«

Evas Stimme klang rau, als sie antwortete: »Recht lebendig ist er nicht mehr gewesen.«

Ottmar nickte verständnisinnig, stand auf und ging zum Kühlschrank, um sich noch eine Halbe zu holen.

Eva war indessen an den Tisch zurückgekehrt. »Nagelneu, das Teil. Mindestens dreihundertfünfzig Liter Inhalt«, sagte sie mit einer Geste zu Ottmars Neuanschaffung. »Muss ja sakrisch gut gehen, dein Fischhandel.«

Ottmar hatte seine Flasche am Griff der Kühlschranktür geöffnet. Er lachte und prostete ihr zu. »Wenn ich eine Baugenehmigung krieg, reiß ich die ganze Schupfen weg und bau was richtig Gescheites her.«

Eva musste sich anhören, was ihm alles vorschwebte: Räucherkammer, Schlachthaus, Waschraum mit Hochdruckreiniger, Stahltüren …

Sie hingegen wollte wissen, warum Bouba mit Ottmars altem Kühlschrank in der Gegend herumgegondelt war. Mit dem Kinn machte sie eine knappe Bewegung zu der Stelle hin, an der er lag. »Was hat denn der Bouba damit vorgehabt?«

Ottmars Blick wanderte an der Wand entlang, bis er an dem ausgedienten Gerät hängen blieb. »Wie kommt jetzt das Ding wieder daher?«

Eva schwieg und wartete darauf, dass er ihre Frage beantwortete.

Stattdessen ging er hinüber und gab dem ausgedienten Kühlschrank einen Tritt. »War denen wohl nicht gut genug.«

»Wem?«, hakte Eva ein.

Ottmar kam an den Tisch zurück, schob einen Stuhl zur Seite, der ihm warum auch immer im Weg zu sein schien, und hob die Flasche an den Mund. Diesmal ließ er sich Zeit beim Trinken, nahm kleine Schlucke, setzte ab, setzte wieder an. Warum rückt er nicht raus damit?, dachte Eva. Der tut ja, als müsste er ein Geheimnis hüten.

Sie fixierte ihn eine Weile, dann fragte sie, jedes Wort einzeln betonend:»Für wen ist das Scheißteil nicht gut genug gewesen?«

Ottmar bemühte sich sichtlich, seine Antwort nebensächlich klingen zu lassen.»Für die Mannschaft in der Autopolierwerkstatt.«

»Au-to-po-lier-werk-statt.« Eva wiederholte das Wort in Silben zerlegt, als könne sich dadurch ein Sinn erschließen, der ihr entgangen war, als es zusammenhängend ausgesprochen wurde. Nachdem sie festgestellt hatte, dass dem nicht so war, trat sie einen Schritt auf Ottmar zu, baute sich vor ihm auf.

Ottmar Benn war gut eins fünfundsiebzig groß, stämmig und breitschultrig. Eva brachte es immerhin auf eins siebzig. Die fehlenden fünf Zentimeter glich sie damit aus, dass sie sich an der Tischecke abstützte und die Fersen anhob. Ihre Schultern waren zwar schmaler als Ottmars, aber sie hatte einen Vorbau zu bieten, der seine Schulterbreite weit in den Schatten stellte.

Sie brachte ihre Nase nahe an seine.»Du erklärst mir jetzt ganz genau, von was für einer *Au-to-po-lier-werk-statt* du da redest.«

Ottmar wand sich.»Die Sach läuft verkappt. Der Karl hat mein Wort, dass ich zu niemandem was sag.«

Evas Mund klappte auf, blieb eine Weile offen stehen, klappte zu. Dann sank sie auf die Fersen zurück. Sie schluckte, fuhr sich mit der Hand über die Stirn und durch die Haare. Plötzlich wandte sie sich von Ottmar ab und ging langsam zum Ausgang der Scheune.»Ich muss den Karl also selbst fragen. Ja, das kann ich natürlich tun.«

Sie war schon fast aus der Tür, als Ottmars Stimme sie einholte. »Bleib da.«

Erneut saßen sie sich am Tisch gegenüber. Ottmar hatte eine dritte Halbe für sich aufgemacht. Eva hatte abgewunken. Ihre erste war noch zu einem Viertel voll.

»Aber von mir hast es nicht«, sagte Ottmar.

Ohne mit der Wimper zu zucken, hob Eva die Hand mit ausgestrecktem Daumen, Zeige- und Mittelfinger. Ottmar schien die Geste zufriedenzustellen.

»In Alfred seine Wurstküch bist anscheinend schon lang nimmer reinkommen«, sagte er.

Evas leider so früh dahingegangener Ehemann hatte in jungen Jahren eine Metzgerlehre und bald darauf die Gesellenprüfung gemacht. Für einen späteren Gastwirt war das keine schlechte Vorbildung, zumal Alfred Brunriedl schon damals für seine Blut- und Leberwürste, seinen Presssack und sein Schwarzgeräuchertes berühmt gewesen war. Sein Renommee bewirkte, dass Gäste bis von Passau, Regen und Freyung ins Zirndinger Dorfwirtshaus kamen, einzig und allein wegen der Schlachtplatte, die – garniert mit frisch geriebenem Kren, würzigen Radieserln und knackigen Gurkerln – ihresgleichen suchte.

Irgendwann war dann die Nachfrage nach Alfreds Erzeugnissen so stark gestiegen, dass die Wirtshausküche für deren Herstellung nicht mehr ausreichte, da in dieser Küche auch die Gerichte zubereitet werden mussten, die sonst noch auf der Speisekarte standen. Deswegen und weil die Suddämpfe immer so schwer im Haus lagen, entschieden die Brunriedls, ihre Wurstküche auszulagern. Möglichst weit weg von Wirtsstube, Privatwohnung und Gästezimmern. Am besten in den hinteren Teil des Grundstücks, wo alte knorrige Bäume wuchsen und ein kleines Rinnsal floss. Moorland grenzte hier an, durch das ein uralter Damm aus Feldsteinen führte, der aber noch gut befahrbar war, sodass die Schweinehälften, die Säcke mit dem Pökelsalz und was auch immer Alfred für seine Wurstwaren sonst noch benötigte, auf diesem Weg herantransportiert werden konnten. Zudem standen dahinten noch die Überreste vom Gemäuer eines ehemaligen Ziegenstalls.

Alfred Brunriedl ließ die Mauern ausbessern, verlängern, aufstocken und neu verputzen. Er engagierte einen Zimmermann, einen Dachdecker und einen Fliesenleger, sorgte für Wasseranschluss und Heizung. Gleichzeitig bestellte er sich einen Metalltisch und eine Abfüllmaschine, und bald konnte er mit seinen sonstigen Gerätschaften in die neue Wurstküche umziehen.

Viele Jahre lang brachte er mindestens einen Tag pro Woche dort zu. Eva hätte nicht mehr sagen können, wann genau er anfing, die Produktion zu drosseln. Vermutlich als immer mehr Leute auf gesunde Ernährung zu setzen begannen. Als dann auch das Geschäft im Wirtshaus einsackte, rentierte sich das Wursten und Räuchern nicht mehr. Die ganze Sache schlief ein, die Wurstküche geriet in Vergessenheit. Niemand kam auf die Idee, sie überhaupt noch zu betreten, bis Karl fragte, ob er sie als Werkstatt für kleinere Reparaturen im Rahmen seiner Hausmeistertätigkeit umbauen dürfe. Eva hatte darauf geantwortet, aus der alten Bude da unten am Moor könne er machen, was er wolle. Von ihr aus gern eine Kegelbahn oder auch eine Kletterhalle, damit hätten ihre Burschen bestimmt großen Spaß.

In den darauffolgenden Tagen und Wochen hatte sie es oft hämmern und sägen hören. Sogar Handwerker waren aufgekreuzt. Eva hatte sich nicht darum gekümmert. Karl wusste doch wohl, was er tat.

»Der Karl hat aus der Wurstküch eine Autopolierwerkstatt gemacht«, sagte Ottmar.

»Eine Autopolierwerkstatt.« Erneut wiederholte Eva das Wort. Ihr war zwar klar, was es bedeutete, aber sie konnte sich Alfreds Wurstküche nicht derart verwandelt vorstellen. Karl hätte dazu beachtliche Umbauten vornehmen müssen.

Was er durchaus konnte. Sie hatte ihm ja quasi einen

Freibrief ausgestellt und nie nachgesehen, was am Rand der Moorauen vor sich ging.

Aber seit wann verfügte Karl über Kenntnisse und Erfahrungen in der Kfz-Branche?

Sie sah Ottmar ungläubig an. »Der Karl möbelt in der alten Wurstküch Autos auf?«

Ottmar nickte. »Dellen ausbeulen, Reifen wechseln, Rost wegschleifen, Lack aufpolieren, kleine Reparaturen halt. Beim Polieren ist seine Mannschaft inzwischen unschlagbar, sagt der Karl. Öl- und Batteriewechsel ist aber auch kein Problem.«

Ottmar verstummte, und es herrschte eine Weile Schweigen, während in Evas Kopf ein ungefähres Bild von Karls Geschäftsmodell entstand.

»Die Burschen arbeiten so prima, dass sich Karl vor Aufträgen gar nicht mehr retten kann«, setzte Ottmar nach einiger Zeit hinzu, weil ihm das Schweigen offenbar unangenehm wurde. »Und kostengünstig. Da kann so leicht keiner mithalten.«

So war das also. Karl Rucknagel, der ihr seit Jahren Avancen machte, betrieb hinter ihrem Rücken auf ihrem Grundstück ein illegales Unternehmen. Er hatte die Dreistigkeit besessen, ihr Entgegenkommen, ihr Vertrauen, ihre Gutmütigkeit schamlos auszunutzen.

Eva ballte die Fäuste. Karl hatte nicht nur ihre Wurstküche, sondern auch ihre Schützlinge schändlich missbraucht.

Als ahnte er, was ihr so alles durch den Kopf ging, fuhr Ottmar fort: »Ein besseres Platzerl als wie die alte Wurstküch hätt der Karl nirgends finden können. Die war ja wie gemacht für seine Zwecke. Auf der Hinterseite hat sie das riesige Tor mit den zwei Flügeln, durch das der Alfred mit seinem Transporter immer reingefahren ist. Der Dammweg ist noch gut genug instand, sodass der Karl die Autos da hin- und herkarriolen kann. Unbeobachtet. Wer verirrt sich denn schon in die Moorauen und hält da Rundumschau?«

Eva zeigte keine Reaktion, und Ottmar sprach weiter.

»Der Karl holt die Autos meistens persönlich bei der Kundschaft ab, fährt sie in seine Werkstatt und bringt sie, wenn alles fertig ist, wieder zurück. Du glaubst gar nicht, wie gut der Laden läuft.« Er warf Eva einen forschenden Blick zu, der nicht erwidert wurde, denn Eva starrte die Tischplatte an. Ottmar wartete eine halbe Minute, dann sagte er: »Die alte Wurstküch war einfach ideal. Raum genug, alles gefliest. Ein Wasseranschluss war da – den aber der Karl bloß fürs Trinkwasser benutzt, weil er fürs Grobe den Moorbach anzapft hat – und sogar Regale fürs Werkzeug. Den Sudkessel hat er halt wegtun müssen und die Räucherkammer dichtmachen. Im früheren Kühlraum lagert er die Lacke, den Rostlöser, das ganze stinkende und gefährliche Zeug, das bei Hitze explodieren tät.«

Er machte wieder eine Pause und bedachte Eva mit einem Blick, der zu fragen schien, ob sie nun endlich zufrieden war oder noch mehr aus ihm herausholen wollte.

Das wollte sie auf jeden Fall. »Bei so viel Kundschaft müsst doch längst herausgekommen sein, was bei uns in der Wurstküch los ist.«

Ottmar klang geradezu ungnädig, als er antwortete: »Hab ich nicht grad gesagt, dass der Karl die Autos meistens persönlich abholt? Und meinst du, da fragt einer groß nach, wo er den Karren hinbringt und herrichtet und ob ihm jemand dabei hilft? Garantiert nicht. Geht der Kundschaft am Arsch vorbei. Hauptsach, die Chaise schaut wieder aus wie neu und die ganze Gschicht kost nicht viel. Und«, sagte er mit erhobenem Zeigefinger, »denk dran, dass seine Mannschaft keinen Schritt vom Grundstück runtermachen muss. Du siehst einen oder zwei von den Burschen durch den Garten gehen und denkst dir nix dabei. Rein gar nix.«

Ottmar hat recht, sagte sich Eva. Was Karl da unter den Augen der Ausländerbehörde, unter den Augen vom Finanzamt und unter den Augen der sonst so ausgefuchsten Zirndinger aufgezogen hat, ist in gewisser Weise genial.

Was nicht bedeutete, dass sie es guthieß. Das tat sie ganz

und gar nicht. Und es zwickte sie gewaltig, dass er sie so infam hintergangen hatte.

»Der Karl ist ein richtiger Schlaukopf«, sagte Ottmar.

Und ein falscher Hund, dachte Eva.

Er hatte es verstanden, oft genug in ihrer Nähe aufzutauchen und seine Hausmeisterarbeit so zügig zu erledigen, dass er ihr so gut wie jederzeit präsent zu sein schien.

Langsam atmete sie aus, entspannte sich, lockerte die Fäuste.

Karl hatte sie gelinkt, so war das. Irgendwann würde sie es ihm heimzahlen. Aber nachtarocken half jetzt gar nichts.

»Ist Bouba einer von Karls Mannschaft?«, fragte sie beherrscht.

Ottmar nickte. »Der Beste.« Ein Schmunzeln hob seine Mundwinkel, modellierte sein flächiges Gesicht. »Der ist nämlich gelernter Lackierer.«

Das brachte Evas Gedanken wieder auf den alten Kühlschrank. Sie stupste mit der Schuhspitze dagegen. »Und was wollte er damit?«

»In der Werkstatt aufstellen«, gab Ottmar nun bereitwillig Auskunft. »Für Cola und Limo, Wurstsemmeln, was Karl halt so spendiert. Und frag jetzt nicht, warum er das Ding wieder dahergebracht hat. Ich hab nämlich keine Ahnung.«

SECHS

»Die Zita aus Zirnding«, sagte Stefan Miedinger und schnalzte mit der Zunge. »Ich glaub's im Leben nicht.« Felizitas hatte es selbst kaum geglaubt, als sie sich im Spiegel betrachtet hatte.

»Toll schaust aus. Irre gut.«

Ja, als würde sie dazugehören. Was aber nicht der Fall war. Trotz des Outfits, das Chantal ihr verpasst und das sie selbst noch vervollkommnet hatte. Ihre Haare waren jetzt gescheitelt und lagen am Kopf an. Die schlichte Frisur betonte ihre Augen, die dank des Eyeliners und des Lidschattens ausdrucksstark wirkten und von der etwas zu spitzen Nase ablenkten. Der Mund war dezent rot geschminkt – Felizitas hatte die oberste grelle Schicht abgewischt, damit er nicht so aufreizend wirkte.

»Funky«, sagte Stefan. Seine Augen tasteten ihren Körper ab. Der steckte oben in dem Glitzertop von Chantal. Ohne BH. Brauchte Felizitas nicht. Ihr Busen war klein und fest. Zu dem Top hatte sie schwarze Leggings gewählt. »Optimalo für deinen Knackarsch«, hatte Chantal gesagt.

Insgeheim stimmte Felizitas ihr zu. Alles in allem machte sie richtig was her. Das hob ihr Selbstwertgefühl. Heftig. So heftig, dass sich ihr Hirn vernebelte und sie rotzfrech zu Stefan Miedinger sagen ließ: »Söhnchen Stefan aus Solla. Ziemlich ausgepowert schaust aus.«

Na super. Volltreffer, Felizitas. Das lässt sich der Sprössling vom Granit-König nicht bieten. Der wirft dich hochkantig raus. Noch bevor du auch nur einen Schimmer davon hast, was Tobi Kunz gemeint hat, als er durchblicken ließ, Innocent würde noch leben, wenn er nicht jemandem auf die Zehen getreten wäre.

Stefans Brauen zogen sich bereits ärgerlich zusammen. Felizitas biss sich auf die Lippen und wartete auf ihren

Rauswurf, rechnete mit einem verächtlichen »Hau bloß ab, blöde Tussi«.

Aber dann begann Stefan Miedinger lauthals zu lachen.

»Touché.«

Stefan stand kurz vor dem Abitur. Leistungskurs Französisch. Das ließ er gern raushängen.

Soll er nur, dachte Felizitas. Hauptsache, ich kann bleiben.

Sie spürte, wie seine Hand ihre Finger umschloss, und ließ sich von ihm zu einem Tresen an der Stirnwand des Festsaales führen, wo Getränke ausgegeben wurden. »Wein, Bier, Hugo …?«

Stefan blickte sich kurz im Saal um, und Felizitas sah ihn jemandem ein Zeichen geben. Im nächsten Moment stand Tobi Kunz neben ihr.

»Hi, Zita, was trinkst du?«

Bestimmt nichts mit Alkohol. Als der Gasthausbetrieb noch lief, hatte Felizitas so viele Besoffene gesehen und Tante Brunriedl hatte sie so oft vor dem Trinken gewarnt, dass sie eine Bierflasche noch nicht mal anfassen wollte.

Am liebsten hätte sie ein Glas Wasser verlangt. Doch damit wäre sie zu uncool rübergekommen.

Bevor sie sich entscheiden konnte, hielt sie einen Hugo in der Hand.

Stefan und Tobi prosteten ihr mit ihren Bierflaschen zu, was sie dazu zwang, ihr Glas zu heben und einen Schluck von ihrem Getränk zu nehmen.

Die beiden setzten ihre Flaschen an den Mund und sahen sich bedeutsam an. Felizitas schien es, als würden sie eine stumme Unterhaltung miteinander führen.

Womöglich machten sie das sogar. Schließlich kannten sie sich von klein auf. Kindergarten, Grundschule, Gymnasium. Die ganzen Jahre über waren sie zusammen gewesen. Wahrscheinlich hatten sie sogar nebeneinandergesessen. Auf den Stühlchen beim Morgenkreis, auf der Bank in der Schule. Letzte Woche hatten sie zusammen über den Abiturprüfungen gebrütet. Den schriftlichen. Die mündlichen hatten sie noch vor sich.

Was machten die zwei da klammheimlich miteinander aus? In ihren Köpfen musste dasselbe Programm ablaufen, äußerlich hätten sie allerdings nicht unterschiedlicher sein können.

Stefan war untersetzt und stiernackig wie sein Vater. Seine fad-braunen Haare waren seit Neuestem blond gefärbt. Chantals Werk. Sie hatte ihm auch einen Haarschnitt Marke »Hipster« verpasst. Felizitas hatte keine Ahnung, was der Ausdruck bedeutete. Stefans Frisur sah jedenfalls so aus, als wäre er durch einen Windkanal geschleift worden.

Tobi war größer und drahtiger als Stefan, hatte dunkle Haare, die sich befanden, wo sie hingehörten, und ein kantiges Gesicht.

Er riss Felizitas aus ihren Gedanken. »Hier, für dich.« Auf seiner offenen Handfläche, die er ihr hinhielt, lag eine rosa Pille. »Macht alles easy.«

Der Schrecken, in den er sie damit versetzte, musste ihr anzusehen sein, denn Stefan sagte mit einem entspannten Achselzucken: »Voll harmlos, das Zeug. Nimm schon. Haben alle von uns intus.«

Ablehnen war keine Option.

Wenn ich jetzt Nein sage, kann ich mich eindosen, dachte Felizitas und streckte die Hand aus, um das rosa Ding von Tobis Handfläche zu pflücken, aber Stefan hielt sie am Gelenk fest.

Hatte er es sich anders überlegt? Wollte er doch lieber keine seiner Macht-alles-easy-Pillen an sie verschwenden?

Erleichtert ließ sie die Hand wieder sinken. Im nächsten Moment spürte sie Stefans Arm um ihre Schultern. Er schob sie in Tobis Richtung und machte anzüglich »Pffft«. Gleichzeitig führte Tobi seinen Handteller an ihren Mund.

»Wer kneift, ist megaout.« Chantals Stimme in Zitas Ohr. Seit wann stand sie neben ihr?

Felizitas hatte keine Wahl. Sie spitzte die Lippen, saugte die Pille in ihre rechte Wange und schluckte Spucke.

Stefan und Tobi feixten zufrieden. Einen Augenblick später waren sie fort. Auch Chantal war plötzlich wieder weg. Felizitas sah sich nach einer Möglichkeit um, die Pille und den restlichen Hugo in ihrem Glas loszuwerden.

Vor allem die Pille musste weg. Tante Brunriedl hatte gründlich dafür gesorgt, dass sie wusste, was Drogen anrichten konnten.

Sie setzte sich in Bewegung und versuchte, so lässig wie möglich durch den Saal zu schlendern. Dabei fiel ihr das Wort »Spießrutenlauf« ein. Ja, genau so musste eine derartige Strafaktion ablaufen.

Gefühlte tausend Augenpaare tasteten sie ab. Manche verstohlen, die meisten ganz dreist. Ab und zu deutete jemand einen schlaffen Gruß an, den Felizitas mit einem Nicken beantwortete. Keiner kam auf sie zu. Nicht einmal jemand aus ihrer Schule. Es war, als würden alle auf ein Zeichen von Stefan oder wenigstens von Tobi warten, das ihnen sagte, wie sie sich Zita aus Zirnding gegenüber zu verhalten hatten.

Gut, dachte Felizitas. Dann wartet eben.

Sie hatte sowieso etwas vor, und inzwischen wusste sie auch, wo sie es erledigen konnte.

Sie befand sich jetzt ungefähr in der Mitte des Festsaals, schwenkte nach rechts und hielt zielstrebig auf den mit Discokugeln dekorierten Durchgang zu, durch den man in einen schummrigen Raum mit Bartresen samt Hockern und etlichen bequemen Sitzgruppen gelangte.

In dem lang gestreckten Raum war die Beleuchtung so schwach, wie Felizitas erwartet hatte, denn dorthin verzogen sich die Pärchen zum Knutschen. Sie war sich ziemlich sicher, dass niemand etwas mitbekommen würde, wenn sie Pille und Hugo hier entsorgte.

Den Raum kannte sie bis in den letzten Winkel, weil sie als Kind darin oft Verstecken gespielt hatte, und sie erinnerte sich, dass in der linken hinteren Ecke ein künstlicher Gummibaum in einem Plastiktopf stand. In diesem Topf sollte die Pille ihr Grab finden.

Felizitas war überrascht, wie viel Betrieb hier bereits herrschte. Damit hatte sie nicht gerechnet. Sie war fest davon ausgegangen, dass es in der Bar erst nach dem Abendessen zur Sache gehen würde.

Bevor sie ins Dämmerlicht tauchte, warf sie noch schnell einen Blick auf ihre Armbanduhr. Schon nach sieben. Müllers Partyservice ließ sich ja Zeit.

In der Bar roch es, seit Zita denken konnte, nach Staub und nach Schimmel. Die Deko stammte aus den achtziger Jahren, als im Saal noch tolle Faschingsbälle stattgefunden hatten. Schwarz-Weiß-Ball, Turnerball, Lumpenball. Tante Brunriedl hatte die Wand hinter der Bartheke mit Fotos davon vollgepflastert. Mittlerweile waren sie verblasst und mit einem Schmutzfilm überzogen. In der Bar machte längst keiner mehr richtig sauber, weil sie so gut wie nicht mehr benutzt wurde. Die Vereine brauchten nur den Saal. Den putzte eine Frau aus dem Dorf. Um die Dekoration kümmerten sich diejenigen, die ihn für ihre Veranstaltung gemietet hatten. Kolping hatte bei der Generalversammlung Pappnasen aufgehängt. »Passt«, hatte Tante Brunriedl kommentiert.

Felizitas ging den Bartresen entlang, vor dem sechs hohe Hocker standen. Zwei davon waren von einem knutschenden Pärchen im Gothic-Look besetzt. Das Mädchen hatte eine Art Rosenkranz von der Nase zum rechten Ohr gespannt, der allerdings etwas im Weg zu sein schien, ebenso wie der Krummsäbel, der vom Gürtel ihres Partners hing.

Über die Wand, die dem Tresen gegenüberlag, war, seit Felizitas denken konnte, ein Fischernetz drapiert, in dem Plastikmuscheln, Plastikfische und Plastikpflanzen hingen. Aus dem Netz regnete es von jeher Flusen und anderes Zeug, das sie nie genauer zu inspizieren gewagt hatte. Darunter standen niedrige Tische mit je zwei Polstersesseln. Außerdem gab es Sofas mit Armlehnen, aus denen man kleine Tischplatten ziehen konnte. Auf einem davon waren Stefan und Chantal heftig zugange.

Obwohl kaum zu befürchten war, dass die beiden auf sie

aufmerksam werden würden, strich Felizitas wie ein Luftzug an ihnen vorbei, wand sich um die nächste Sitzgruppe und verdrückte sich in die Ecke mit dem Gummibaum. Dort glitt sie in den Sessel neben der Pflanze, spuckte die Pille, die sich in ihrem Mundraum schon halb aufgelöst hatte, in den Topf und kippte ihr den Hugo hinterher.

»Das finde ich stark.«

Felizitas zuckte dermaßen zusammen, dass ihre Knie gegen das niedrige Tischchen vor ihr schlugen.

»Sorry.«

Die Stimme kam aus dem Sessel gegenüber.

Felizitas biss sich auf die Lippe. Warum hatte sie sich nicht davon überzeugt, dass die Luft rein war, bevor sie den künstlichen Gummibaum düngte? Jetzt war es zu spät. Der Typ hatte alles beobachtet und würde sie bestimmt hochgehen lassen.

Sie fragte sich, auf wen sie da gestoßen war. Die Stimme hatte nicht ganz fremd geklungen, aber wem gehörte sie?

Sie kniff die Augen zusammen, sah ein wenig schärfer, aber nicht scharf genug, denn der Typ hockte in einer Ecke, in die kaum ein Lichtschein drang. Wer zum Geier sitzt mir gegenüber?, dachte sie.

»Mark«, sagte die Stimme gedämpft. »Wir laufen uns immer am Zirndinger Friedhof über den Weg.«

Mark Bündner. Felizitas erkannte seinen Tonfall und – endlich klarer, weil er seinen Sessel etwas vorgerückt hatte – seine Gesichtszüge.

Ja, Mark hatte recht. Das Grab von seinen Großeltern lag neben dem von ihren Eltern, sodass Mark und sie jedes Jahr an Allerheiligen direkt nebeneinanderstanden. Mark vor dem Bündner-Grab, Zita vor dem Brunriedl-Grab, in dem auch Onkel Alfred beerdigt war.

Ansonsten hatte sie mit Mark Bündner noch nie viel zu tun gehabt. Was sie über ihn wusste, hatte sie entweder von Chantal, die über alles im Landkreis, insbesondere aber über die jungen Burschen, immer bestens informiert war, vom Schulhof oder von Tante Brunriedl, die wegen der Friedhofsnachbarschaft beim Harken und Pflanzen oft mit Marks Mutter ins Gespräch kam und sowieso das Gras wachsen hörte. Aus einer dieser Quellen (Chantal vermutlich) war Felizitas bekannt, dass Mark mit Stefan Miedinger und Tobi Kunz in dieselbe Klasse ging, aber nicht zur »Clique« gehörte.

Mark war so etwas wie ein Außenseiter. In der Schule zeigte sich seine Einzigartigkeit am deutlichsten, denn sein IQ schlug den seiner Mittschüler um Längen. Bei Landeswettbewerben in Mathematik räumte er regelmäßig Preise ab. Stefan Miedinger nannte ihn den »Superchecker«, und das wohl durchaus mit Respekt.

»Solche Leute hält sich der Miedinger warm«, pflegte Tante Brunriedl zu sagen, wenn die Rede auf Marks spezielle Fähigkeiten kam.

Offensichtlich hatte sie recht, denn er wurde zu sämtlichen Feten im Landkreis eingeladen, und nie hatte Felizitas irgendetwas darüber gehört, dass ihn einer blöd angemacht hätte.

Ja, Asse wie Mark Bündner hält man sich warm, ging es ihr durch den Kopf. Das hat Stefan von seinem Vater, dem Granit-König, gelernt und Tobi von seinem Vater, dem Anwalt.

Sie blinzelte und stellte fest, dass sich ihre Augen mittlerweile mit dem Schummerlicht abgefunden hatten und von Mark nun ein recht deutliches Bild lieferten.

Er hatte die Augenbrauen zusammengezogen und studierte sie, als wäre sie ein Knobelwürfel.

»Fake«, sagte er nach einer Weile.

Felizitas hatte keine Ahnung, was er damit meinte, weshalb sie es vorzog zu schweigen.

Da fragte er ernst: »Warum hast du dich so verkleidet?«

Bevor Felizitas bewusst wurde, dass sie sprach, war es schon heraus. »Es ist wegen dem Innocent.«

Marks Augen wurden schmal. »Der tote Nigerianer.«

Das war nicht als Frage gemeint. Mark wusste Bescheid.

Felizitas hätte sich ohrfeigen können. Warum hatte sie den Mund nicht halten können? Jetzt war alles verpatzt. Mark würde dafür sorgen, dass sie keine Auskünfte bekam. Von niemandem. Er würde – Außenseiter hin oder her – im Interesse seiner Klassenkameraden handeln.

Antworten kann ich ab sofort vergessen, dachte sie und überlegte, ob sie einfach aufstehen und gehen sollte. Sich bei Tante Brunriedl verkriechen. Der Gedanke lockte.

»Er ist hier drin erschlagen worden«, sagte Mark.

»Im Saal drüben«, antwortete Felizitas automatisch. »Tante Brunriedl hat ihn gefunden.«

Auch das schien Mark nicht neu zu sein. »Und damit hat es sich. Die Polizei tappt im Dunkeln, heißt es.«

»Die glauben, dass es einer von den andern war.« Felizitas drückte die rechte Hand auf die Lippen, als könnte sie damit den Mechanismus abschalten, der sie immer wieder zum Reden zwang.

Wie kam sie dazu, sich von Mark Bündner aushorchen zu lassen?

»Einen der Asylanten haben sie in Verdacht?«, hakte Mark nach.

Zitas Hand gab eigenmächtig den Mund frei. »Tante Brunriedl hat gesagt, die Kripo soll sich mal Sabo und seine Leute auf den Schirm holen. Aber die haben sie ja sowieso alle verhört.«

Schon wieder. Wieso konnte sie die Klappe nicht halten? Was ging es Mark an, wem Tante Brunriedl den Mord am ehesten zutraute?

»Weil sie keine deutsche Mama haben wollen?«, fragte Mark leise.

Felizitas richtete sich auf, bog den Rücken durch. Sie musste schleunigst weg. Was sie hier in der dunklen Ecke hatte tun wollen, war längst erledigt. Nichts hielt sie mehr. Am allerwenigsten dieses Mathe-Ass, das so höllisch clever war.

»Sorry«, sagte Mark. »Deine Tante hat es anscheinend immer gut gemeint mit ihren Pensionsgästen. Aber einige haben halt nicht gerafft, an wen und an was man sich halten kann oder soll.«

Wo nahm Mark bloß solche Sachen her? Er konnte doch unmöglich wissen, welche Kämpfe Tante Brunriedl auszufechten gehabt hatte.

Vor allem was ihren Unterricht in Grafenau betraf, benahmen sich viele der Afrikaner geradezu störrisch. Auf Lernen hatten sie null Bock.»Ich Kopfweh ... Ich zu müde für Schule ... Ich heute lieber in Haus, Regen draußen ...« Tante Brunriedl hatte fast jeden Tag einem von ihnen die Leviten lesen müssen, aber sie hatte auch viel dafür getan, den Burschen die Sache mit dem Unterricht leichter zu machen. Sie hatte Schultaschen besorgt, Stifte und Schnellhefter, alles, was gebraucht wurde. Und damit ihre Schützlinge auf dem Schulweg nicht frieren mussten, hatte sie sich sogar darum gekümmert, dass sie warme Sachen zum Anziehen besaßen. Wollene Mützen strickte sie ihnen persönlich. Das tat sie noch immer.

»Gab's Zoff unter den Typen?«, fragte Mark.»Könnte ein Streit das Motiv für den Mord gewesen sein?«

Felizitas zuckte die Schultern. Schwer vorstellbar, dass Innocent mit jemandem Streit gehabt haben sollte.

»In Asylantenheimen ist es schon ein paarmal zu Messerstechereien gekommen«, sagte Mark.»Religion oder Frau«, setzte er hinzu.

Felizitas fragte sich, ob Mathe-Genies generell mit Nebensätzen knauserten.

Geistesabwesend antwortete sie:»Bei uns wohnen immer bloß junge Kerle. Nicht älter als dreißig. Keine Frauen, keine Kinder.«

Marks Nicken deutete darauf hin, dass er auch das gewusst hatte.

»Moslems?«, fragte er.»Christen?«

Felizitas warf ihm einen unsicheren Blick zu.»Solche und solche. Und bei manchen merkt man es nicht.«

Seine Lippen verzogen sich kurz zu einem Grinsen. Felizitas fragte sich, was er so lustig fand. Ihre Naivität?

»Kein offener Konflikt also«, sagte Mark nach kurzem Überlegen. »Folglich auch kein Totschlag im Affekt, oder? Bleibt Mord.«

»Es war keiner von den andern«, entfuhr es Felizitas.

»Wenn es Mord war, ausgeklügelt und vorgeplant, ziemlich sicher nicht«, stimmte Mark ihr zu.

Das klang, als gäbe es etwas wie einen Beweis für seine Aussage. Sollte sie ihn um eine Erklärung bitten, oder lief sie damit Gefahr, dass er sie für hirnamputiert hielt?

Er ersparte es ihr, nachzufragen. »So blöd, Innocent im Wohnheim zu ermorden, wären dieser Sabo und seine Leute garantiert nicht gewesen.«

Logo, sie mussten ja wissen, dass sie als Erste verdächtigt werden würden.

»Die hätten ihn problemlos irgendwohin locken und dort verschwinden lassen können«, fügte Mark hinzu.

Er hatte natürlich völlig recht.

Niemand hätte großes Aufhebens davon gemacht, wenn Innocent eines Tages fort gewesen wäre. Es kam oft vor, dass sich einer der Asylbewerber ein Bayernticket beschaffte, in den Zug nach München stieg und nie wieder in Zirnding auftauchte. Von einem hatte Tante Brunriedl einmal eine Ansichtskarte aus Spanien bekommen.

»In den Moorauen zum Beispiel«, sagte Mark. »Die grenzen ja direkt an euer Grundstück. Da hätten sie ihn erschlagen, die Leiche mit Steinen beschweren und in einem Moorloch versenken können. Klar und einfach. Eine mathematische Lösung.«

Konnte man Mordfälle mit Mathematik lösen?

»Motiv«, sagte Mark.

Echt jetzt. Was sollte das denn werden? So was wie Sprüche raten?

»Wenn man ein gleichschenkliges Dreieck konstruieren will«, fuhr Mark fort, »dann muss man einen Winkel und die

Länge einer Seite kennen. Wenn man einen Mord aufklären will –«

»Sollte man das Motiv kennen«, unterbrach ihn Felizitas. Ein Lächeln blitzte auf. *Nullchecker brauchen eins auf die Birne.* Lag darin das Motiv? Hatte Innocent ganz zufällig etwas mitbekommen, was nicht für seine Augen und Ohren bestimmt war, und hatte er – statt die Sache schweigend zu übergehen – seine Meinung darüber kundgetan, die aber nicht gut ankam? Aber was hätte das sein können?

Unvermittelt hallte Tobis Stimme in ihrem Kopf wider. »Macht alles easy«, hatte er gesagt und ihr die rosa Pille aufgedrängt.

Wie viele solcher Pillen wohl heute Abend von seiner Handfläche gesaugt wurden? Auf wie vielen Partys er solche Pillen wohl schon verteilt hatte?

Felizitas wiederholte Tobis Worte für Mark, rechnete mit einem »Bingo«, lag jedoch falsch.

»Soll heißen?«, fragte Mark.

Auch Superchecker schienen manchmal eine Erläuterung zu brauchen. »Innocent könnte denen in die Quere gekommen sein«, erklärte Felizitas. Ihr Kinn beschrieb dabei einen Halbkreis vom Festsaal zu dem Topf, in dem die rosa Pille begraben lag.

Darüber dachte Mark so ausgiebig nach, dass Felizitas ungeduldig wurde. Sie ließ den Blick durch den Raum schweifen und stellte dabei fest, dass sich alle anderen inzwischen aus der Bar verzogen hatten. Aus dem Festsaal war das Klirren von Besteck auf Porzellan zu hören.

Müllers Partyservice musste endlich gekommen sein.

»Woher hätte er denn von den kleinen rosa Scharfmachern wissen können, die Tobi immer parat hat?«, fragte Mark. »Ist er mal auf einer Fete dabei gewesen?«

Felizitas verdrehte die Augen. Innocent auf einer Miedinger Fete. Never ever.

Obwohl, ganz so undenkbar war das auch wieder nicht.

Die Zirndinger Vereine überboten sich schier darin, Asylbewerber zu ihren Veranstaltungen einzuladen. Vom SC war sogar einmal ein Schwarz-Weiß-Fußballspiel ausgerichtet worden. Tante Brunriedl hatte ungefähr tausend Fotos davon gemacht.

»War er?«, fragte Mark.

Sie schüttelte den Kopf.

Stefan und seine Clique behandelten die Afrikaner, als wären sie Luft. Sie existierten für sie nicht. Galten als Loser, nein, nicht einmal als das.

»Eben«, sagte Mark.

Felizitas hätte nicht erklären können, weshalb sie in diesem Augenblick fragte: »Wo hat Tobi das Zeug eigentlich her?«

Mark bewegte sich in seinem Sessel, als wäre der auf einmal unbequem. »Geheime Quelle.«

Ganz so einfach wollte sie sich nicht abwimmeln lassen. »Seit wann kommt er an solche Pillen ran?«

Mark dachte eine Weile nach, dann sagte er: »Ist schon einige Zeit her, dass ich das erste Mal eine gesehen habe.«

»Kommt das Crack und das Crystal Meth und das ganze Zeug nicht aus Tschechien rüber?«, fragte Felizitas.

»Yep«, antwortete Mark knapp.

»Und hat Tobi nach Tschechien irgendwelche ...«

»Connections«, half er ihr weiter.

Sie nickte.

»Nope. Soviel ich weiß.«

Pause.

Felizitas musste kurz die Augen schließen, weil ihr ein wenig schwindelig war.

»In den Großstädten sind es oft Nigerianer, die Stoff verticken«, sagte Mark.

Davon hatte auch Zita schon gehört oder es irgendwo gelesen. Aber das hier war Zirnding. Dorf. Kuhkaff. Allerdings nicht weit von der tschechischen Grenze entfernt, der die Asylbewerber noch ein Stück näher kamen, wenn sie in Grafenau zum Unterricht gingen oder in Freyung zum Landratsam mussten. Freyung lag nur fünfzehn Kilometer von der Grenze entfernt, Grafenau wenig mehr.

Innocent, ein Dealer?

Garantiert nicht, dachte Felizitas. Für die beiden andern Nigerianer dagegen hätte sie die Hand nicht ins Feuer legen wollen. Falls Kobe und Tayo oder einer von den beiden für Tobi den Stoff besorgt hatten und Innocent dahintergekommen war, hätte es wahrscheinlich Zoff gegeben.

Sie wischte sich über die Stirn, auf der auf einmal Schweißperlen standen. Tayo und Kobe als Dealer.

Nicht wirklich vorstellbar, dachte sie. Tayo ist ein Schlaffi, und Kobe ist nicht ausgekocht genug.

»Alle paar Wochen wird ein Asylantenheim angezündet«, sagte Mark.

Was sollte denn das jetzt wieder heißen?

Felizitas wurde es langsam zu anstrengend. Außerdem bekam sie Hunger. Vom Saal her roch es lecker nach frischem Brot und irgendeinem aromatischen Gewürz.

»Fremdenhass«, sagte Mark.

»Fremdenhass als Mordmotiv.« Felizitas wartete auf Marks bestätigendes Nicken, bevor sie sagte: »Okay. Aber warum hat der Fremdenhass ausgerechnet Innocent getroffen? War er fremder als die anderen Fremden?«

Erneut ließ Mark ein Lächeln sehen. »Manchmal kommt man bei einer Aufgabe nicht ohne Parameter aus.«

Parameter, na toll. Parameter, Parabel, parabol, paradox, para-schieß-mich-tot.

»Parameter sind Hilfsvariablen«, erklärte Mark. »Sie können eine Funktion in verschiedener Weise beeinflussen. Je nachdem ...«

Felizitas blinzelte angestrengt. Ihre Lider fühlten sich auf einmal schwer an. Sie hatte von dem Hugo doch kaum was getrunken und von der Pille das meiste ausgespuckt. War das Zeug so stark, dass schon ein bisschen was davon solche Wirkung hatte? Oder lag es daran, dass sie einfach nichts vertrug?

Mark schien mitzubekommen, dass sie ihm nicht folgen konnte, und begann neu: »Wir müssen nach einem Argument dafür suchen, warum der eine Nigerianer fremder war als die andern. Besser gesagt: warum er für gefährlicher gehalten wurde.«

Klingt nicht schlecht, dachte Felizitas und spürte, wie ihr flau wurde. Ob vor Hunger oder all der Denkarbeit, die sie in der vergangenen halben Stunde geleistet hatte, war schwer zu sagen. Auf jeden Fall sollte sie etwas essen. Aber eines musste sie noch loswerden: »Der Inno war grundanständig, harmlos, nett und garantiert ungefährlich.«

Sie wollte gerade aufstehen, als Mark sagte: »Aber er ist dein Freund gewesen.«

Felizitas plumpste in den Sessel zurück. »Macht ihn das gefährlich?« Ihre Stimme klang kratzig. »Außerdem war er nicht mein *Freund*. Wir haben uns nur gut verstanden und gern miteinander unterhalten.«

»Genau deswegen ist er den Leuten aufs Display geraten«, sagte Mark.

»Was für Leuten? In Zirnding gibt es keine Pegida, und Neonazis treiben sich hier auch nicht rum. Unsere Asylanten werden nicht angemotzt, von niemandem.«

Mark nickte. »Solange keiner eine Einheimische klarmacht.«

»So war das nicht«, erwiderte Felizitas scharf.

Mark winkte ab. »Geschenkt.«

Mark hatte recht. Stefan und seine Kumpels würden ihr Revier natürlich verteidigen. Das Entscheidende war allerdings, dass sie dort nicht hineingehörte. Wen interessierte es, wer Zita aus Zirnding *klarmachte*? Keine Sau.

»Das Motiv kannst du in die Tonne treten«, sagte sie. »Ich bin ja nie gefragt gewesen.«

Mark schüttelte den Kopf. »Es geht ums Prinzip, Zita. Finger weg von unseren Betties, sonst gibt es eins auf die Birne.«

Eins auf die Birne. Tobi. O-Ton.

»Na, ihr Kuschelbärchen?«

Felizitas zuckte zusammen, als tatsächlich Tobis Stimme an ihr Ohr drang.

Er war mit zwei vollen Gläsern an ihren Tisch getreten. Eins davon drängte er ihr auf, das andere drückte er Mark in die Hand. »Auf ex.«

Mark prostete ihr zu.

Tobi wartete, bis sie ausgetrunken hatten. Dann vermeldete er, dass das Büfett schon fast abgeräumt sei.

Die Pixel, nein Schnitzel – warum verstand sie ihn auf einmal so schlecht? Und warum begann er so komisch zu schlingern? Und warum wurde es immer dunkler in der Bar?

SIEBEN

»Da ist sie ja. Trinkt gemütlich eine Halbe mit dem Ottmar, und ich reiß mir einen Haxen aus bei der Sucherei nach ihr.« Sepp Maxenbergers Stimme klang empört. »Hab ich nicht gesagt, dass du eine Aussage machen musst? Und zwar zu Protokoll! Du gehst jetzt mit mir auf die Wache. Aber dalli.« Eva drehte sich zu ihm um. »Ich geh jetzt heim, Sepp. Und du gehst mit mir mit, weil ich dir nämlich was aushändigen muss. Und unterwegs erzähl ich dir, was ich weiß.«

Sie hatte entschieden, Sepp Maxenberger mitzuteilen, wie sie in den Besitz des Ratschenschlüssels gekommen war, den sie für die Tatwaffe hielt, weshalb er kriminaltechnisch untersucht werden musste. Nach dem, was mit Bouba geschehen war, konnte sie ihn nicht mehr heraushalten. Der Unfall war ihr nicht geheuer.

Sie schnitt eine Grimasse, als Maxenberger das Kreuz durchdrückte, die Brust rausstreckte und die Nase hob. Er konnte es einfach nicht lassen, sich bei jeder Gelegenheit aufzublasen. Dabei nahm ihn sowieso kein Mensch ernst. Dafür sorgte schon sein Aussehen. Maxenberger brachte es höchstens auf eins fünfundsechzig, hatte an Bauch und Nacken Speckschwarten wie ein Mastschwein, einen kugelrunden Kopf und Ohren wie Propellerschaufeln. Hätte er etwas anderes als Grütze im Hirn gehabt, dann wäre er vielleicht trotz dieser Mankos geschätzt und respektiert worden. Aber seit sein Lehrer in der Grundschule vor fünfundvierzig Jahren das niederschmetternde Urteil gefällt hatte, Sepp Maxenberger sei dümmer als zehn Meter Feldweg, war Maxenberger das Gespött von Zirnding und hatte von den Mitschülern einiges zu erdulden gehabt. Eva war eine der wenigen gewesen, die ihn nicht triezten, weil sie fand, dass er gestraft genug war. Sie hatte ihn sogar hie und da in Schutz genommen, wenn es die anderen gar zu bunt mit ihm trieben.

Dafür erwartete sie nun so etwas wie eine Gegenleistung vom Polizeiwachtmeister Maxenberger, auch wenn die Grundschulzeit inzwischen fast ein halbes Jahrhundert zurücklag.

Sobald Maxenberger die Amtsperson herauskehrte, war man zudem gut beraten, ihn schnellstmöglich vom hohen Ross zu holen.

Eva machte einen Schritt auf ihn zu, sodass sie ihm nahe genug kam, um den Schmutzfilm auf seinem Mützenschild erkennen zu können, und schaute auf ihn hinunter. »Pluster dich nicht so auf, Sepp, sonst sprengt's dir die Knöpf von der Uniform. Und komm mir bloß nicht damit, dass du dein Scheißprotokoll auf deiner Scheißwache aufnehmen musst. Wenn du was hören willst von mir, gehst mit, wenn nicht, dann nicht. Ich kann nämlich auch den Probst anrufen.«

Das wirkte. Alois Probst war Maxenbergers Vorgesetzter, der ihm durchschnittlich zweimal die Woche mit Suspendierung, Frühverrentung, Disziplinarmaßnahmen, kurz gesagt mit allem drohte, was dazu angetan war, ihn nachhaltig aus seiner Dienststelle zu entfernen.

Maxenberger schluckte, dann machte er den Mund auf, kam jedoch nicht zu Wort, weil Eva schon aus der Tür getreten war und bereits den Uferweg hinuntermarschierte.

Maxenberger lief ihr nach.

Als er aufgeholt hatte, stellte sie die Frage, die ihr schon die ganze Zeit auf der Zunge brannte: »Hat der Notarzt verlauten lassen, wie der Bouba dran is?«

»Kein Wörterl«, antwortete Maxenberger. »Die Doktoren, die sagen ja nix.«

Doch, dachte Eva. Wenn es angezeigt ist, dann schon.

Falls Bouba nicht mehr leben würde, dann hätte der Notarzt das offiziell festgestellt und dem Maxenberger mitgeteilt. Demnach bestand noch Hoffnung, obwohl ihr Bouba mehr tot als lebendig erschienen war.

»Und was sagen die von der Spurensicherung zu der ganzen Sache?«, wollte sie nun wissen.

Diese Frage musste Maxenberger offenbar erst einmal drehen und wenden, beschnuppern und abklopfen.

Das dauerte länger, als Eva lieb war, aber sie hütete sich, ihn bei seinem Denkprozess zu stören, weil sie fürchtete, damit die Antwort nur noch weiter hinauszuzögern.

Endlich sagte er: »Also die Spurensicherung brauchen wir nicht, weil wir es ja ganz klar mit einem Unfall zu tun haben.«

»Sagt wer?«, schnappte Eva.

»Na, alle halt. Ich ...« Er stockte, weil Eva ein Schnauben von sich gab. Als nichts nachkam, fuhr er fort: »... die vom Rettungsdienst, der Probst ...«

»Der Probst ist da gewesen?«, fragte Eva.

Maxenberger verneinte. »Aber ich hab ihn angerufen.«

»Und er hat am Telefon feststellen können, dass der Bouba einen Unfall gehabt hat.«

»Er hat sich die Sach überlegt und hat mir dann Bescheid gegeben.«

Eva schloss einen Moment lang die Augen. Sie hatte Maxenberger für den Vollpfosten auf der Dienststelle gehalten. Jetzt fragte sie sich, ob er nicht einer von den Hellsten war.

Maxenberger schien sich irgendwie kritisiert zu fühlen, denn er wedelte aufgeregt mit beiden Händen. »Ich hab dem Probst ganz genau erklärt, wie ich alles vorgefunden hab. Wie das Radl im Dreck gesteckt ist, wie der Felsbrocken davorgelegen ist, wegen dem der Schwarze wahrscheinlich zu hart gebremst hat und deswegen runtergeflogen ist, wie er mit dem Kopf auf einen Stein geknallt ist, der wo so spitzig war, dass er ihn aufspießen hätte können, wenn der Kerl nicht so eine harte Birne –«

»Was für ein Stein?«

Maxenberger schaute sie verwundert an. »Na, ein Stein halt, wie sie da halt so rumliegen.«

»Wie groß?«

Maxenberger hielt Eva die geballte Faust hin. »So.«

»Hast du ihn sichergestellt?«

Maxenberger schüttelte den Kopf. »Zu was denn?«

»Weil der Stein ein Beweisstück ist, das untersucht werden muss.«

Maxenberger lachte glucksend. »Geh, Everl, was hast denn? Da muss man nix untersuchen. Dass an dem Stein massenhaft Blut dran ist, das hat man von der Weiten gesehen, und dass der Schwarze mit dem Kopf draufgeknallt ist, ist so gewiss, wie ich hier steh.«

»Oder umgekehrt«, murmelte Eva.

»Was meinst?«

»Ich mein, dass nicht der Kopf auf den Stein, sondern der Stein auf den Kopf geknallt ist.«

»Wie viel Halbe hast denn du getrunken, Everl?«

»Ich werd den Stein mit heimnehmen, Maxenberger.«

»Ja, wennst meinst, dann nimmst ihn halt mit. Bloß –«

»Willst ihn doch lieber als Beweismittel sicherstellen?«

»Nein, nein. Das braucht's ja nicht. Ich frag mich bloß, ob ich ihn noch find.«

Eva blieb stehen. Sie und Maxenberger befanden sich mittlerweile an der Uferstelle, wo jener Weg abzweigte, der die Verbindung zu den Furthwiesen herstellte. Auf halber Strecke zwischen hier und dort war Bouba verunglückt. »Hab ich was falsch verstanden, oder hast du grad gesagt, der Stein ist unter seinem Kopf gelegen?«

Maxenberger nickte. »Ich hab ihn – wie der Schwarze abtransportiert gewesen ist – aufgeklaubt und genau angeschaut.«

»Ja und?«

»Dann hab ich ihn in die Stauden geworfen.«

Also doch, Maxenberger war der Vollpfosten.

Eva sog scharf die Luft ein, hielt sie einige Augenblicke lang an, atmete langsam aus. »Das kann ja eine schöne Sucherei werden.«

Resolut bog sie in den Weg durch das Buschwerk ein, das Ottmars Fischwasser von den Furthwiesen trennte.

Maxenberger tappte hinter ihr her.

An der Unfallstelle sah es noch genauso aus wie eine gute Stunde zuvor. Der vordere Teil des Rads steckte im Morast, der Sattel und das Hinterrad ragten in die Luft. Der Anhänger stand senkrecht. Nur Bouba fehlte, aber ihn hatte Eva ja sowieso erst später entdeckt.

»Der Karl holt das Radl ab«, sagte Maxenberger geradezu diensteifrig. »Ich hab ihn schon antelefoniert. Er leiht sich vom Frieder den Transporter.«

Frieder Benn war ein Bruder von Ottmar Benn – insgesamt gab es fünf Geschwister. Er arbeitete bei Granit-Miedinger in Solla. Besagter Transporter gehörte eigentlich zum Fuhrpark der Firma, aber Frieder hatte den Wagen ständig zu seiner Verfügung, tags, nachts, sogar am Wochenende. Dieses Vorrecht war ihm gewährt worden, weil er für die gesamte Familie Miedinger uneingeschränkt Aufträge ausführte – geschäftlich oder privat, wie es gerade kam. Es hatte allerdings dazu geführt, dass Miedingers Transporter inzwischen ganz Zirnding zur Verfügung stand und man ihn zu allen möglichen Tages- und Nachtzeiten mit diesem oder jenem von Frieders Kumpeln am Steuer im gesamten Landkreis herumgondeln sah. Eva hatte sich schon manchmal gefragt, wieso der alte Miedinger in Frieders Fall beide Augen zudrückte. Seinen anderen Angestellten gegenüber verhielt er sich bei Weitem nicht so großzügig.

Entschlossen schüttelte sie die Gedanken an den Granit-König von Solla ab und konzentrierte sich wieder auf das Nächstliegende.

Karl würde das Rad nach Hause bringen, und sie würde persönlich dafür sorgen, dass niemand es anfasste. Und auch den Stein würde sie gewissenhaft verwahren.

Sie nickte Maxenberger friedfertig zu. »In welche Richtung hast du denn gezielt?«

Maxenberger deutete auf ein Brombeergestrüpp linker Hand.

Seufzend stapfte Eva hinein.

Maxenberger hielt sich einen halben Meter rechts von ihr

auf gleicher Höhe. Offenbar war ihm beigebracht worden, wie man beim Durchsuchen eines Geländes vorging.

Bereits nach wenigen Minuten war Eva klar, dass es schwierig, wenn nicht gar unmöglich sein würde, einen faustgroßen Stein in einem Gewirr von dornigen Ranken ausfindig zu machen.

Sie richtete sich auf. »Hast du stark ausgeholt?«

Maxenberger machte es ihr vor. So, wie er den Arm schwang, musste der Stein mindestens zehn Meter weit geflogen sein. Damit wäre er hinter dem Brombeergestrüpp unter einigen verkrüppelten Fichten auf glattem Waldboden gelandet.

Eva dachte, dass das Glück ja irgendwann auch einmal auf ihrer Seite sein müsse, und arbeitete sich zu den Bäumen durch.

Der Stein lag in einer kleinen Mulde, als hätte er dort auf sie gewartet.

Maxenberger, der herangekommen war, deutete mit einem Siegerlächeln auf ihn hinunter. Dann bückte er sich.

Eva bekam ihn am Ärmel zu fassen. »Warte, Sepp. Wir machen das jetzt ganz nach Vorschrift.« Sie überlegte einen Augenblick. »Du hast nicht zufällig so ein Tüterl dabei wie die im Fernsehen, wenn sie Beweise einsammeln?«

Maxenberger kratzte sich am Kopf.

»In der Hosentasche vielleicht?«, schlug Eva vor.

Maxenberger klopfte seine Taschen ab und wurde in einer Gesäßtasche tatsächlich fündig. Beschwingt zog er eine Cellophantüte heraus, die allerdings aussah, als wäre schon einmal ein Wurstbrot darin eingepackt gewesen.

Jedenfalls besser als ein gebrauchtes Kondom, dachte Eva, griff danach, tütete ihr Beweisstück ein und steckte es in die Tasche ihrer Fleecejacke. Sie wollte sich gerade auf den Rückweg machen, als sie mit der Schuhspitze an etwas hängen blieb. Sie wäre vornübergefallen, hätte Maxenberger sie nicht geistesgegenwärtig bei den Schultern gepackt.

»Das Kriechzeug …«, begann er zu schimpfen, stockte

aber, als er sah, dass sich Evas Schuh nicht, wie angenommen, in einer vorwitzigen Brombeerranke verfangen hatte, die ein Stück weitergekrochen war als ihre Genossen, sondern in den Schlingen einer Angelschnur, die über einer Wurzel hingen. »Ja, Kreibenschachterl, wie kommt denn die da her?«

Eva hatte sich hinuntergebeugt und das Ende der fast unsichtbaren, aber offenbar recht widerstandsfähigen Schnur vom Boden gepflückt. Sie hangelte sich daran entlang, um herauszufinden, wo sie festgemacht war. Der Strang führte sie zu einer etwa drei Schritte entfernten Fichte, deren Stamm höher und gerader gewachsen war als die anderen in der Umgebung. Die Angelschnur war mehrmals um ihn herumgewickelt und systematisch verknüpft.

»Kapuzinerknoten«, stellte Maxenberger fachmännisch fest.

»Du musst endlich die Spurensicherung rufen«, sagte Eva.

Maxenberger schaute sie entrüstet an. »Weil da eine Anglerschnur hängt?«

»Genau deswegen.«

Maxenberger blieb daraufhin stumm, rührte sich nicht von der Stelle und machte auch keine Anstalten, nach seinem Mobiltelefon zu greifen, das in der Brusttasche seiner Uniformjacke steckte.

Eva wartete eine halbe Minute, dann sagte sie: »Was willst denn wetten, dass auf der anderen Seite vom Weg auch ein Stück Angelschnur hängt?«

Maxenberger sah sie verdutzt an. »Warum soll denn –«

Sie ließ ihn nicht ausreden. »Weißt was, wir schauen einfach nach.«

Sie überquerten den Weg und tauchten auf der anderen Seite zwischen Hartriegel und Holzapfel ins Gebüsch ein.

Falls Eva gehofft hatte, die Sträucher würden sich schnell ausdünnen und wie drüben einem lichten Baumbestand Platz machen, sah sie sich enttäuscht.

Bereits nach wenigen Metern musste sie erkennen, dass das Gestrüpp nicht so bald enden würde und es deshalb praktisch unmöglich war, das andere Ende der Angelschnur zu finden, selbst wenn es noch vorhanden war. Einige der Stauden ragten gut zwei Meter hoch, und sie besaßen ausnahmslos mehrere starke Stämme, die sich zum Befestigen geeignet hätten. Dazwischen wuchsen zudem viele kleinere Büsche, Farnkrautstöcke und weitere Brombeerranken. Selbst wenn man den Rest des Tages damit hätte zubringen wollen, jedes geeignete Gestänge zu untersuchen, wäre es kaum machbar gewesen, alles zu überprüfen. Maxenberger stapfte bereits fluchend auf den Weg zurück. Eva blieb nichts anderes übrig, als ihm zu folgen.

Er schaute sie vorwurfsvoll an. »Da ist keine Angelschnur. Und wenn, zu was willst überhaupt eine finden?«

»Damit ich beweisen kann, dass sie über den Weg gespannt gewesen ist«, beschied ihm Eva.

Bevor er fragen konnte: »Und zu was soll sie über den Weg gespannt gewesen sein?«, fuhr sie fort: »Ich glaub nämlich, dass es jemand auf den Bouba abgesehen gehabt hat. Das war versuchter Mord, Sepp.«

Maxenberger tippte sich an die Stirn und blickte flehentlich zum Himmel.

Eva ließ sich dadurch nicht im Mindesten beirren. »Der Täter hat eine so gut wie unsichtbare Scheißangelschnur über den Scheißweg gespannt, hat sich versteckt und abgewartet, bis der Bouba daherradelt. Prompt ist der mit dem Lenker hängen geblieben und hat sich mitsamt dem Radl fast überschlagen. Fast. Nicht ganz, weil das Vorderrad in dem Dreckloch stecken geblieben ist und weil der Hänger den Schwung abgebremst hat. Nur den Bouba selber hat nix gebremst, deshalb hat's ihn runtergeschleudert.«

Sepp Maxenberger war deutlich anzusehen, wie er sich bemühte, den von Eva geschilderten Unfallhergang nachzuvollziehen.

»Aber«, sagte er nach einer ganzen Weile, »wieso hätt der Mörder denn wissen können, dass der Schwarze mit dem Kopf genau auf dem spitzigen Stein aufschlägt?«

»Das hat er nicht«, antwortete Eva. »Ich vermute, er hat damit gerechnet, dass der Bouba auf den Felsbrocken aufschlägt, den er ihm in den Weg gerollt hat. Als er gemerkt hat, dass sein Plan nicht ganz aufgegangen ist, hat er nachgeholfen. Mit einem kleinen, spitzen Stein, den er am Wegrand gefunden hat.«

Maxenberger hatte die Stirn gefurcht, sichtlich verwirrt. Es bedurfte einiger Überredungskünste und dauerte den ganzen Heimweg, bis Eva ihn so weit hatte, dass er ihr versprach, seinen Vorgesetzten über die Angelschnur und den von ihr gehegten Verdacht zu informieren.

Als Maxenberger zu guter Letzt der Gedanke kam zu fragen: »Und warum sollte jemand den Schwarzen ermorden wollen?«, antwortete sie: »Komm mit rein, ich zeig's dir.«

»Mit dem Scheißtrumm da muss der Innocent erschlagen worden sein«, sagte Eva, als sie und Maxenberger sich in ihrer Küche gegenüberstanden. »Der Bouba hat es vorhin mitgebracht.«

Eva hatte die von Karl vorbereiteten und auf einem großen Teller angerichteten Fischfilets vom Tisch auf die Anrichte gestellt, den Ratschenschlüssel aus dem Schuhregal geholt, auf den Küchentisch gelegt und das Zeitungspapier auseinandergeschlagen, sodass Maxenberger die mutmaßliche Tatwaffe von allen Seiten begutachten konnte.

Er sah gedankenvoll darauf nieder. Plötzlich streckte er die Hand aus und griff danach.

Ehe Eva ihn daran hindern konnte, hatte er das Ding gepackt und schwenkte es vor ihrer Nase herum. »Weißt du, was das ist?« Er wartete ihre Antwort nicht ab. »Das ist die Dreißiger Ratschn von dem Karl seinem neuen Kombisatz. ›Saxon‹. Siehst, da steht's.« Er hielt den Schriftzug so, dass sie ihn lesen konnte. »Das ist die Firma, von der der Karl sich den Schlüsselkoffer aus dem Katalog bestellt hat. Vor zwei Wochen ist er geliefert worden. Der Karl hat ihn mir gezeigt, wie ich mein Auto bei ihm abgeholt hab.«

Daraufhin musste Eva sich setzen. Dringendst. Sie plumpste auf einen der Küchenstühle.

Durchschnaufen, sagte sie sich. Dann ruhig überlegen. Nicht hudeln. Eins nach dem andern. Erstens: Das Scheißtrumm gehört wahrscheinlich Karl. Zweitens: Halb Zirnding scheint zu wissen, was Karl auf meinem Grundstück treibt. Bloß ich hab bis heut keine Ahnung gehabt.

Mit dem Karl werde ich abrechnen, nahm sie sich vor, aber zuerst …

Sie stützte sich mit beiden Händen am Tisch ab und drückte sich vom Stuhl hoch.

»Die Tatwaffe ist ein Schnitzelklopfer gewesen«, sagte Sepp Maxenberger.

Eva plumpste wieder zurück. »Was hast du gesagt?«

»Dass der Nigerianer höchstwahrscheinlich mit einem Schnitzelklopfer erschlagen worden ist«, antwortete Maxenberger. »Das steht in dem Bericht von dem Institut in München, wo sie die Leichen untersuchen. ›Mutmaßlich ein Fleischklopfer‹ steht da und dass sie das wegen dem Muster festgestellt haben, wo so ein Fleischklopfer auf der Haut und in dem Gewebe darunter macht.« Als Eva ihn daraufhin ungläubig anstarrte, fügte er hinzu: »Das Muster kann man gut erkennen, auch wenn so ein Ding mit der Kante auf den Schädel schlägt.«

Ein Fleischklopfer.

Eva brauchte ein paar Minuten, um das zu verdauen. Und wieso war das nicht schon längst publik geworden? Hatte man sich in der Gerichtsmedizin so lange Zeit gelassen? Hatte Maxenberger entgegen seiner Gewohnheit einmal dichtgehalten?

Ein Fleischklopfer.

»Habt ihr schon nachgeschaut …«, begann sie, aber Maxenberger winkte bloß ab.

»Geh, der liegt doch längst in irgendeinem Loch, wo ihn kein Mensch mehr findet.«

Oder, ging es Eva durch den Kopf, er ist einfach in die

Schublade zurückgesteckt worden, aus der er vorher genommen wurde.

Maxenberger hatte den Ratschenschlüssel wieder auf die Zeitung gelegt. Nachdenklich schlug Eva die Seiten übereinander und knickte sie um, sodass erneut ein Paket entstand. Sie wollte dieses Ding, das sie für die Tatwaffe gehalten hatte, gut verwahren. Warum, wusste sie im Moment selbst nicht.

Sepp Maxenberger hatte indessen auf seine Armbanduhr gesehen, hatte ein erschrockenes Gesicht gemacht und war bereits auf dem Weg zur Tür. »Wenn ich nicht gleich auf die Wache komm, kriegt der Probst wieder seinen Rappel.«

Er war schon auf dem Flur, als Eva ihm nachrief: »Sepp!«

Sein Kopf erschien im Türrahmen. »Ich hab keine Zeit mehr.«

»Wenn eine Nachricht vom Krankenhaus kommt, sagst mir dann Bescheid?«

Er nickte kurz und war auch schon verschwunden.

Eva blieb am Tisch sitzen und barg das Gesicht in den Händen.

Würde Bouba überleben? Was geschah mit ihm? Lag er in diesem Augenblick in einem Operationssaal, wo Ärzte versuchten, ihn zusammenzuflicken? Auf der Intensivstation? In einem ganz normalen Krankenzimmer? Oder in der Leichenkammer?

Sie hätte liebend gern wissen wollen, wie seine Chancen standen.

Im Krankenhaus anzurufen und nach seinem Befinden zu fragen hatte jedoch keinen Sinn. Sie wusste ja nicht einmal, ob man ihn ins Klinikum Passau oder Deggendorf gebracht hatte. Aber selbst wenn sie die Telefonnummer des behandelnden Arztes gehabt hätte, würde es ihr kaum etwas genutzt haben. Bouba konnte sie noch so liebevoll »Mama« nennen, das verschaffte ihr noch lange kein Recht auf irgendwelche Auskünfte über ihn.

»Bouba«, sagte sie leise. »Du darfst mir nicht wegsterben. Du musst es unbedingt packen. Und dann musst du bei der

Polizei eine Aussage machen. Das musst du unbedingt, damit der Scheißkerl, der dir das angetan hat, hinter Gitter kommt.« Eva war davon überzeugt, dass dieser »Scheißkerl« nicht nur Bouba schwer verletzt, sondern auch Innocent getötet hatte. Und wenn der Ratschenschlüssel die Tatwaffe gewesen wäre, hätte der Mordanschlag auf ihn einen gewissen Sinn ergeben. Doch dem war ziemlich sicher nicht so. Warum aber hatte Bouba das Ding angeschleppt? Aus purem Zufall oder weil er *glaubte*, der Ratschenschlüssel sei die Tatwaffe? Oder aus irgendeinem anderen womöglich völlig aberwitzigen Grund?

Eva zog die Nase kraus, als sie einen Geruch wahrnahm, der zuvor nicht da gewesen war. Kreuzkümmel. Drüben in der ehemaligen Wirtshausküche kochten sich die Afrikaner ihr Abendessen.

Oben im Festsaal, wo Miedinger seine Party gab, wurden wahrscheinlich gerade die letzten Schnitzel gegessen.

Das brachte sie wieder auf den Fleischklopfer. Der, den sie früher benutzt hatte, musste noch in der Wirtshausküche sein, und zwar in der untersten Schublade der Anrichte am Fenster.

Als sie aufsprang, um nachzusehen, ob er sich noch dort befand, spürte sie, wie der eingetütete Stein ihre Jackentasche nach unten zog. Sie nahm ihn heraus und legte ihn neben das Paket mit dem Ratschenschlüssel. Dann eilte sie durch den Flur und das Treppenhaus, betrat den verwaisten Schankraum – wo war eigentlich Felizitas? – und schloss die Tür auf, die in die frühere Wirtshausküche führte.

Einer von Sabos Leuten – Eva nannte ihn Zottelhaar – hackte gerade eine Stange Lauch klein. Ein zweiter bewachte den Reis im Kochtopf. Der dritte rührte in der Soße, die nach dem Kreuzkümmel duftete. Ein anderer war damit beschäftigt, Tee zuzubereiten.

Als Eva eintrat, zogen sie die Köpfe ein und widmeten sich angelegentlich ihren Verrichtungen. Dass Sabos Leute auf diese Weise reagierten, wurmte sie mehr als jedes Schimpfwort, das sie ihr an den Kopf hätten werfen können.

Wie immer, wenn sie ihr so zu verstehen gaben, dass »Mama« sich aus ihren Angelegenheiten heraushalten sollte, dass sie nichts, absolut gar nichts von diesen Angelegenheiten etwas anging, dass sie bestenfalls als Möbelstück galt, das man in Kauf nehmen musste, weil es in der Wand eingelassen, festgeschraubt, einfach nicht aus dem Weg zu räumen war, wallte Ärger in ihr auf.

Sie würdigte die Burschen keines Blickes mehr, steuerte zielstrebig auf die Anrichte am Ende der Arbeitsplatte zu und öffnete die unterste Schublade. Wie sie es aus den Zeiten gewohnt war, als sie selbst hier geherrscht und täglich die Gerichte für den Wirtshausbetrieb zubereitet hatte, befanden sich auch jetzt noch alle möglichen Küchenhelfer darin: Schneebesen, Sparschäler, Schöpfkelle ...

Eva klaubte in der Schublade herum, suchte nach dem Fleischklopfer, der eigentlich da sein sollte, weil er ja immer da gewesen war.

War er aber nicht.

Mit einem Knall warf sie die Schublade zu und drehte sich um. »Wo ist der Fleischklopfer?«

Einträchtig wie eine Familie Erdmännchen schwenkten die vier herum und schauten sie unverwandt an.

»Schnitzelklopfer.« Eva griff sich ein Schneidebrett, klatschte ein Schwammtuch hin und ließ ihre Faust mehrmals darauf niedersausen.

Mittlerweile war Sabo durch die Tür gekommen, die in das kleinere Stiegenhaus führte, durch das man von der Küche aus die Zimmer der Asylbewerber und den Aufenthaltsraum erreichte. Er sah ihr interessiert zu.

»Schnitzelklopfer«, wiederholte Eva mit erhobener Stimme und schlug erneut auf das Schwammtuch. »Hammer für Fleisch platt machen. Wo?«

Sabo zuckte die Achseln.

»In dieser Schublade da ist von jeher ein Fleischklopfer gewesen, so groß ungefähr.« Eva deutete eine Länge von etwa zwanzig Zentimetern an. »Wie kommt's, dass der auf einmal nicht mehr da ist?« Als niemand antwortete, setzte sie jede einzelne Silbe betonend und in einer Lautstärke, die eines der Backbleche auf den Herdschienen scheppern ließ, hinzu: »Ich will wissen, wer den Fleischklopfer genommen hat!«

Daraufhin entschied Sabo zum zweiten Mal an diesem Tag, mit ihr zu kommunizieren. »Schreien nicht angemessen. Keiner nehmen Fleischklopfer weg von Küche. Keiner benutzen das Klopfer.«

Eva ging drohend auf ihn zu. »Oh doch.«

Er sah sie verständnislos an.

Der Aufruhr in der Küche hatte indessen die Senegalesen und die beiden Nigerianer Kobe und Tayo auf den Plan gerufen. Sie fanden sich ein, schauten von einem zum andern, unsicher, was los war.

Als niemand mehr sprach, trat Kobe an Eva heran und legte ihr einen Arm um die Schulter. »Good Mama böse?«

Bevor sie antworten konnte, sagte Sabo etwas auf Englisch, das Eva nicht verstand.

Doch Kobe schien nun die Ursache der ganzen Aufregung zu erfassen. Er neigte den Kopf, um seine Nase auf gleiche Höhe mit ihrer zu bringen, und sah ihr in die Augen.

Kobe hatte ein rundes Gesicht mit einem gemütlichen Ausdruck, der die manchmal aufblitzende Härte seines Blicks relativierte. Seine Backen und seine Nase glänzten wie poliert.

Er schaute sie geradezu liebevoll an. »Nicht schlimm, Good Mama, nicht schlimm. Manchmal Sachen einfach gehen an andere Platz. Kann sein, dann nicht mehr finden.«

»Ich muss aber wissen, wer den Fleischklopfer genommen hat«, sagte Eva, wobei ihr Ton jetzt eher resigniert als entschieden klang, denn sie ahnte bereits, was kommen würde, und prompt kam es.

»Niemand wissen, wer genommen hat Klopfer für Fleisch.« Mit einem breiten Lächeln, das die Lücke zwischen seinen beiden Schneidezähnen sehen ließ, fügte Kobe hinzu: »Aber wir gehen kaufen in Supermarkt ganz neue für Good

Mama. Wir sowieso wollten gehen Supermarkt heute.« In seinem Blick lag jetzt ein deutlicher Vorwurf.

Mist, das hatte sie vergessen.

Von Anfang an hatte sich eingebürgert, dass sie ihre Schützlinge in den nahe gelegenen Ort Eging am See chauffierte, wann immer einer von ihnen beim Discounter einkaufen wollte, was mindestens dreimal die Woche vorkam. Kobe hatte heute in Eging Shampoo, Zahnpasta, aber auch Reis und Gemüse kaufen wollen, weil er Drogerieartikel im Zirndinger Dorfladen viel zu teuer fand und zudem die Auswahl an Gemüse im Supermarkt größer war.

Eva warf einen Blick auf die Uhr an der Herdleiste. Halb acht. Die beiden Discounter hatten zwar bis zwanzig Uhr geöffnet, aber selbst wenn sie sofort mit Kobe losfuhr, würden sie zu spät ankommen, um noch einkaufen zu können.

»Morgen«, sagte sie deshalb zu ihm.»Gleich morgen früh geht es nach Eging.«

Kobe nickte zufrieden.»Good Mama jetzt auch nicht mehr böse?«

Eva seufzte endgültig geschlagen.»Passt schon, Kobe.«

Sie schaute in sein gutmütig lächelndes Gesicht und sagte sich, dass sie ihn und wohl auch die anderen – da traf es sich ja gut, dass sie alle hier versammelt waren – über Boubas Unfall ins Bild setzen musste, bevor ihnen irgendwelche Gerüchte zu Ohren kamen.

Sie überlegte gerade, wie sie beginnen sollte, da klingelte ihr Handy.

ACHT

»Nix Schule, nix außer Haus gehen, gar nix, bis das Scheißzeug komplett aus deinem Körper raus ist«, verkündete Eva, als sie mit Kobe zum Einkaufen abdampfte.

Am Abend zuvor hatte sie Felizitas so lange bearbeitet, bis sie ganz genau wusste, warum ihre Nichte so aufgestylt gewesen war und auf Stefans Party Drogen genommen hatte.

»Das mit der rosa Pille wollte ich ja unbedingt vermeiden«, hatte ihr Felizitas versichert.

Als Eva klar wurde, wie die Sache vor sich gegangen war, hatte sie mit Zitas neuem Lineal so fest auf den Tisch geschlagen, dass es zerbrach. »Der Miedinger kann sich auf was gefasst machen.«

Tief drinnen wusste Eva zwar, dass der Miedinger alles, was sie gegen seinen Sohn vorbringen konnte, wegwischen würde wie Fliegenschiss, aber daran wollte sie jetzt nicht denken.

Auch als Felizitas sie inständig bat, die Sache unter dem Deckel zu halten, gab Eva noch lange nicht nach.

Das konnte sie nicht, solange sie kochte wie ein vulkanischer Hot Spot.

Der Anruf gestern war anonym gewesen. Unbekannte Nummer, unbekannte männliche Stimme. »Sie sollten sich um Ihre Nichte kümmern. Die ist oben im Festsaal«, hatte die Stimme gesagt. Dann hatte der Kerl aufgelegt.

Eva hatte keinen Augenblick überlegt, war sofort die Treppen hinaufgestürmt und in den Saal geprescht. Dort musste sie nicht lang nach Felizitas suchen, weil deren Zusammenbruch bereits *das* Gesprächsthema war und alle wussten, wo sie sich befand.

Als Eva auf ihre Nichte zustürzte, kam die gerade wieder zu sich und wehrte vehement ab, als sie das Wort »Notarzt« hörte.

Aber Eva ließ sich auf keine Debatte ein. Als Tobi sich einmischte: »Sie braucht keinen Doktor. Alles easy«, schaltete sie erst recht auf stur. Sie rief den Notarzt *und* die Polizei.

Inzwischen war ihr nämlich aufgegangen, dass Drogen im Spiel gewesen sein mussten, und bei Drogen verstand sie absolut keinen Spaß. Hätte sie das Sagen gehabt, dann wären Stefan und Tobi in Handschellen abgeführt worden.

Aber hatte sie wirklich gedacht, die Polizei würde irgendwas finden? Spätestens als ausgerechnet Sepp Maxenberger auftauchte, dieser Kanisterkopf, hätte sie kapieren müssen, dass sie auf verlorenem Posten stand. Wahrscheinlich schmuggelten Stefan und Tobi den Stoff vor Maxenbergers Nase von einem zum andern und lachten sich dabei schlapp.

Maxenberger plusterte sich zwar auf, machte auf amtlich, wurde aber so lange zum Narren gehalten, bis er zu der Überzeugung kam: Alle sauber. Keine Drogen im Spiel.

An diesem Ergebnis änderte sich auch nichts, als in Zitas Blut, das man im Krankenhaus untersuchte, irgendein Sonstwas-Tamin gefunden wurde. Der Befund sagte schließlich nicht das Geringste darüber aus, vom wem Felizitas das Zeug bekommen hatte. Sie konnte es schließlich sogar selbst zu der Fete mitgebracht haben.

Außerdem war sowieso alles halb so schlimm. Nach ein paar Stunden Beobachtung durfte Eva ihre Nichte wieder mit nach Hause nehmen.

Kurz nach ein Uhr nachts kamen sie daheim an.

Im Festsaal oben brannte kein Licht mehr, und auch im Haus war alles dunkel.

Eva trichterte Felizitas einen halben Liter Wasser ein, ignorierte jeden der Proteste, die ihre Nichte wie katholische Fürbitten vorbrachte. »Mach nicht so ein Fass auf, Tante. Wenn du dich mit dem Miedinger anlegst, wird es am Schluss nur einen Loser geben, und der werde ich sein, weil wegen mir alles aufgekommen ist. Nach dem, was du gestern im Saal oben abgezogen hast, bin ich garantiert jetzt schon bei allen unten durch.«

Eva hörte sich alles schweigend an, dann schickte sie sie ins Bett.

✳✳✳

Felizitas schlief neun Stunden durch. Als sie aufwachte, fühlte sie sich fit. Trotzdem. Schule konnte sie knicken. Tante Brunriedl war deutlich gewesen.

Kleinlaut gestand sie sich ein, dass sie sich sowieso nicht hingetraut hätte. Obwohl gestern nicht viele Leute aus ihrer Schule auf der Party gewesen waren, würde sie heute auch dort Gesprächsthema Nummer eins sein. Außerdem war es längst zu spät, denn Tante Brunriedl hatte sie nicht wie sonst um sieben geweckt.

Eigentlich wäre sie gern eine Runde joggen gegangen, aber was Tante Brunriedl angeordnet hatte, bedeutete quasi Hausarrest.

Macht aber nicht wirklich was, dachte sie.

Denn da war noch das Tagebuch, das auf den neuesten Stand gebracht werden musste. Vor allem das Gespräch mit Mark Bündner sollte festgehalten werden, bevor es Stück für Stück im Unterbewusstsein versackte.

Sie holte das ein wenig zerfledderte Heft, das sie als Tagebuch benutzte, und einen Filzstift aus ihrer Schreibtischschublade, setzte sich aufs Bett, stopfte sich ein Kissen in den Rücken, machte die Augen zu und sah sich mit Mark in der Bar sitzen. Nach und nach konnte sie beinahe sogar hören, was Mark gesagt hatte.

Aber sie wurde nicht recht schlau draus.

Mark tippte auf Fremdenhass als Motiv. Innocent aus Nigeria musste sterben, weil er mit Zita aus Zirnding einmal zu oft geredet hatte.

Nein, dachte Felizitas. So blöd ist keiner bei uns im Dorf, sich in so was reinzusteigern.

Aber es musste einen Grund geben. Einen wirklich plausiblen Grund für den Mord an Innocent.

So eine Tat begeht man schließlich nicht wegen irgendeinem Pillepalle, überlegte sie und zermarterte sich, wie schon so oft in den vergangenen Tagen, das Hirn in der Hoffnung, auf diesen Grund zu stoßen.

Sie mühte sich mit einer Rückschau auf die Gespräche ab, die sie mit Innocent geführt hatte, zerpflückte sie, analysierte sie vergeblich auf der Suche nach einem Hinweis, der ihr ein Licht aufgehen ließ.

Von Minute zu Minute fiel es ihr schwerer, sich zu konzentrieren, und irgendwann merkte sie, woran das lag.

Im Treppenhaus war es laut geworden. Gefühlt hundert Stimmen redeten durcheinander.

Felizitas horchte, versuchte, etwas zu verstehen, aber das Stimmengewirr war zu groß, als dass sich einzelne Wörter hätten unterscheiden lassen.

Was palaverten die da draußen so überheizt?

Wenn sie es wissen wollte, musste sie den Hintern aus dem Bett schwingen.

An der offenen Haustür befanden sich drei Afrikaner in einer lautstarken Diskussion.

Als Felizitas auftauchte, wandte Tayo sich ihr zu. »Bouba liegen in Koma. Gefallen von Rad. Gestern. Ganz furchtbar. Good Mama ihn finden.«

Warum hatte Tante Brunriedl ihr kein Wort davon gesagt?

Deshalb womöglich, weil längst damit zu rechnen gewesen war, dass einer der Afrikaner einen krassen Fahrradsturz hinlegen würde. Felizitas hätte allerdings eher auf Sidy oder Unmar getippt als auf Bouba. Die beiden lieferten immer wahre Zirkusnummern, sobald sie aufs Rad stiegen. Außerdem glaubten sie, grundsätzlich Vorfahrt zu haben, egal, wo sie herkamen und wo sie einbiegen wollten. Ob eine Ampel Rot oder Grün anzeigte, war ihnen wurscht.

Sidy unterbrach Zitas Gedanken. »Machen wir Bouba Besuch in Passau.«

Offenbar hatten sich Boubas Landsleute in den Kopf gesetzt, mit dem Bus ins Klinikum zu fahren, um nach ihm zu sehen.

»Woher wisst ihr denn, dass Bouba ins Passauer Krankenhaus eingeliefert worden ist?«, fragte Zita, worauf ihr Sidi mitteilte, der Bus in Richtung Deggendorf sei schon weg.

Das ließ sich nicht bestreiten. Deggendorf schied also aus. Wenn Bouba im dortigen Klinikum lag, hatten sie eben Pech gehabt.

Tayo legte die Stirn in Falten und mutmaßte, dass man sie nicht an Boubas Krankenbett lassen würde.

Da liegt er wahrscheinlich richtig, dachte Felizitas.

Falls Bouba schwer verletzt war, tatsächlich im Koma lag, konnte man ihn nicht einfach besuchen gehen.

»Ruft an«, riet sie den beiden Senegalesen. »Und fragt, ob der Bouba eingeliefert worden ist und von euch Besuch kriegen darf.«

Tayo schien das für eine sehr gute Idee zu halten. »Ich werde machen Anruf.«

Er setzte sich in Bewegung, doch Sidy stoppte ihn. »In zehn Minuten fährt Bus.«

Die Sache war anscheinend längst entschieden. Sidy und Unmar wollten nach Passau, egal, ob sie Bouba zu sehen bekämen oder nicht. Er war nur der Vorwand, den sie brauchten, um einen Ausflug zu rechtfertigen.

Die beiden traten bereits auf die Straße hinaus und marschierten in Richtung Haltestelle davon. Tayo sah ihnen einen Augenblick unschlüssig nach, dann lief er hinterher.

Felizitas schloss die Haustür.

Wieso waren die drei eigentlich nicht in Grafenau beim Unterricht? Deutsche Sprache lernen, deutsches Recht, deutsche Umgangsformen, was auch immer. Sicher hatten sie schon mehr Fehltage, als sie haben durften.

Warum raffen die nicht, dass sie mit ihrem Schlendrian das Bleiberecht aufs Spiel setzen, auf das sie doch so scharf sind?, dachte Felizitas. Auch Inno hatte eine Weile gebraucht, bis er es ganz begriffen hatte.

Sie wusste noch genau, was er einmal stöhnend gesagt hatte: »Alles anders hier in Germany, alles hier schwierig.« Umso mehr Mühe hatte er sich dann gegeben, zurechtzukommen.

Inno war der Einzige, dachte Felizitas, der wirklich kapiert hatte, was gemeint gewesen ist, wenn von »Integration« die Rede war. Er hatte auch kapiert, dass man sich an die Regeln halten muss, wenn man irgendwo reingehören will. Mit einem traurigen Lächeln erinnerte sie sich daran, wie er sie einmal gefragt hatte, was das Wort »Recycling« eigentlich genau bedeuten würde. Dann hatte er ihrer langen Erklärung konzentriert zugehört und es schließlich auf den Punkt gebracht: »Aus Haufen von Scherben mach neue Flasche, aus Haufen von Plastik neue Eimer, aus Haufen von Papier neue Buch, schmutzige Wasser mach sauber in Klär-anla-ge.« Nachdem sich Innocent das Mysterium der Mülltrennung und des Umweltschutzes auf diese Weise erschlossen hatte, landete nicht mehr der kleinste Glassplitter, der kleinste Fetzen Papier, nicht einmal eine Müsliriegelverpackung im Restmüll.

Innocent hatte »Integration« gelebt, hatte nie Scherereien gehabt. Trotzdem war er erschlagen worden. Warum?

Felizitas rieb sich über Stirn und Ohren, weil sich die plötzliche vollkommene Stille im Haus wie ein klammes Federkissen darübergelegt hatte.

Alle ausgeflogen.

Tayo und die zwei anderen mussten inzwischen im Bus nach Passau sitzen. Sabo und seine Leute hockten wohl ausnahmsweise in Grafenau auf der Schulbank – oder waren wieder einmal unterwegs zum Landratsamt, um eine Beschwerde vorzubringen. Karl schien ebenfalls außer Haus zu sein. Tante Brunriedl war mit Kobe beim Einkaufen. Die beiden würden frühestens in einer Stunde wieder zurück sein.

Felizitas war demnach ganz allein im Haus. Niemand würde merken, wenn sie sich in den ersten Stock schlich und einen Blick in die Zimmer der Asylbewerber warf. Vielleicht fand sich ja dort irgendetwas, das auf das Motiv für den Mord schließen ließ.

Sie lief zur Treppe, zögerte dann aber an der untersten Stufe. Tante Brunriedl hatte ihr strikt verboten, die Räume der Asylbewerber zu betreten. Das Verbot galt für den Aufenthaltsraum und erst recht für die Zimmer, also für die gesamte erste Etage. Eigentlich galt es auch für die frühere Wirtshaus- und jetzige Gemeinschaftsküche neben dem Schankraum im Erdgeschoss.

Sollte sie sich wirklich darüber hinwegsetzen? Wie würde sie sich später fühlen, wenn sie ihre Tante jetzt so hinterging? Und wie würde sie sich fühlen, wenn sie nicht alles tat, um Innocents Mörder ausfindig zu machen?

Sie traf ihre Entscheidung, stellte den Fuß auf die erste Treppenstufe – und zögerte erneut.

Was, wenn Karl auftauchte? Als Hausmeister hatte er überall Zutritt. Außerdem litt er unter krankhafter Neugier, schnüffelte in allem herum, was nicht unter Verschluss war. Nicht einmal vor ihren Schulsachen machte er halt, wenn sie ihre Mappe im Flur liegen ließ.

Felizitas bedachte das Problem, und dabei fiel ihr ein, dass Karl in letzter Zeit viel seltener im Haus anzutreffen war als früher.

Hatte er eine Freundin, bei der er halbe Tage lang rumhing? Oder einen zweiten Job?

Was auch immer ihn fernhielt, für Felizitas war es von Vorteil, und sie beschloss, ihre Chance zu nutzen.

Diesmal zögerte sie nicht, wetzte die Treppe hinauf und lief in den Aufenthaltsraum. Ihn hatte sie als erstes Ziel gewählt, denn einen Gemeinschaftsraum zu betreten schien ihr nicht ganz so verwerflich, wie in Privatzimmer einzudringen.

Seit die ersten Asylbewerber ins Haus gekommen waren, hatte sie sich nicht mehr hier oben aufgehalten. Der Aufenthaltsraum war früher Onkel Alfreds Büro gewesen. Zwei Fenster zur Straße, spartanische Einrichtung. Daran hatte sich nicht viel geändert.

Ernüchtert fragte Felizitas sich, was sie eigentlich erwartet hatte. Afrikanische Masken an den Wänden? Durchbohrte Tonfigürchen für Voodoo-Zauber? Trommeln und exotische Gewächse?

Nichts davon war zu sehen. Der Raum wirkte ausgesprochen kahl.

In der Mitte befand sich ein runder Tisch mit Resopalplatte, der aus dem Rathaussaal stammte. Tante Brunriedl hatte ihn dem Bürgermeister abgeschwatzt. Um den Tisch herum standen acht Stühle – zwei aus Holz mit hoher Lehne, drei aus Plastik, einer aus Rattan, zwei glänzend rot lackierte. An der Wand gab es ein weißes Sideboard. Das war eine Spende vom Apotheker gewesen. An seiner Stelle wäre Felizitas auch froh gewesen, das Ding loszuwerden, grottenhässlich, wie es war.

Daneben hing ein blaues Regal, über dessen Herkunft sie nicht Bescheid wusste. Die beiden oberen Fächer waren mit Tassen, Tellern und Gläsern gefüllt, im untersten standen ein Topf und ein Tauchsieder.

Ansonsten tote Hose, dachte Felizitas.

Nicht einmal Zeitschriften lagen herum. Kein Schreibzeug. Keine Spielesammlung.

Sie warf einen letzten Blick in die Runde, der ein auf dem Fensterbrett vor sich hinsiechendes Grünzeug streifte, und zog sich dann zurück. Hier gab es definitiv nichts zu holen.

Im Flur atmete sie tief durch und wappnete sich für die nächsthöhere Stufe der Übertretung bestehender Vorschriften.

Im ersten Zimmer, in das sie sich schlich, sah es übel aus.

Echt asslig, dachte sie.

Ein Haufen Kram lag herum, der nur vom Schrottplatz stammen konnte. Kabelreste, Drahtspulen, altes Werkzeug, das meiste davon kaputt. Ein großer Topf, in den jemand Besteck hineingezwängt hatte – Messer, Gabeln, Löffel in allen Größen und Formen, daneben eine Grillzange, ein Pfannenwender, eine Knoblauchpresse, ein Kartoffelstampfer.

Felizitas fragte sich, wer wohl mitten in diesem Abfallhaufen wohnte.

Wie alle Wohn-Schlaf-Räume im ersten Stock war auch dieses Zimmer für drei Asylbewerber vorgesehen und folglich mit drei Betten ausgestattet. Auf einem lagen zerrissene Jeans, durchlöcherte Socken und eine schwarze Kunstlederjacke, dicht mit Nieten bestückt. Sie gehörte Sabo. Chantals Bruder hatte sie ihm geschenkt.

Auch auf den anderen Betten knäuelten sich Kleidungsstücke, die Felizitas nicht anfassen mochte.

Machte es Sinn, die Schränke zu durchwühlen? Vielleicht. Aber sie konnte sich nicht dazu durchringen. Es war wohl doch keine so gute Idee gewesen, sich hier oben auf die Suche nach einem Motiv zu begeben. Besser, sie machte die Fliege, bevor sie noch jemand erwischte.

Als sie aus dem Zimmer trat, erfasste sie ein Luftzug, der die Tür mit einem Knall hinter ihr zuschlug.

Erschrocken blieb sie stehen, schaute den Gang auf und ab, aber niemand war zu sehen.

Ihr Blick blieb allerdings drei Türen weiter an einem kleinen Hocker mit einer eingetopften Geranie darauf hängen. Neben der Blume lagen fünf weiße Steine.

Ein Denkmal für Innocent? Was wohl sonst? Und es musste bedeuten, dass er in dem Zimmer hinter dieser Tür gewohnt hatte.

Felizitas schlich näher, studierte die Anordnung der Steine, kam zu dem Ergebnis, dass sie einen Pfeil ergab, und betrachtete das als Aufforderung.

»Dem Wink des Schicksals folgen«, sagte Tante Brunriedl immer.

Dann musste sie das aber auch tun.

Innocents Platz hatte bis jetzt niemand belegt; über eines der Betten war eine geblümte Decke gebreitet, auf der eine weiße Kunstblume lag. Daneben – sauber aufgestapelt – Innos Sachen, sicherlich bereits von der Polizei durchsucht. Zwei Hosen, ein paar Hemden, Unterwäsche. Sein Schulkram, sein Waschzeug. Und ein Bündel Zeitschriften. Alt. Wo er die wohl herhatte?

Felizitas fächerte das Bündel auf, blätterte das eine oder andere Magazin oberflächlich durch: Technik, Sport, Autos, Garten, Gesundheit, von allem etwas.

Als sie den Stapel wieder ordnete, fiel aus einem Sportmagazin ein fleckiger brauner Umschlag heraus. Sie wollte ihn schon zurückstecken, überlegte es sich dann anders und schaute hinein.

Hochglanzpapier leuchtete auf. Felizitas fischte danach und bekam eine schmale Broschüre in die Hand. Sie drehte sie herum, sodass sie die Aufschrift auf dem Deckblatt lesen konnte: »Aromatische Kohlenwasserstoffe«. »Einstufung nach DepV«.

Auf den folgenden Seiten gab es Listen und Tabellen und eine Menge Bezeichnungen, die ihr nichts sagten.

»Irgendwas-ether ...«, murmelte sie. »...phenol. Bla, bla, bla.«

An manchen Stellen hatte Innocent etwas an den Rand gekritzelt. Unleserlich.

Weshalb hatte er eine Liste mit komplizierten chemischen Verbindungen aufgehoben und kommentiert? Hatte er sich beruflich weiterbilden wollen?

Soweit sie aus seinen Erzählungen wusste, war er in seiner Heimat Lehrer an einer Grundschule gewesen, wo er Lesen und Schreiben unterrichtet hatte. Chemie wohl kaum.

Aromatische Kohlenwasserstoffe mussten ihn aus einem Grund interessiert haben, den Felizitas sich nicht denken konnte.

Spontan beschloss sie, die Broschüre mitzunehmen, um sie jemandem zu zeigen, der mit den Bezeichnungen mehr anfangen konnte als sie.

Karl vielleicht. Der kannte sich zumindest mit den Inhaltsstoffen von Lacken aus, mit Unkrautvernichter, mit Insektengift, mit Reinigungsmitteln ...

Sie horchte auf, als vom Flur her ein Laut wie ein Wischen an der Wand entlang zu vernehmen war.

Erschrocken lauschte sie, aber das Geräusch wiederholte

sich nicht. Alles war still. Trotzdem wurde es allmählich Zeit, zu verschwinden.

Schnell ordnete sie die Zeitschriften und legte sie an ihren Platz zurück. Dann faltete sie die Broschüre zu einem handbreiten Streifen, den sie in den Hosenbund stecken wollte. Im nächsten Moment traf sie ein Schlag in den Rücken. Sie kippte nach vorn und landete mit dem Gesicht auf dem Bett. Bevor sie sich aufrappeln konnte, fiel etwas aus dickem, schwerem Stoff auf ihren Hinterkopf. Nase und Mund wurden in die weiche Matratze gepresst, sodass sie kaum mehr atmen konnte.

Sie zappelte, wand sich, fuchtelte mit den Händen und bekam endlich einen Zipfel der Wolldecke zu fassen, die ihren Kopf und Hals bedeckte. Sie zog wie verrückt daran, das Ding fiel auf den Boden, und gleichzeitig strömte wieder Luft in ihre Lungen.

Sie fuhr herum, um den nächsten Angriff abzuwehren, aber da war niemand. Hastig rappelte sie sich hoch und rannte zur Tür, aber auch auf dem Flur draußen war niemand zu sehen.

Benommen ging sie zum Bett zurück, um die Broschüre zu holen, die sie hatte mitnehmen wollen. Sie musste ihr aus der Hand gefallen sein und hier irgendwo liegen, war jedoch nirgends zu entdecken. Felizitas suchte auf dem Bett, davor und irgendwann auch darunter. Nichts. Als sie sich wieder aufrichten wollte, wurde ihr schwindelig.

Kraftlos kniete sie vor Innocents Bett und keuchte so laut, dass sie beinahe die Stimme überhört hätte.

»Hast du sie noch alle?«, sagte Chantal. »Was ziehst du hier denn ab?«

Felizitas wandte sich zu ihr um und holte noch ein paarmal tief Luft, um sprechen zu können. »Okay, okay, du bist sauer wegen gestern Abend. Aber musst du mir deswegen gleich voll ins Kreuz treten und mich fast ersticken?«

Chantal sah sie verdattert an. »Was laberst du da?«

Sie hat es nicht getan, wurde Felizitas blitzartig klar.

Chantal war noch gar nicht hier gewesen, als der Überfall passierte.

Jemand anders hatte sie überwältigt.

Wer?

Felizitas stemmte sich an der Bettkante hoch, kam langsam auf die Füße.

Dann sprudelte alles aus ihr hervor: was sie hergetrieben hatte, wo sie gesucht hatte, was sie gefunden hatte. Dass sie fast erstickt wäre.

Chantal hörte schweigend zu.

Felizitas glaubte in ihren Augen Zweifel zu erkennen und zog das Kuvert aus dem Stapel, in dem die Broschüre gesteckt hatte, um ihre Geschichte zu untermauern.

»Krass«, sagte Chantal.

»Hast du im Haus irgendjemanden gesehen?«, fragte Felizitas.

Chantal schüttelte den Kopf. »Da war keiner, nirgends. Bin überall rumgeschwirrt. Zita muss doch da sein, hab ich gedacht.« Sie verzog den Mund. »Das mit dem Hausarrest hat ja schon die Runde gemacht.«

Chantal hatte aus der ersten Etage ein Geräusch gehört und war deswegen die Treppe hinaufgegangen.

»Wir sollten machen, dass wir hier wegkommen«, sagte Felizitas plötzlich.

Warum waren sie eigentlich nicht schon längst unten? Quatschten in diesem Zimmer herum, in dem sie gar nicht sein durften.

Ohne sich um das Trampeln ihrer Füße zu kümmern, hetzten sie den Gang entlang und die Treppe hinunter.

Unten blieb Felizitas kurz stehen, weil sie nicht wusste, wohin. In ihrem Zimmer wollte sie Chantal nicht haben, in Tante Brunriedls Küche würde, sobald sie und Karl zurück waren, ein Kommen und Gehen sein; das kleine Wohnzimmer, wo massenhaft Wollknäuel und diverse angefangene Mützen herumlagen, kam auch nicht in Frage.

Schließlich entschied sie sich für den Schankraum. Für die

Asylbewerber tabu, für Karl belanglos, für Tante Brunriedl eine Zentnerlast.

Chantal schaute auf ihre Armbanduhr. »Ich hab bloß eine halbe Stunde Mittag.«

Es klang so vorwurfsvoll, als hätte Felizitas sie hierherbestellt. Aber Chantal war aus eigenem Antrieb gekommen und, wie Felizitas vermutete, nicht ohne Grund. Den sie ihr bestimmt gleich verraten würde.

Chantal zupfte eine blaue Strähne in ihrem Pony zurecht. »Hast du uns verpfiffen?«

Felizitas begriff nicht, was Chantal damit meinte, bis die fortfuhr: »Hast du jemandem von den rosa Pillen erzählt?«

»Hältst du mich für hirnamputiert? Ich hab gesagt, dass ich auf einmal Bildstörung hatte. Soll ja vorkommen.« Was ihre Tante spätnachts noch aus ihr herausgeholt hatte, verschwieg Felizitas.

Chantal wirkte erleichtert, bis der Dämpfer kam, den ihr Felizitas versetzen musste. »Aber im Blut war noch was.«

»Fuck.«

Dem war nichts hinzuzufügen.

»Verpfeifst du den Tobi?«, hakte Chantal nach.

Felizitas tat erstaunt. »Hätte ich Grund dazu?«

Chantal warf ihr einen scharfen Blick zu, dann nickte sie. »Du hältst also dicht.«

Felizitas hätte beinahe aufgelacht. Natürlich würde sie dichthalten. Sie wollte sich zu allem anderen nicht auch noch Tobi Kunz von der Anwaltskanzlei Kunz und Partner zum Feind machen. Sie würde auch noch mal mit Tante Brunriedl reden und sie davon überzeugen müssen, dass es besser war, die ganze Sache auf sich beruhen zu lassen.

Chantal schaute wieder auf die Uhr. »Ich muss. Die blöde Alte macht immer total Zoff, wenn ich zu spät komm.«

»Die blöde Alte« war Chantals Chefin im Friseurladen. Sie machte Dauerwelle und Komplettfarbe. Den Rest – Schneiden, Föhnen, Strähnchen – machte Chantal. Herren machte der Chef. Alte und junge. Aber keine Schwarzen. Die Afros, behauptete er, hätten so drahtige Haare, dass sämtliche Scheren kaputtgingen.

Eine Zeit lang hatte Tante Brunriedl ihren Schützlingen die Haare selbst geschnitten. Draußen auf der Veranda. Die lag auf der Gartenseite und zog sich über die ganze Hauslänge. Früher, als es den Gastbetrieb noch gab, standen dort Tische und Bänke und rote Sonnenschirme von Coca-Cola. Einer war noch übrig. Unter dem wurden Haare geschnitten bis zu dem Tag, an dem Tante Brunriedl den Laden hinschmiss. Zita hatte sich nie Gedanken darüber gemacht, wer das hauseigene Friseurgeschäft dann übernommen hatte, wie und wo es ablief.

Chantal zog ab.

Felizitas lehnte am Fenster neben dem vertrockneten Topfgewächs und sah ihr durch die trübe Scheibe nach. Chantal peste um die Ecke, dann war die Straße wieder leer.

Felizitas' Gedanken wanderten wieder zu der Frage, wer vorhin im Haus gewesen war, ihr eins übergezogen und mit der Broschüre verschwunden war.

Einer, der nicht wollte, dass sie sich das Heftchen genauer anschaute oder es jemandem zeigte?

Wenn es so war, musste der Mord an Innocent etwas mit den chemischen Stoffen zu tun haben, die darin aufgelistet waren.

Das hätte eine Spur sein können, wenn sie die Sache nicht vergeigt hätte.

Sich an irgendeinen der komplizierten Begriffe zu erinnern, die sie nicht einmal richtig gelesen hatte, brauchte sie gar nicht erst zu versuchen.

Obwohl.

Den Titel auf dem Deckblatt hatte sie noch gut vor Augen: »Aromatische Kohlenwasserstoffe«.

Anfangen konnte sie allerdings nichts damit. Sie fragte sich, wozu diese aromatischen Kohlenwasserstoffe benutzt wurden. Etwa zur Herstellung von Drogen?

Felizitas blickte ein letztes Mal die leere Straße hinauf und hinunter, wollte sich schon umdrehen und in Tante Brunriedls Wohnung hinübergehen, da entdeckte sie eine Gestalt unter dem Vordach der Haustür.

Sie schwenkte zurück und stellte das Bild scharf.

Jeans und Hoody. Ungefähr einen Kopf größer als sie, schlank, dunkelhaarig. Kräftige Augenbrauen, kantige Nase, volle Lippen.

Dort draußen stand Mark Bündner. Was wollte er hier?

Sie starrte mit solcher Intensität durchs Fenster, dass er auf sie aufmerksam wurde.

Er trat näher, klopfte an die Scheibe und machte Zeichen, die nicht schwer zu verstehen waren.

Mark wollte, dass sie ihn hineinließ.

Darum hätte er sie eigentlich nicht bitten müssen, denn die Haustür war so gut wie nie abgesperrt. Wusste er das nicht, oder wollte er einfach nur höflich sein?

Felizitas kam sich vor wie in einem alten Film, als sie ihm die Tür öffnete und für ihn aufhielt. *Bitte sehr, treten Sie ein, mein Herr! Ihr Besuch ehrt mich außerordentlich!*

Sie musste sich das Lachen verbeißen, und das nicht nur, weil sie die Szene lustig fand, sondern weil sie sich über Marks Besuch freute.

Er war jetzt genau der Richtige. Wenn einer aus dem, was sich gerade abgespielt hatte, schlau wurde, dann er. Sein Hirn arbeitete wie ein Rechner. Fütterte man es mit Informationen, Daten und Fakten, dann spuckte es logische Lösungen aus. Felizitas hatte ein paar einschlägige Fakten zu bieten.

»Wie geht's dir?«, fragte Mark.

»Passt schon«, antwortete sie und führte ihn in den Schankraum.

Mark schaute sich interessiert um.

»Hier läuft nichts mehr«, erklärte ihm Felizitas. »Seit das Wirtshaus geschlossen hat, darf Tante Brunriedl hier drin nichts mehr ausschenken. Kein Bier, keine Limo, kein Käffchen, null. Solange sie für die Asylbewerber zuständig war, hat sie den Raum immer als Sprechzimmer und Büro benützt. Formulare ausfüllen, Termine machen, was halt so angefallen ist …« Wieso schwallte sie ihn eigentlich dermaßen zu? Was ging ihn das alles an?

Mark schien darauf zu warten, dass sie weiterredete. Als sie es nicht tat, sagte er:»Sorry für das, was gestern passiert ist mit dir. Tut mir echt leid.«

»Muss es nicht«, erwiderte Felizitas lässig.»Außerdem kannst du nichts dafür.«

»Stefan und Tobi geht der Arsch auf Grundeis«, sagte Mark. Felizitas hätte beinahe einen Jubelschrei ausgestoßen – das gönnte sie den beiden. Stattdessen sagte sie:»Der Maxenberger hat doch eh nix gefunden.«

»Ein kleiner Stich am Bein, und jeder weiß, dass eine Mücke da gewesen sein muss«, erwiderte Mark darauf.

Jetzt musste sie doch lachen, und er lachte ein bisschen mit. Dabei holte er sich anscheinend eine Nase voll Staub und musste niesen.

Während er sich in sein Taschentuch schnäuzte, studierte ihn Felizitas genauer. Gestern in der Bar, wo es so schummrig gewesen war, hatte sie ihn gar nicht richtig betrachten können, und an den Allerheiligentagen hatte sie nie wirklich auf sein Aussehen geachtet.

Die dunklen Augen, die markante Nase, der volle Mund und das kräftige Kinn machten Mark zu einem hübschen Kerl.

Und dazu ist er auch noch genial clever, dachte Felizitas.

Das brachte sie wieder auf die Broschüre mit der Liste chemischer Verbindungen.

»Weißt du was über aromatische Kohlenwasserstoffe?«, fragte sie unvermittelt.

Mark hob die Augenbrauen wie Zitas Deutschlehrer, wenn seine Schüler Satzbaufehler machten.

»Aromatische Kohlenwasserstoffe«, wiederholte sie akzentuiert.»Sagt dir der Begriff was?«

Mark kaute auf seiner Unterlippe.»Chemie. Nicht unbedingt mein Top-Fach.«

Felizitas machte ein so enttäuschtes Gesicht, dass er schnell hinzusetzte: »Aber ich erinnere mich, dass wir die mal durchgenommen haben. Benzol, Toluol, lauter giftiges Zeug.« Er warf ihr einen fragenden Blick zu, begriff, dass sie mehr hören wollte. »Aromatische Kohlenwasserstoffe stecken in Lacken, Klebern, Gummibeschichtung, Lösemitteln –«

»In Sachen, von denen man high wird, wenn man sie schnüffelt?«, unterbrach sie ihn.

Er zuckte die Schultern, dann nickte er.

Felizitas zog die Augenbrauen zusammen, als sie versuchte, einem Gedanken zu folgen, der nicht recht zu greifen war. Um ihn einzukreisen, konzentrierte sie sich auf das, was sie von Mark erfahren hatte: Aromatische Kohlenwasserstoffe steckten in Lösemitteln. Lösemittel waren eine Art Droge. Hatte sich Inno die Broschüre deswegen besorgt und aufgehoben? Möglich. Aber wie konnten aus einem Lösemittel kleine rosa Pillen entstehen? So wie Brühwürfel aus Hühnersuppe? Hatten Tobi und Co. irgendwo ein Versteck, wo sie Lösemittel eindampften und diese Pillen daraus herstellten? Das war nicht auszuschließen, nur wie kam es, dass sie sich mit so was auskannten? Genügte es, sich dafür ein paar Instruktionen aus dem Internet herunterzuladen? Oder gab es jemanden, der sie anleitete? Wer käme da infrage? Ihr Chemielehrer?

»Musst du in der Schule ein Referat über aromatische Kohlenwasserstoffe halten?«, fragte Mark.

Einen Augenblick lang war sich Felizitas unschlüssig, ob sie ihn ins Vertrauen ziehen sollte. Dann fiel ihr ein, dass Chantal über alles, was vorhin passiert war, sowieso Bescheid wusste und es sicher nicht für sich behalten würde.

Die Geschichte würde die Runde machen. Ebenso gut konnte Mark hier und jetzt davon erfahren.

Er hörte ihr mit ernstem Gesicht konzentriert zu, ohne sie ein einziges Mal zu unterbrechen.

Als sie fertig war, hatte er zwei senkrechte Falten auf der Stirn.

»Ein Stapel Zeitschriften?«, fragte er nach einer Weile. Felizitas hielt die Hände in einem Abstand von etwa dreißig Zentimetern auseinander, um anzudeuten, wie hoch der Stapel war.

»Könnte er wahllos gesammelt haben«, sagte Mark. »Einfach weil er sich in möglichst vielen Bereichen informieren wollte.«

So war es natürlich auch. Innocent hatte sich für alles interessiert, was in Deutschland von Belang war. Er wollte ja schließlich hierbleiben. Er hatte sogar den Vilshofener Anzeiger gelesen, wenn Tante Brunriedl und Karl damit durch waren, und die Gemeindezeitung. Aus Spaß hatte Felizitas ihm einmal den Pfarrbrief in die Hand gedrückt. Nicht einmal davor war er zurückgeschreckt.

»Die Magazine sind alt und ziemlich vergammelt gewesen«, sagte sie. »Die hat Inno vermutlich von Leuten gehabt, die sie sonst weggeworfen hätten. Aber die Broschüre mit den vielen Namen von chemischen Verbindungen war neu, und ausgerechnet die ist verschwunden.«

Sie konnte sehen, wie in Marks Hirn der Rechenapparat zu rattern anfing. Er bekam einen Tunnelblick und noch mehr Falten auf der Stirn. Irgendwann stieß er genervt einen Schwall Luft aus.

»Geht die Gleichung nicht auf?«, fragte Felizitas.

»Dazu fehlen nähere Angaben«, antwortete er.

Frustriert ließ Felizitas sich auf einen Hocker fallen und starrte die Fußbodenleiste an, auf der ein Käfer entlangkrabbelte. Es schien, als wüsste der genau, wo er hinwollte, als hätte er ein festes Ziel.

Hatte auch Mark ein Ziel, das er anstrebte? Wie sah dieses Ziel aus? Wollte er ihr helfen, einen Zusammenhang zwischen dem Mord an Innocent und einer Liste chemischer Verbindungen zu finden, oder wollte er sie davon abbringen, nach so einem Zusammenhang zu suchen?

NEUN

Kobe faltete sich auf dem Beifahrersitz zusammen und wandte sich Eva mit einem breiten Grinsen zu. »Smart ist nicht Auto, Smart ist Lunchbox.« Er hatte drei der prall gefüllten Einkaufstüten in den Kofferraum gestellt, die vierte hielt er auf dem Schoß. Obenauf lag eine Tafel Nougatschokolade, die er Bouba schenken wollte. Bouba liebte Nougat. Schon ein winziges Stück in seinem Mund ließ ihn geradezu in Ekstase fallen. Ach Bouba, dachte Eva, ein ganzes Kilo kaufe ich dir, wenn du wieder gesund wirst. Wenn du wieder essen kannst, trinken – und sprechen.

Sie war so in ihre Gedanken versunken, dass sie beinahe den Wagen übersehen hätte, der vom Eginger Marktplatz herunterschoss, ihren Smart komplett ignorierte und mit Schwung in die Hauptstraße einbog.

Sie stieg hart auf die Bremse.

Kobe knallte mit dem Kopf gegen das Armaturenbrett. Er rieb sich die Stirn und seufzte. »Smart sollte man verschrotten wie rostig Blech.«

»Und wer sich nicht anschnallt, sollte eine Beule kriegen, die ihm bis zum Jüngsten Tag erhalten bleibt.«

»Jüngste Tag?«

»Vergiss es. Wärst nicht froh um einen Smart?«

Kobe schüttelte den Kopf. »Nicht Führerschein, nicht fahren können, nicht Regeln kennen.«

»Ha«, machte Eva. »Dann tät dir auch ein Groß-BMW nix nützen.«

Kobe nickte traurig.

Eva fand, dass »Groß-BMW« und »Groß-Mercedes« sowieso entbehrlich waren. Solche Autos nahmen eine Menge Platz ein, fraßen eine Menge Sprit und besaßen eine Menge unnützer Extras, wie viel zu viele PS und einen Tempomat zum Beispiel.

Dass Eva einen Smart fuhr, hatte sehr viel mit Widerspenstigkeit, Aufsässigkeit oder etwas in der Art zu tun. Eva hätte sich nämlich »Groß-BMW« oder »Groß-Mercedes« oder jeden anderen großen Wagen leisten können.

In den Zeiten, als das Wirtshaus noch gut lief, hatten sie und ihr Mann klug geplant und vorgesorgt. Deshalb besaß Eva nun neben dem alten Dorfwirtshaus noch ein Haus in Zirnding mit vier Wohnungen, die vermietet waren. Aus einer Versicherung, die ihr Mann für sie abgeschlossen hatte, bezog sie eine Rente und aus einem Aktienpaket ganz nette Dividenden. Sie hätte auf relativ großem Fuß leben oder ihr Kapital in die Renovierung des Dorfwirtshauses stecken können. Aber Eva war es gewohnt, sparsam zu sein und nicht einen einzigen Cent für etwas auszugeben, das sich womöglich nicht rechnete. Ihr Ziel war es, für Felizitas ein schönes Sümmchen zusammenzubringen, sodass das Kind – was auch immer geschehen mochte – ein gutes Auskommen haben würde.

Weil sie von jeher das Sprichwort »Wer den Heller nicht ehrt, ist des Talers nicht wert« beherzigte, war es Eva nicht möglich gewesen, schweigend zuzusehen, wenn ihre Schützlinge sinnlos Wasser verpanschten, nachts im Flur das Licht brennen ließen, auf Kochtöpfe keinen Deckel setzten oder ihre Räume überheizten. Sie hatte oft recht raue Töne angeschlagen, um ihre Erziehungsmaßnahmen durchzusetzen. Völlig zu Recht, wie sie fand. Mussten die Neuankömmlinge nicht heilfroh sein, wenn ihnen jemand beibrachte, wie der Hase lief?

Eva gondelte gemächlich um einen Kreisverkehr. Sie hatte keine Eile. Zwar wollte sie gleich beim Heimkommen Sepp Maxenberger anrufen und sich bei ihm nach Boubas Zustand erkundigen, rechnete aber nicht damit, dass er schon etwas darüber wusste. Dass Bouba tot war, schloss sie aus, denn diese Nachricht hätte sich bereits herumgesprochen.

Eva bremste wieder – diesmal sanft –, um einen Radfahrer vorbeizulassen, der auf dem Donau-Ilz-Radweg daherkam und die Straße kreuzen wollte.

»Du Vorfahrt«, sagte Kobe.

»Und du merkst dir, dass es einen Unterschied gibt zwischen Rechten und Pflichten«, antwortete Eva. »Das eine muss man ausüben, das andere kann man.«

Der Halt erlaubte ihr, einen Blick in den Kurpark zu werfen – er lag rechter Hand und erstreckte sich bis hinauf zur Sonnentherme –, wo an diesem Werktag um die Mittagszeit niemand zu sehen war. Wege, Bänke, Spiel- und Sportgeräte, alles lag verlassen da.

»Du jetzt losfahren«, sagte Kobe.

Der Radfahrer hatte die Straße überquert, hatte ein Dankeschön gewinkt und verschwand bereits unter überhängenden Büschen.

Eva gab vorsichtig Gas, ließ den Wagen langsam anrollen. Dabei wanderte ihr Blick über das tiefer gelegene Gelände links der Hauptstraße, wo sich der Eginger Campingplatz befand. Der war das ganze Jahr über gut besucht. Etliche der Dauercamper hatten sich sogar einen Garten angelegt und ihren Stellplatz eingezäunt. Die Wohnwagen darauf waren alle überdacht und mit Anbauten versehen.

Eva überlegte, dass sie gehandelt werden mussten wie Einfamilienhäuser. Abtransportieren konnte sie keiner mehr.

»Traktor will uns überholen«, sagte Kobe.

Eva drückte das Gaspedal durch. Der Smart machte einen Satz. Rachitisch schnaufte er zum Ortsteil Rohrbach hinauf, wo die Zufahrt zum Eginger See abzweigte. Von der Straße aus war die Wasserfläche nicht zu sehen. Eva fragte sich, ob ein paar Hartgesottene schon im See badeten.

»Heute Versammlung von Turnverein«, sagte Kobe, als sie zwanzig Minuten später aus dem Wagen stiegen.

Eva winkte ab. »Ich hab's nicht vergessen. Schau ich aus, als könnt ich mir nix mehr merken?« Sie überlegte eine halbe Sekunde, dann fügte sie hinzu: »Es langt, wenn du um halb sechs in den Saal raufkommst. Zu zweit sind wir mit vierzig Wurstsemmeln in einer Stunde immer leicht fertig geworden.«

Kobe nickte und trollte sich.

Eva verstaute schnell ihre eigenen Einkäufe im Kühl-schrank, dann ging sie zu Zitas Zimmer hinüber und öffnete die Tür einen Spaltbreit.

Felizitas saß an ihrem Schreibtisch und schrieb in ein Heft. Daneben stand ein Teller mit einem Stück Pizza und ein paar Tomatenscheiben. Das Kind hatte beizeiten gelernt, sich selbst um eine Mahlzeit zu kümmern, wenn die Tante anderweitig beschäftigt war.

»Machst du Hausaufgab?«, fragte Eva.

Felizitas hob erschrocken den Kopf, blinzelte verwirrt. »Aufsatz. Wir müssen einen Aufsatz schreiben.«

Eva führte das verwirrte Blinzeln auf die Droge zurück, die ihre Nichte verabreicht bekommen hatte, und das veranlasste sie zu fragen: »Wie geht's?«

»Gut«, antwortete Felizitas. »Als wär gar nix gewesen. Vielleicht war ja wirklich nix.«

»Und deine Blutprobe ist mit der von einem Junkie vom Bahnhof Zoo vertauscht worden.« Eva öffnete die Tür ein Stück weiter und trat ein. »Das Anwaltsbürscherl hat also dafür gesorgt, dass du das Dreckszeug einnimmst.«

Felizitas richtete sich auf, sah sie fest an und sagte akzen-tuiert: »Ich habe nichts *ein*genommen.«

»Nicht absichtlich, weil du nicht blöd bist«, erwiderte Eva. »Aber drangekriegt haben sie dich doch.«

Ihre Nichte senkte den Blick.

Eva buchte es als Erfolg für sich und ihre Erziehungsme-thoden, dass ihre Ziehtochter sie nicht freiweg anlog. Beden-kenlos hätte sie ihr gesamtes Aktienpaket darauf verwettet, dass es in den meisten Familien anders aussah. Chantal, das wusste Eva definitiv, log ihrer Mutter dreist ins Gesicht.

Auf Stefan Miedingers Partys waren also tatsächlich Dro-gen zu haben.

Eva hegte schon lange den Verdacht, dass da einiges abging, und hatte stets der Mittelmäßigkeit ihres Lebensstandards und Zitas unscheinbarem Aussehen dafür gedankt, dass das Mädchen für Stefans Clique nicht attraktiv genug war.

»Tante«, sagte Felizitas nach einer Weile, »du musst damit klarkommen, dass man denen nix anhängen kann. Ich will ja eh nicht abstreiten, dass mir Tobi und Stefan eine rosa Pille angedreht haben und dass womöglich was in dem Drink gewesen ist, den mir Tobi in die Hand gedrückt hat, aber das kann man nicht mehr beweisen. Genauso gut können die beiden sagen, dass das rosa Ding aus Traubenzucker war.«

Sie hat recht, dachte Eva, sie hat so beschissen recht.

Sie versuchte sich vorzustellen, was abliefe, wenn sie Anzeige erstatten würde, und kam zu dem Schluss: eine Schweinerei. Miedinger und Kunz würden sie auslachen. Und das mit Recht, begriff Eva, weil der Maxenberger im Festsaal nichts gefunden hat. Und wo nix ist, kann man auch nix in Drinks schütten oder sonst wie verabreichen.

Der Anwalt würde mit dem Finger auf sie deuten und *ihr* die Sache anhängen. Drogen im Blut des Mädchens, das im Asylbewerberheim wohnt? Na, wo die wohl herkamen?

Eva schreckte auf, als sie Felizitas sagen hörte: »Du kennst doch die Bündners. Die mit dem Grab neben dem von meinen Eltern und Onkel Alfred.«

Selbstverständlich kannte Eva die Familie Bündner. Vor allem Hannelore. Schließlich traf sie die einzige Tochter des zuletzt Verstorbenen regelmäßig beim Gießen, Pflanzen, Unkrautjäten, wobei man sich ausgiebig unterhalten konnte. Hannelore hatte nach Thurmansbang geheiratet und musste wegen der Grabpflege immer extra nach Zirnding fahren. Eva hatte ihr angeboten, wenigstens das Gießen zu übernehmen, aber Hannelore hatte abgelehnt; sie habe Zeit genug.

»Was ist mit den Bündnern?«, fragte sie jetzt.

Felizitas zuckte die Schultern. »Nur so. Weil ich neulich Mark getroffen habe.«

»Hannelore gibt immer ganz schön an mit ihrem Sohn«, sagte Eva. »Einser in Mathe, in Physik …« Sie stieß ein kurzes Lachen aus. »Was die Hannelore aber nicht so gern erzählt, ist, dass er erst mit vier Jahren Sprechen gelernt hat. Es heißt, er redet heut noch nicht viel. Habt ihr euch unterhalten?«

»Ein bisschen«, antwortete Felizitas. Nach einer kurzen Pause fragte sie:»Was macht denn sein Vater?«

»Weiß ich nicht genau«, antwortete Eva.»Arbeitet auswärts. In irgendeiner chemischen Fabrik. Den Namen hab ich vergessen.«

Ihre Nichte bekam wieder den verwirrten Blick von vorhin, und Eva beschloss, sie nicht länger von der Arbeit an ihrem Aufsatz abzuhalten.

Sie ging auf die Tür zu, drehte sich jedoch noch einmal zu ihr um.»Weißt du, wo sich der Karl rumtreibt?«

Zita hatte sich bereits wieder über ihr Heft gebeugt und antwortete mit einem leichten Kopfschütteln.

Eva war schon aus der Tür, als sie sie noch sagen hörte:»Sein Auto steht nicht draußen.«

Zahnarzt, dachte Eva. Karl ist zum Zahnarzt nach Tittling gefahren, wegen der Plombe, die ihm rausgefallen ist. Der Termin, den er sich hatte geben lassen, musste heute sein.

Das traf sich ja bestens.

Eva wollte sich nämlich die alte Wurstküche, aus der offenbar eine Autowerkstatt geworden war, zuerst einmal ansehen, bevor sie Karl zur Rede stellte.

Aber zuvor noch wollte sie sich nach Boubas Zustand erkundigen.

Eilig kehrte sie in die Küche zurück, wo ihr Handy auf der Anrichte lag, suchte Sepp Maxenbergers Mobilnummer heraus und tippte sie an.

Sie fluchte leise, weil Maxenberger nicht abhob, wartete ungeduldig auf das Anspringen der Mailbox und verlangte sofortigen Rückruf. Dann warf sie das Handy auf den Tisch, verließ ihre Wohnung und marschierte zur Haustür hinaus.

Hätte sie den kürzesten Weg zur ehemaligen Wurstküche nehmen wollen, dann hätte sie durch den Hinterausgang in den Garten und über einen gekiesten Weg zur Nordgrenze des Grundstücks gehen müssen. Dort hätte sie das Gebäude durch eine schmale Eisentür an dessen Rückseite betreten können. Der Haupteingang – wegen der Fleischlieferungen sehr großzügig angelegt – befand sich auf der dem alten Damm zugewandten Seite.

Eva hatte sich jedoch entschlossen, über den Damm zu kommen. Warum, wusste sie selbst nicht. Vielleicht wollte sie sich in einen der wenigen von Karls Kunden versetzen, die ihren Wagen persönlich herbrachten.

Wie Maxenberger, der Vollpfosten, dachte sie grimmig, der Karls Gaunerei nicht bloß deckt, sondern auch noch davon profitiert.

Um den Damm zu erreichen, musste sie die Dorfstraße etwa zwanzig Schritte hinunterlaufen, dann in ein kleines Sträßchen einbiegen, das zuerst an der Westseite ihres Grundstücks und später an einer sumpfigen Wiese – den Moorauen – entlangging.

Es dauerte einen Moment, bis ihr wieder einfiel, wo das Sträßchen eigentlich hinführte.

Es hieß Lindenweg und schlängelte sich bergwärts an ein paar alten Anwesen vorbei bis an den Waldrand, wo noch zwei einzelne Gehöfte standen. Chantals Familie wohnte dort oben und Ottmar Benn mit seiner Frau, seiner behinderten Tochter und der Familie seines ältesten Sohnes. Die zwei Hofstätten hätten unterschiedlicher nicht aussehen können, obwohl sie einiges gemeinsam hatten: Sie stammten beide aus der Vorkriegszeit, waren ziemlich heruntergekommen und stachen jedem Wanderer, der an ihnen vorbeikam, sofort ins Auge.

Chantals Mutter Anna Mösenbichler setzte alles daran, das Auge des Betrachters von der Schäbigkeit ihres Heimes abzulenken, indem sie es mit allem möglichen Plunder bestückte. Aus kaputten Autoreifen wuchsen Maiglöckchen, aus morschen Holzzubern Vergissmeinnicht. Leere Flaschen – kopfüber auf Stöcke gesteckt – begrenzten die vom Regen ausgeschwemmte Zufahrt. Hölzerne Wagenräder mit je einer Geranie in der Nabe suchten das marode Balkongeländer zu verdecken, bäuerliches Werkzeug aus vorindustrieller Zeit zierte die abbröckelnde Hausfront: ein Dreschflegel, gekreuzt mit einer Mistgabel, eine Sense, gepaart mit einem Rechen, eine Spitzkiepe in Gesellschaft von zwei Sicheln. Im Gegensatz dazu machte man schräg gegenüber bei den Benns nicht den kleinsten Versuch, den Verfall des Eigenheims zu kaschieren. Vielmehr schien es so, als wären die Benns nachgerade stolz darauf, denn sie scheuten sich nicht, alles Gerümpel, das sich mit der Zeit angesammelt hatte, im Hof und ums Haus herum anzuhäufen. Da Ottmars Sohn neben seinem Job bei einer Firma für Sonderabfallentsorgung auch noch eine kleine Landwirtschaft betrieb, fiel nicht nur häuslicher Sperrmüll an, wie kaputte Schirme, durchgesessene Sofas und verbogene Lampenschirme, auch ausgediente Mähwerke, Schaufelräder und zerbrochene Wagenachsen waren zu besichtigen.

Eva schreckte aus ihren Gedanken auf, als sie merkte, dass sie an der Abzweigung des Schotterwegs vorbeigelaufen war, der zu den Moorauen führte. Sie ging ein paar Schritte zurück, fand die Gabelung und folgte der recht breiten Trasse in die Wiese hinein.

Auf dem Lindenweg holperte ein Fahrzeug heran, das sich anhörte, als würde es den Auspuff hinter sich herschleifen. War es auf dem Weg zu Karls Autowerkstatt?

Eva drehte sich um, erwartete, es auf den Schotterweg abbiegen zu sehen, aber es fuhr vorbei. Hatte der Fahrer gesehen, dass sie auf dem Zufahrtsweg war, und deshalb nicht gewagt, sein Ziel anzusteuern?

Eva starrte dem Wagen nach und fragte sich, wie Karl sie so lange hatte hintergehen können. Sie musste blind und taub gewesen sein. Und viel zu vertrauensselig. Womit hatte sie sich eigentlich beschäftigt, nachdem sie als Good Mama abgedankt, ihre Burschen der Ausländerbehörde und Karl das Amt des Hausmeisters überlassen hatte? Mit ihrem Ärger über Sabo und seine Leute, mit dem Einrichten ihrer neuen Wohnung, mit dem Dorftratsch, mit einem Haufen unsinniger und nutzloser Dinge. Mit der Frage, was Karl so trieb, jedenfalls nicht. Seine Avancen hatte sie zwar zu Kenntnis, aber nie wirklich ernst genommen, seine krankhafte Neugier hatte sie manchmal genervt, aber sie hatte ihn deswegen nie zur Rede gestellt. Sollte er doch alles auskundschaften, was er wissen wollte. Sie hatte nichts zu verbergen.

Sie nicht.

Er offenbar eine ganze Menge.

Warum hatte sie sich eigentlich nie Gedanken über den Mann gemacht, mit dem sie unter einem Dach lebte? Kein einziges Mal war sie auf die Idee gekommen, sich zu fragen, was hinter seinen buschigen Brauen vorging. Jetzt hätte sie es gern gewusst. Denn langsam wurde ihr klar, dass Karl ein Motiv gehabt haben könnte, Innocent zu erschlagen. Zweifellos wusste Inno über Karls illegales Geschäft Bescheid, war wohl selbst angeheuert gewesen und hatte wohl deutlicher als die anderen begriffen, was Karl sich alles zuschulden kommen ließ. Womöglich steckte ja noch mehr dahinter, als bisher offenlag. Und womöglich fanden sich in der Autowerkstatt Hinweise, die einiges erhellten.

Karl ist ein Schuft, dachte Eva. Und die Autosache muss nicht seine einzige krumme Tour sein.

Außerdem war da noch dieser Ratschenschlüssel, den sie und wahrscheinlich auch Bouba für die Tatwaffe gehalten hatten und der laut Sepp Maxenberger aus Karls neuem Kombisatz stammte.

Wäre das Ding tatsächlich die Tatwaffe, überlegte Eva, dann hätte Karl ein dickes Problem. Aber so war es ja nicht. Oder doch? Hatte Sepp Maxenberger wirklich den Obduktionsbefund gelesen? Wo hatte er ihn überhaupt her? Aus dem Polizeicomputer?

Je mehr Eva darüber nachdachte, desto weniger vertrauenswürdig fand sie Maxenbergers Behauptung. Ein Schnitzelklopfer als Mordwaffe. Das klang doch …

Erneutes Fahrgeräusch riss sie aus ihren Überlegungen. Sie schaute zum Lindenweg hinüber und sah Ottmar in seinem Geländewagen vorbeifahren. Offenbar war er auf dem Weg nach Hause.

Ihre Gedanken drifteten erneut zum Anwesen der Benns, zu dem längst verfaulten Gartenzaun, der rostigen Hollywoodschaukel, die neben einer Haselnussstaude zusammengesackt war, der zerbrochenen Kinderwippe. Und wieder einmal fragte sie sich, warum es die Benns nie wirklich zu etwas gebracht hatten. Weder Ottmar noch sein Sohn waren faulenzerisch oder arbeitsscheu, so wie Chantals Vater, der sich alle zwei Wochen wegen seines angeblich unerträglich schmerzenden Rückens krankschreiben ließ und dann zum Stockschießen ging.

Es kann nur daran liegen, dachte sie, dass der Ottmar einfach kein Händchen fürs Geschäft hat.

Null Peilung, würde Zita sagen. Eva musste lächeln.

Bis sie sich daran erinnerte, wie Ottmar einige Jahre lang versucht hatte, am Brotjackelriegel eine Wirtschaft zu betreiben. Das Projekt war komplett in die Hose gegangen.

Damals lief Evas Dorfwirtshaus noch recht gut, und die Sache wurde wochenlang am Stammtisch diskutiert, weil niemand verstehen konnte, warum Ottmar so grandios scheiterte.

Der Brotjackelriegel – weithin bekannt wegen des Radio- und Fernsehsendemastes, der auf seinem knapp über tausend Meter hohen Gipfel stand – war ein beliebtes Wanderziel sowohl für Einheimische als auch für Touristen. Aus allen Himmelsrichtungen führten Wanderwege hinauf. Über manche war der Gipfel innerhalb einer Stunde zu erreichen. Von Langfurth aus beispielsweise oder vom Café Wimmer in Ölberg. Sogar von Zirnding aus konnte man über den Lindenweg und weiter über Fradlberg und Daxstein auf den Gipfel wandern, benötigte allerdings gut zweieinhalb Stunden dafür. An schönen, nicht zu heißen Sommersonntagen wimmelte es dort oben von Ausflüglern.

Eva stieß einen Seufzer aus. »Die haben Durst, die haben Hunger«, murmelte sie. »Und trotzdem hat Ottmar es fertiggebracht, seine Wirtschaft in den Sand zu setzen.«

Nach Ottmars Scheitern hatte es eine Weile gedauert, bis

sich ein neuer Pächter an die Bergschänke wagte. Als endlich einer zugriff, zeigte sich, wie einträglich eine Gastwirtschaft da oben sein konnte, wenn man das richtige Naturell dafür hatte.

Ottmars Sohn schien kein bisschen geschickter zu sein als sein Vater, denn Eva hatte ihn vor einigen Monaten schon früh am Morgen sichtlich deprimiert aus der örtlichen Zweigstelle der Raiffeisenkasse kommen sehen. Mit so einem Gesicht wie Anton Benn kommt man wohl nur dann aus der Bank, hatte sie gedacht, wenn man sein Konto haushoch überzogen hat.

Während ihre Gedanken abschweiften, war Eva zügig weitergegangen und erreichte nun die Stelle, wo der alte Damm durch die Moorauen schnitt und sie in zwei Hälften teilte. Der Schotterweg lief geradeaus weiter, verlor sich in einiger Entfernung zwischen Bäumen und mündete – wie Eva jetzt einfiel – hinter Sepp Maxenbergers Haus in das Sträßchen, das am Kindergarten vorbeiführte.

Sie blieb stehen und schaute sich um.

Vom Lindenweg bis zur Abzweigung des Damms war der Schotter platt gefahren. Kein Hälmchen zeigte sich zwischen den Steinen, kein Sandhügelchen, kein Erdhäufchen. Einen knappen Meter dahinter war der Weg von Unkraut schier überwuchert. Von einer früheren Überflutung waren braune Lehminseln zurückgeblieben. Vom Wind angewehte Fetzen lagen herum.

Eva wandte sich dem Dammweg zu, der wiederum glatt und sauber war und wie frisch gebohnert wirkte. Als sie auf ihm entlangging, stellte sie fest, dass er auch ausgebessert worden war. Lose Steine hatte man wieder verkeilt und dort, wo sich die Bahn verengte, an beiden Seiten sogar neue eingesetzt.

Linker Hand des Dammweges floss ein kleines Rinnsal entlang, das an der Brunriedl'schen Grundstücksgrenze eine Biegung machte und dieser dann folgte, bis es irgendwo versickerte.

Ein großer Schritt reichte, um es zu überqueren, und damit

stand Eva nun am nördlichsten Ende ihres Grundstückes, von dem aus ihr Haus wegen des hohen Bewuchses dazwischen kaum zu sehen war.

Sie trat an das Tor heran, durch das zu den Glanzzeiten des Dorfwirtshauses die Ware für die Wurstküche angeliefert worden war. Es bestand aus zwei Flügeln, die sich auseinanderschieben ließen. Obwohl sie damit rechnete, dass abgesperrt war, zog sie an den beiden Griffen, und wie erwartet, tat sich nichts.

»Dann versuchen wir's halt an der Hintertür«, sagte sie zu sich selbst und begann, das Gebäude zu umrunden.

Sie ging davon aus, auf der Rückseite noch das schmale Türchen vorzufinden, durch das Alfred seine Wurstküche betreten hatte, wenn er vom Wirtshaus herkam. Außerdem war sie sich sicher, dass Karls heimliche Helfer durch diesen Eingang ungesehen von Fremden und Einheimischen an ihren Arbeitsplatz schlüpften.

Und unbemerkt von Eva Brunriedl.

Wieso hätte sie aber auch Verdacht schöpfen sollen, wenn sie einen einzelnen oder ein ganzes Grüppchen ihrer Schützlinge durch den Garten schlendern sah? Den Burschen war oft langweilig, und die Langeweile trieb sie um. Besonders an den Wochenenden.

Eva hatte Bocciakugeln gekauft und Federballschläger, damit sie sich die Zeit vertreiben konnten. Karl hatte eine Dartscheibe samt Pfeilen beigesteuert. »Die hänge ich unten bei der Wurstkuchl auf«, hatte er angekündigt, und Eva war sehr angetan gewesen von dieser Idee. Dort unten am Bach, weit weg von der Straße, konnten die Kerle Radau machen, so viel sie wollten. Jetzt wurde ihr klar, dass Karls Aktion ein Schachzug gewesen war, der es ihm ermöglichte, seine Helfer unauffällig heranzuholen.

Eva ging den schmalen Steig aus uralten Gredplatten entlang – Alfred hatte ihn seinerzeit persönlich angelegt –, der vom Zufahrtstor zur Rückseite des Gebäudes lief. Sie fand die Hintertür, die aber ebenfalls versperrt war.

»Scheiße«, sagte sie laut, drehte sich um und wollte durch den Garten zum Haus zurückkehren. Doch dann überlegte sie es sich anders. Sie war zum Herumschnüffeln hergekommen, und das würde sie nun auch tun. Also blieb sie, stellte sich auf die Zehenspitzen und versuchte, durch die Fensterluke zu spähen, die sich links neben der Tür befand. Doch es zeigte sich, dass die Scheibe mit einer Gardine versehen war.

Noch mal Scheiße.

Obwohl.

Wenn Karl hier laufend Asylbewerber aus dem Brunriedl'schen Anwesen beschäftigte, dann sollten die doch Zugang zu ihrem Arbeitsplatz haben. Rund um die Uhr gewissermaßen, denn feste Arbeitszeiten hatten sie wohl kaum. Jedem einzelnen einen Schlüssel zu überlassen wäre aber gewiss nicht ratsam gewesen. Demnach musste irgendwo einer versteckt sein.

Eva ließ den Blick Stück für Stück über das Gemäuer wandern. Eine glatte Wand, hell verputzt. Nirgends ein Spalt, keine Klappe, die ein Versteck tarnen konnte. Der Sims der Fensterluke blank und sauber, die Tür aus Eisen ohne Vorsprung oder Nische. Ein Gitter als Fußabtreter davor.

Wo war der Scheißschlüssel versteckt?

Eva schloss die Augen und dachte nach.

Er sollte schwer zu finden, aber – falls man das Versteck kannte – schnell zu greifen sein.

Also nicht viel weiter als einen Meter von der Tür entfernt.

Außer.

Außer das Versteck befand sich auf dem Weg, den Karls Helfer von ihrer Unterkunft zu der Werkstatt nehmen mussten.

Langsamen Schrittes folgte sie dem Pfad zum Haus. Sie war noch keine zehn Meter weit gekommen, als sie den Starenkasten entdeckte, leuchtend blau angestrichen und etwa in Augenhöhe an einem dicken Fichtenstamm angebracht.

Evas Mundwinkel hoben sich. Kein Star wäre so blöd,

darin zu nisten. Sogar eine uralte kreuzlahme Katze würde an der griffigen Rinde zu ihm hinaufklettern können. Resolut griff sie hinein und hielt im nächsten Moment einen Schlüssel in der Hand. Eilig kehrte sie zu dem Türchen zurück, schloss auf und trat ein.

Als das Gebäude noch die Wurstküche beherbergte, hatte sich hier an der Rückseite ein kleiner Raum befunden, den Alfred »Kammerl« genannt hatte. In diesem Kammerl hatte er sich ausgeruht, während die Würste siedeten, räucherten oder was immer sie tun mussten. Hier hatte er seinen Lieferanten ein Bier eingeschenkt, eine Kostprobe seiner Erzeugnisse angeboten, mit ihnen einen Schwatz gehalten.

Das Kammerl war mit einem Tisch, drei Stühlen, einem alten Kanapee und einem klobigen Schrank aus Eichenholz eingerichtet gewesen.

Es hatte sich kaum verändert. Nur das Sofa war einem weiteren Satz Stühle gewichen, und der Schrank war ein Stück zur Seite gerückt worden. In der Lücke, die dadurch entstanden war, ragte ein Stromkabel mit einer Dreifachsteckdose aus der Wand. An den Kratzspuren auf dem Boden war deutlich zu erkennen, dass hier bis vor Kurzem ein fast quadratisches Möbelstück gestanden hatte. Der Kühlschrank, begriff Eva. Bouba hat mir den alten Kühlschrank ins Haus geschleppt, den Alfred immer für sein Bier und die Probierwürste benutzt hat, weil er die nicht in der Großkühlung haben wollte.

Der Raum war ordentlich aufgeräumt. In der Luft hing eine Mischung aus Kaffeearoma und Terpentingeruch.

Eva öffnete den Schrank, fand eine Kaffeedose darin, einen Wasserkocher, Geschirr und Gläser, Kekspackungen und Kartoffelchips. Anscheinend hatte das Kammerl seinen Zweck beibehalten, wurde allerdings jetzt als Aufenthalts- und Pausenraum für Karls Helfer genutzt.

Früher war man von diesem Kammerl durch eine Pendeltür in einen Lagerraum gekommen, und von da aus hatte es einen Durchgang zu der vom Boden bis zur Decke gefliesten Halle gegeben, wo die Schweinehälften abgeladen, zerteilt und mit allen möglichen Zutaten zu Würsten und Geselchtem verarbeitet worden waren.

Der Lagerraum war verschwunden. Dafür war die Halle fast um ein Drittel gewachsen.

Eva drehte sich ein-, zweimal um die eigene Achse, sog erstaunt die Luft ein. Sie musste Karl zugestehen, dass die Werkstatt, die er hier eingerichtet hatte, mit jeder anderen im Landkreis konkurrieren konnte.

An den Wänden entlang reihten sich Schränke und Regale aus Edelstahl, bestückt mit Geräten, die Automechaniker für ihr Handwerk benötigten: Wagenheber, Luftdruckmesser, Ventile, Schwingschleifer, Hochdruckreiniger, Sicherheitsbrillen und außerdem noch eine Menge Werkzeug, das Eva nicht benennen konnte.

In der Ecke, wo früher ein kleiner Kühlraum gewesen war, befand sich jetzt ein riesiger Metallkasten, an dem ein Schild mit zwei Symbolen hing: ein Totenkopf und eine Flamme. Offenbar bewahrte Karl giftige und leicht brennbare Substanzen darin auf. Der Kasten war vorschriftsmäßig mit einem Vorhängeschloss gesichert.

In der Mitte der Halle gab es eine solide Hebebühne, die ein kleines Stück hochgefahren war.

Das ist kein Ort, wo hin und wieder ein alter Karren aufpoliert wird, dachte Eva. Das ist eine Profiwerkstatt.

Im Zentrum dieser Profiwerkstatt, direkt auf der Hebebühne, stand ein todschickes Cabrio einer bekannten Automarke. Aufgebockt und ohne linken Kotflügel.

Während sie es nachdenklich betrachtete, spürte sie plötzlich, dass sie nicht mehr allein war.

»Das ist jetzt aber furchtbar schad«, sagte Karl.

Eva fuhr herum.

Als Karl den Blick auffing, mit dem sie ihn bedachte, hob er beide Hände, als müsse er den Angriff eines Heuschreckenschwarms abwehren. »Ich wollt dich damit überraschen, Eva.«

»Ist dir gelungen«, antwortete sie bitter.

Ihr Verdacht gegen Karl war mittlerweile fast zur Gewissheit geworden. In einer Art Blitzdurchlauf fasste ihr Hirn noch mal zusammen: Karl beging vermutlich ein halbes Dutzend Straftaten mit dem, was er hier trieb. Innocent, ehrenhaft und rechtschaffen, wie er war, hatte, als er merkte, dass Karls Geschäfte klammheimlich und hinter dem Rücken von »Good Mama« liefen, Bedenken angemeldet. Sein Protest war wohl zunehmend heftiger geworden, und letztendlich hatte er vermutlich gedroht, die ganze Sache auffliegen zu lassen. Es war zum Streit gekommen, Karl hatte nach dem nächstbesten Gegenstand gegriffen und Innocent erschlagen.

Wieso er ausgerechnet einen Fleischklopfer in die Hand hätte bekommen sollen, war – Maxenbergers angeblicher Obduktionsbefund hin oder her – keineswegs nachvollziehbar, ja nicht einmal glaubhaft, falls ein bestimmter Ratschenschlüssel in Karls Werkzeugkasten fehlte.

Was, wenn der tatsächlich fehlte und Karl herausgefunden hatte, wo er sich mittlerweile befand?

Mit Schrecken erkannte Eva, dass Karl sie nicht davonkommen lassen konnte. Ihr Auftauchen hier in der Werkstatt musste ihm zeigen, wie die Dinge standen. Er kannte sie gut genug, um zu wissen, dass sie nicht lockerlassen würde, bis seine Verbrechen aufgedeckt waren.

Evas Blick schoss durch die Halle auf der Suche nach einem Fluchtweg. Vergebens. Das Einfahrtstor war zu, Richtung Kammerl blockierte Karl den Weg.

Der Gedanke, sich das nächstbeste Eisentrumm zu greifen und damit auf ihn loszugehen, streifte sie nur kurz. Sie musste nicht einmal einen Blick auf Karls massige Gestalt und seine von viel körperlicher Arbeit gestählten Muskeln werfen, um zu wissen, dass sie den Kürzeren ziehen würde.

Denk nach, befahl sie sich. Denk nach, ob es nicht irgendeinen Ausweg gibt.

Aber sie konnte keinen finden.

»Ich hab das alles für dich getan – für uns«, sagte Karl.

»Red kein Blech«, erwiderte Eva unbesonnen.

»Komm«, sagte er milde. »Wir setzen uns miteinander ins Kammerl, und ich erklär dir alles.«

Der Vorschlag hörte sich einladend an, denn vom Kammerl aus führte die Hintertür hinaus ins Freie, und die stand hoffentlich noch offen.

Trotzdem folgte sie ihm nur zögernd, verhielt immer wieder den Schritt.

Karl wartete geduldig.

Als sie an einem Arbeitstisch vorbeikam, zog ein geöffneter Werkzeugkoffer ihren Blick auf sich. Er enthielt einen kompletten Satz Ratschenschlüssel. »Saxon« war auf den Griff des neongrünen Koffers gedruckt und auf jede einzelne Ratsche. Die mit der Nummer 30, die größte, steckte in ihrer Halterung ganz rechts außen. Das Set glänzte nagelneu.

Eva starrte darauf hinunter.

»Solide, aber nicht billig«, sagte Karl. »Hab ich mir erst neulich aus dem Katalog bestellt.«

»Der Satz ist komplett«, sagte Eva verwirrt.

Karl zog eine Grimasse. »Das wär ja eine schöne Sauerei, wenn da was fehlen tät.«

»Aber der Dreißiger liegt bei mir im Schuhregal«, platzte Eva heraus.

Karl sah sie irritiert an, wusste offenbar nicht, was er darauf antworten sollte. »Wie …?«

Sie winkte ab. »Ach nix. Bouba hat irgendwo einen gefunden.«

»Kommst du?«, fragte Karl. Er betrat das Kammerl und rückte einen Stuhl für sie zurecht. »Magst einen Kaffee? Das Maschinchen macht gar keinen schlechten.« Dienstbeflissen ging er zu einer kleinen Anrichte, die Eva zuvor gar nicht registriert hatte, und schaltete den Kaffeeautomaten darauf ein. »Was Kaltes – Bier, Limo, Sprudel – hab ich im Moment nicht, weil der Kühlschrank verreckt ist«, sagte er, während er zwei Tassen aus dem Schrank holte. »Das war noch der alte vom Alfred. Unser neuer kommt erst nächste Woche. Ein richtiger Getränkekühlschrank mit Extrafächern …«

Eva hörte nicht mehr hin, weil sie der Gedanke beschäftigte, wieso Bouba entschieden hatte, das Kühlschränkchen aus Alfreds Kammerl in Ottmars Scheune abzustellen, nachdem sie ihn damit fortgeschickt hatte. Und warum hatte sie Ottmar so verstanden, dass es sich um *seinen* alten Kühlschrank handelte, den er Karls Helfern hatte schenken wollen?

Sie dachte eine Weile darüber nach, dann hatte sie eine mögliche Lösung. Alfreds Kühlschrank war kaputtgegangen und ausrangiert worden. Ottmar hatte den Burschen *seinen* alten, der noch funktionierte, angeboten, und sie hatten ihn genommen. Dann hatte aber auch der den Geist aufgegeben, und Karl hatte einen neuen bestellt.

»Milch habe ich leider auch keine da«, sagte Karl. »Aber Milchpulver. Der Innocent hat sich das immer in seinen Kaffee getan.«

Karl plapperte, als hätten sie sich in aller Freundschaft zum Kaffeeklatsch getroffen.

Er will mich einlullen, sagte sich Eva. Damit ich nicht darauf gefasst bin, wenn er zuschlägt, und zuschlagen wird er.

Ihr war zusehends klarer geworden, wie kriminell Karls Geschäft tatsächlich war und wie stark demnach seine Motivation sein musste, diejenigen auszuschalten, die es auffliegen lassen wollten. Wenn Innocent ihn nur wegen illegaler Beschäftigung von Asylbewerbern, Steuerhinterziehung und ähnlichen wohl einigermaßen geringen Vergehen hätte hinhängen können, dann wäre es unverhältnismäßig gewesen, ihn umzubringen. Wenn die Autos, die in Karls Werkstatt kamen, jedoch gestohlen waren, wenn sie umgespritzt und weiterverkauft oder zerlegt und als Ersatzteile verhökert wurden, dann war das ein anderes Kaliber. Auf solche Machenschaften standen garantiert ein paar Jahre Gefängnis, und das war ein solides Mordmotiv.

Karl hatte die gefüllten Kaffeetassen und das Milchpulver auf den Tisch gestellt und setzte sich nun neben sie.

»Wem gehört denn der Porsche da draußen in der Halle?«, fragte Eva ohne Rücksicht darauf, dass sie sich mit dieser Frage noch mehr in Gefahr bringen könnte. Was änderte es noch? Karl musste sie beseitigen, so oder so.

»Dem Miedinger«, antwortete Karl ruhig.

Die Entgegnung überraschte Eva. Sowohl im Ton als auch im Wortlaut. »Dem Granit-Miedinger?«

Karl nickte. »Hat er einem Großkunden aus Linz abgekauft. Muss aber ein bisschen hergerichtet werden. Der Bub soll ihn kriegen.«

Eva brauchte eine Weile, um das zu schlucken. Stefan Miedinger sollte einen Porsche bekommen? Als Belohnung für seine Drogenpartys?

Und überhaupt. Ein Porsche für einen Fahranfänger. Hatte sie Miedinger noch alle?

Vor lauter Erbitterung brachte sie kein Wort heraus.

Karl legte seine Hand auf ihre. »Nächste Woche, an deinem Geburtstag, wollte ich dir das alles zeigen.« Mit dem freien Arm vollführte er eine Kreisbewegung.

»An meinem Geburtstag«, wiederholte Eva perplex und zog automatisch ihre Hand weg. Dann sagte sie aufgebracht: »Spinnst du?«

Karl fing ihren Blick ein und sah ihr dann ernst in die Augen. »Der Laden läuft super. Wirft schön was ab. Du siehst ja selber, was ich aus der alten Wurstkuchl gemacht hab −«

»Der Schuppen ist illegal«, rief Eva.

Karl schob ihr die Kaffeetasse hin. »Trink, bevor er kalt wird.« Er wartete, bis sie einen Schluck genommen hatte. »Das wird sich bald ändern«, sagte er dann. »Nächsten Monat schon, wenn du willst. Ich bin jetzt so weit, dass ich mit den anderen Kfz-Betrieben in der Gegend mithalten kann, dass ich das Geschäft anmelden kann, meine Leute versichern −«

»Die kriegen keine Arbeitserlaubnis«, unterbrach ihn Eva erneut.

»Manche schon«, sagte Karl. »Ich hab mich da genau erkundigt. Am Landratsamt. Und wenn einer, der keine kriegt, mal ein bisschen bei mir mithilft, dann ist das doch keine Staatsaffäre. Man muss ja nicht päpstlicher sein als der Papst.« Er machte eine Pause, wartete offensichtlich auf Evas Zustimmung oder wenigstens auf ein Zeichen von Verständnis. Als nichts dergleichen kam, fuhr er fort:»Die Asylanten kann ich sowieso bloß als Aushilfe und unter Aufsicht beschäftigen. Ich hab aber zwei gute Leute angeworben, die schon ein paarmal mit mir gearbeitet haben und zu mir wechseln wollen, wenn wir das Geschäft anmelden.«

Wir?

Eva bekam keine Gelegenheit für einen derartigen Zwischenruf, denn Karl ereiferte sich geradezu.»Der Karli Benn und der Heinzi Maxenberger, die besten Kfz-Mechaniker im ganzen Landkreis, kündigen bei der OBC in Passau und fangen bei mir an.« Er hob den Zeigefinger.»Du hast selber mal gesagt, dass die zwei komplett aus der Art schlagen.«

Das taten sie. Karli Benn, Ottmars jüngster Sohn, und Heinzi Maxenberger waren schon zusammen in die Grundschule gegangen. Bereits damals hatte sich gezeigt, dass sie heller im Kopf waren als der gesamte Rest ihrer beiden Familien zusammen. Vor ein paar Jahren hatten sie ihre Ausbildung zum Kfz-Mechatroniker mit Bravour abgeschlossen und waren von der renommierten Firma OBC in Passau übernommen worden.

Und jetzt wollten sie den Job hinwerfen, um in Karls zwielichtiges Unternehmen einzusteigen?

Eva standen die Zweifel daran offensichtlich ins Gesicht geschrieben, denn Karl bemühte sich, sie zu zerstreuen.»Wer mag schon jeden Tag nach Passau in die Arbeit fahren, wenn er in der eigenen Nachbarschaft eine gute Stelle angeboten kriegt? Das Hin und Her kostet die Burschen einen Haufen Zeit, die sie lieber mit ihren Freundinnen verbringen. Der Karli geht mit der ...«

Evas Gedanken schweiften ab. Sie wusste ja längst, dass Karli und Heinzi auf Freiersfüßen waren. Dass beide heiraten (Heinzis Freundin war angeblich bereits schwanger) und ein Haus bauen wollten. Es ging die Rede, dass Ottmar dem Karli ein Grundstück am Zirndinger Bach überschrieben hatte. Der Heinzi hatte kürzlich das Anwesen von seiner Oma geerbt, die Gebäude darauf waren bereits abgerissen worden.

»… Altöl entsorgen …«, sagte Karl gerade, »… spart eine Menge Geld und …« Er hielt inne, als er Evas Miene sah. Dann nahm er erneut ihre Hand. »*Das* ist unsere Zukunft«, sagte er. »Deine, meine, die von Zita. Die Asylantenunterkunft kann ja nicht ewig was einbringen. Irgendwann kommt kein Flüchtling mehr nach Zirnding. Und was willst du dann mit dem Haus machen? Der Kasten ist unverkäuflich, das sag ich dir gleich. So weit kannst du gar nicht runtergehen mit dem Preis, dass da irgendeiner zuschlägt. Du kannst aber das alte Wirtshaus nicht einfach verfallen lassen. Es steht ja mitten im Dorf, direkt an der Hauptstraß. Meine Werkstatt hier, die wirft genug ab, dass wir nach und nach renovieren können. Als Erstes decken wir das Dach neu ein. Den Festsaal schließen wir und nutzen ihn nur noch als Lager. Im ersten Stock richten wir uns eine moderne Wohnung ein, und im Erdgeschoss eröffnen wir ein Gartenlokal. Das schlägt ein, du wirst schon sehen. Die Wanderer, die vom Brotjackelriegel runterkommen oder vom Haunstein, werden einkehren, die Radler vom Donau-Ilz-Radweg, die Urlauber auf ihrem Weg durchs Dreiburgenland. Wenn die Zita Lust dazu hat, kann sie das Lokal in ein paar Jahren übernehmen. Die kommt schon zurecht, schließlich ist sie in einem Wirtshaus aufgewachsen. Den Anbau …«

Obwohl es warm war im Kammerl und der Kaffee noch heiß gewesen war, begann Eva zu frösteln. Karl hatte ihre gesamte Zukunft verplant. Seine, ihre und Zitas.

Sie setzte sich aufrecht hin, holte Luft und wollte eigentlich sagen: Karl, du bist kolossal auf dem falschen Dampfer.

Aber erneut verschloss ihr aufwallender Ärger den Mund. Was bildete sich der Kerl überhaupt ein, sogar Zita in sein irres Zukunftsprogramm einzubeziehen? Hatte er noch immer nicht kapiert, dass sie sich niemals mit ihm zusammentun würde? Das war schon früher nicht in Frage gekommen und jetzt erst recht nicht. Und zu alldem besaß er auch noch die Dreistigkeit, sie erst zu hintergehen und dann ködern zu wollen.

Eva geriet zusehends in Rage, atmete keuchend aus und wieder ein. Doch bevor sie aufbrausen konnte, fiel ihre Wut wie eine Schaumflocke in sich zusammen und machte vernünftigem Denken Platz.

Wenn sie es jetzt wagte, sich Karl zu widersetzen, würde er sie ohne Aufschub umbringen. Da blieb ihm gar keine Wahl, denn was immer er sie auch glauben machen wollte, das Geschäft, das er betrieb, musste von Grund auf kriminell sein. Wie sonst hätte er zu genügend Kohle kommen können, um an eine Renovierung des alten Dorfwirtshauses überhaupt zu denken?

Sie würde also ins Gras beißen müssen. Warum eigentlich nicht? Hatte sie nicht längst genug von all dem Verdruss, dem sie im Lauf ihres Lebens begegnet war? Hatte sie nicht schon genügend Schlachten geschlagen? War es nicht statthaft, einen Schlussstrich zu ziehen, jetzt, wo sich die Gelegenheit bot?

Ja, das war es, fand Eva.

Das war es allemal, wäre da nicht Zita gewesen.

Was würde aus dem Mädel werden, wenn sie, die ihr die Mutter ersetzt hatte und noch immer ersetzte, unter die Erde kam? Niemand würde sie beschützen, niemand über sie wachen.

Um Zitas willen sollte sie am Leben bleiben.

Und das würde sie auch, falls sie sich dazu entschloss, mitzuspielen. Das aber bedeutete, dass sie so tun musste, als hätte Karl sie herumgekriegt.

Sie drückte seine Hand. »Wir könnten den alten Schanktisch bei eBay verscherbeln.«

ZEHN

Im Haus ging es zu wie im Taubenschlag. Sabo und seine Leute – der Vier-Uhr-Bus aus Grafenau musste gerade eingetroffen sein – trampelten über die Treppe in ihre Zimmer hinauf.

Karl schwirrte mit einem Meterstab herum, offenbar in Gedanken schon mit Feuer und Flamme beim Umbau.

Sidy, Unmar und Tayo drängten von der Straße herein und erzählten des Langen und Breiten, wie sie sich in Passau zum Klinikum durchgefragt hatten. Zita erschien und hörte ihnen zu. Eva merkte erst auf, als sie nach Bouba fragte. Unwillig gestand Tayo ein, dass sie absolut nichts über ihn erfahren hatten. Weiter als bis zum Glasgehäuse des Pförtners waren sie nicht gekommen. Der hatte sie eiskalt abgewimmelt.

»Blöder Wichser«, sagte Sidy.

Offenbar hatte er seine Deutschkenntnisse jüngst erweitert.

Tayo zählte auf, was sie sich in Passau alles angesehen hatten. »... Innpromenade, Altstadt, Oberhaus ...«

Was auch sonst, der Eiffelturm stand ja anderswo.

Sidy sagte, eine Schifffahrt auf der Donau müsse »Eins-a-Spitzenklasse« sein.

Das konnte nur daran liegen, dass er keine Vorstellung von dem Ausmaß an Langeweile hatte, die nach einiger Zeit unweigerlich aufkam.

Während Eva es ihm begreiflich zu machen versuchte, klingelte Zitas Handy.

Sie angelte es aus der Hosentasche, nahm ab, meldete sich, bekam rote Ohren und verzog sich in den Schankraum.

Eva sah ihr mit gerunzelter Stirn nach. So seltsam hatte Zita sich bei einem Anruf noch nie verhalten. Hatte das Kind neuerdings Geheimnisse vor ihr? Sie unterdrückte einen Seufzer. Waren Karls Machenschaften und das Versteckspiel mit ihm nicht genug? Musste sie nun auch noch Felizitas über-wachen?

✳✳✳

»Tobi will mit dir reden«, hatte Chantal ohne Einleitung gesagt.

Ein Gespräch mit Tobi Kunz. Das hätte Felizitas gestern Abend auf der Party schon gern geführt. Aber da hatte Tobi anscheinend andere Pläne mit ihr gehabt.

Gestern hatte sie nur eine dringliche Frage auf Lager gehabt. Heute hatte sie zwei. Allerdings würde sie keine davon stellen können.

»Hausarrest«, sagte sie zu Chantal. »Schon vergessen?«

»Bin ich hirnamputiert?«, antwortete die. »Ihr könnt euch ja oben im Festsaal treffen. Der ist so was von im Haus drinnen. Um fünf. Siebzehn Uhr. Okay? Kapiert?«

»Hältst du mich für bescheuert?«

Die Idee mit dem Festsaal war grandios. Er befand sich eindeutig nicht außer Haus und war doch so weit ab vom Schuss, dass sich – wenn nicht gerade eine Veranstaltung vorzubereiten oder nach einer aufzuräumen war – normalerweise niemand dorthin verirrte. Die Spuren der gestrigen Party waren am Vormittag schon beseitigt worden, sodass er nun wieder verwaist sein würde. Praktischerweise gab es zwei Zugänge zum Festsaal: eine Außentreppe aus Metallgitterstufen, die von der Straße aus zugänglich war, und eine Holzstiege, die man vom Treppenhaus über einen Flur erreichte, an dessen anderem Ende die Zimmer der Asylbewerber lagen.

Die Stiege war schmal, ihre Stufen knarzten übelst, sie ersparte einem aber den Weg außenrum. Sie endete an einer Tür, durch die man in die kleine Diele hinter dem Festsaal gelangte, wo die Toiletten lagen.

Tobi Kunz würde natürlich die Außentreppe nehmen. Den inneren Aufgang benutzten nur die Hausbewohner.

Falls er dabei beobachtet werden würde, war das kein Problem, denn Tante Brunriedl hatte schon vor Jahren entschieden, den öffentlichen Zugang zum Festsaal Tag und Nacht unversperrt zu lassen. Alles andere hätte eine Menge Zeitaufwand und Lauferei bedeutet, weil nach Veranstaltungen immer alles Mögliche liegen blieb – Jacken, Schals, Schirme, Hüte, Kuchenplatten, sogar Blumensträuße. Ständig parat zu stehen, um auf- und zuzuschließen, wenn die Leute ihre vergessenen Sachen abholen kamen, war einfach viel zu lästig. Die Tür am Ende der schmalen Holzstiege verriegelte Tante Brunriedl allerdings immer, damit niemand durch den Saal ins Haus kommen konnte. »So vertrauensselig sind wir dann auch wieder nicht«, war ihr Kommentar gewesen.

Fünf Minuten vor fünf schlich Felizitas ins Treppenhaus und hoffte, dass es leer war.

Tante Brunriedl hatte ihr zwar nicht ausdrücklich verboten, in den Festsaal hochzugehen, aber Felizitas zog es vor, nicht dabei gesehen zu werden. Kam sie unbeobachtet hinauf, dann lief sie auch nicht Gefahr, dass ihr jemand folgte, um nachzuschauen, was sie da oben trieb.

Sidy, Unmar und Tayo krakeelten irgendwo draußen herum. Sabo und seine Leute rumorten in der Küche. Karl und Tante Brunriedl waren weder zu sehen noch zu hören.

Leise stahl sich Felizitas die Treppe hinauf.

Im ersten Stock hörte sie leise Musik, ob aus einem der Zimmer oder aus dem Aufenthaltsraum, hätte sie von diesem Ende des Flurs aus nicht sagen können.

Eilig hielt sie auf die Holzstiege zu und hastete hinauf. Die Stufen schienen noch häufiger und lauter zu knarzen als sonst.

Außer Atem erreichte sie den kleinen Absatz vor der verschlossenen Tür.

Der Riegel klemmte wie immer, seit sich das Holz im Rahmen verzogen hatte. Felizitas hakte den Mittelfinger in den gusseisernen Ring und legte sich ins Zeug.

Es machte metallisch »Ping«, dann war er offen.

Schnell zog sie die Tür auf, schlüpfte in den Raum und drückte sie hinter sich wieder zu.

Was sich als Fehler erwies, denn jetzt stand sie im Dunkeln.

In der kleinen Diele gab es kein Fenster, und die Saaltüren, durch die normalerweise etwas Licht einfiel, waren zu.

Wo war der Lichtschalter noch mal? Rechts, links, weiter oben?

Felizitas gab die Suche auf, tapste blind vorwärts, entdeckte vor sich am Boden einen schmalen hellen Schein und fand die Klinke der Saaltür.

Tobi war schon da. Er lehnte am Tresen, zeichnete mit dem Zeigefinger ein Muster auf die Resopalplatte. Längs, quer, schräg.

Felizitas stellte sich neben ihn, schaute ihm schweigend zu.

»Ich wollte dich gestern Abend wirklich nicht aushebeln«, sagte er nach einer Weile.

»Klar wolltest du. Bloß erwischt werden wolltest du nicht.«

»Hängst du mich hin?«, fragte er kleinlaut. »Tu's bitte nicht. Mein Alter macht mich alle.«

»Gut«, entgegnete Felizitas fest. »Gibt's aber nicht umsonst.«

Tobi hörte auf, Muster zu malen, und sah sie erschrocken an. Dann schluckte er. »Wie viel?«

Felizitas hätte beinahe aufgelacht. Tobi glaubte tatsächlich, sie wollte, dass er ihr Kohle abdrückte.

»Zwei Auskünfte«, sagte sie.

»Was denn für Auskünfte?«

Felizitas setzte sich an einen Tisch und winkte Tobi zu sich. Als er andackelte, hatte sie Mühe, sich das Grinsen zu verkneifen. Oberwasser zu haben gefiel ihr ausnehmend gut.

Gestern ist er der Boss gewesen, heute bin's ich, dachte sie beschwingt.

Womit sollte sie beginnen? Am besten mit dem, was sie am meisten interessierte. »Was sollte denn der Spruch bedeuten, den du neulich rausgehauen hast?«

Tobi zog fragend die Brauen hoch.

»Nullchecker brauchen eins auf die Birne«, zitierte sie langsam und betont.

Tobis Augenbrauen stiegen ein Stück höher.

Ihr fordernder Blick sagte ihm jedoch, dass sie eine Antwort erwartete.

»Was der Spruch bedeuten soll? Hast du ein Rad ab? Er bedeutet, was er halt bedeutet.«

Felizitas nickte bedächtig. »Die Sache ist nur die, dass du mit Nullchecker den Innocent gemeint hast. Und prompt hat er eins auf die Birne gekriegt, und dann war er tot.«

Tobi schnappte ein paarmal nach Luft. »Bist du beknackt? Glaubst du, ich hab den Asyli erschlagen?«

»Nicht du?«, fragte Felizitas in unschuldigem Ton. »Wer dann?«

»Woher soll denn ich das wissen?« Tobi wurde laut.

»Na, wegen dem Spruch eben.«

Tobi räusperte sich, wischte sich übers Gesicht. »Das war doch bloß so dahergeredet. Weil ...«

»Weil?«

»Er ist uns halt auf den Keks gegangen«, fuhr Tobi stockend fort. »Weil er uns angelabert hat, Fragen gestellt und so.«

»Was für Fragen?« Felizitas' Stimme klang jetzt eisig.

Tobi beeilte sich zu antworten. »Wo nach dem Ölwechsel bei den Autos das Altöl hinkommt, die Batteriesäure. Wo gebrauchte Lösemittel hinkommen, alte Lacke und so Zeug.«

»Wem?«

»Was wem?«

»Wem Inno die Fragen gestellt hat.«

»Mir, Stefan, allen halt.«

»Mark?«

»Ja, nein, vielleicht, keine Ahnung.«

»Und hast du's ihm erklärt?«

»Was?«

»Wo das Zeug hinkommt?«

»Woher hätt ich denn das wissen sollen? Sondermülldeponie oder so.«

Stimmte es, was Tobi sagte? War »Nullchecker brauchen eins auf die Birne« bloß dummes Dahergerede gewesen mit nichts dahinter?

Aber Chantal hatte den Spruch ernst genommen. Vielleicht war es Tobi ja wirklich ernst gewesen, und jetzt versuchte er sich herauszuwinden.

Eigentlich ist es ihm schon gelungen, dachte Felizitas und gestand sich ein, dass in diesem Punkt nichts mehr zu holen war.

Also weiter zur nächsten Frage. »Wo kommt das Speed her?«

Tobi machte ein Gesicht wie ein Zirkusäffchen. »Speed?«

»Das Meth, das Ecstasy, das Zeug, das ihr einschmeißt auf euren Partys.«

»Ich kann es dir nicht sagen.«

»Entweder du spuckst es aus, oder du fliegst auf.«

Resigniert legte Tobi den Finger auf die Tischplatte und fing wieder an zu malen.

»Geht nicht. Wenn ich quatsche, macht er mich alle.«

»Dein Alter?«

»Der auch.«

»Von mir erfährt keiner was.«

Tobi malte große und kleine Kreise. »Geschenkt.«

Sackgasse, dachte Felizitas. Na toll. Lieber geht er das Risiko ein, dass ich ihn hinhänge, als dass er mit einer Ansage rüberkommt.

Unvermittelt kam ihr eine Idee. »Deal. Du musst nur Ja oder Nein sagen.«

Er nickte.

»Jemand aus der Schule?«

»Nein.«

»Einer von den Asylis?«

»Bist du irre?«

»Ein Einheimischer?«

»Ja.«

»Jemand vom Dorf?«

»Meinst du Zirnding?«

Ja, Felizitas hatte Zirnding gemeint, weil sie vergessen hatte, dass Tobi und Stefan in Solla wohnten, Mark in Thurmansbang. Sie würde sich durch den ganzen Landkreis fragen müssen.

Zuerst einmal nickte sie. »Zirnding.«

Als ein leises »Ja« kam, war sie fast überrascht. Steckte etwa Chantal dahinter?

»Friseursalon?«, fragte sie.

»Nein.«

»Weiblich?«

»Nein.«

»Männlich?«

»Was gibt's denn sonst noch?«

Zirnding hatte gut tausend Einwohner. Rechnete man davon zwei Drittel Frauen und Kinder ab, blieben gut dreihundert Männer.

Knieschuss, dachte Felizitas und überlegte krampfhaft, wie sie den Personenkreis einschränken könnte.

Alter? Beruf? Größe? Ortsteil?

Unwillkürlich schüttelte sie den Kopf. Was nutzte so eine Eingrenzung, falls sie es mit einem ihr Unbekannten zu tun hatte?

Tobi merkte offenbar, dass er gewonnen hatte. »Gib's auf, Zita.«

Auf einmal war er wieder ganz der Alte, stand lässig auf, schlenderte zum Tresen hinüber und fing an, Schubladen aufzuziehen.

Wozu machte er das?

Felizitas beobachtete ihn mit wachsendem Erstaunen, zumal sie verblüfft feststellte, dass ihr die schmale Schubladenreihe ganz unten unter den Schiebetüren noch nie aufgefallen war. Sie hatte nicht die geringste Ahnung, was sich darin befand.

»Suchst du was Bestimmtes?« Sie sprang auf und lief zu ihm hinüber.

Tobi grinste sie kurz an, dann machte er weiter, zog die nächste Schublade auf. Kramte darin herum.

Felizitas trat hinter ihn, schaute ihm über die Schulter und sah, was sie enthielt: Ramsch. Ein abgebrochenes Stück von einem Zapfhahn, ein paar verbogene Gabeln, angerostete Messer. Er knallte sie zu, öffnete die daneben. Vergammelte Deko. Angebrannte Kerzen, eingerissene Faltlampions. Auch die flog zu, die letzte glitt auf. Tobi begann, sich in den Papierhaufen hineinzuwühlen, der darin zum Vorschein gekommen war.

»Ah«, machte er plötzlich erfreut, zupfte einen kleinen Plastikbeutel heraus und schwenkte ihn vor Zitas Nase herum. »Das hier hab ich schnell wegdeckeln müssen, als uns deine Tante die Bullen auf den Hals gehetzt hat. Aber ich hab nicht vorgehabt, es da drin verrotten zu lassen. Sind fast fünfzig Fliesen dafür draufgegangen.«

Felizitas fühlte Wut aufsteigen. Sollte sie den Deal einfach platzen lassen? Tobi hätte es verdient.

Er trat mit der Fußspitze gegen die Schublade, um sie zu schließen, traf sie jedoch seitlich, sodass sie sich verklemmte.

»Mistding.« Tobi ging in die Knie, um sie ganz herauszuziehen. In dem Fach, in dem sie gesteckt hatte, hörte man etwas kollern. Er griff hinein und förderte einen Fleischklopfer zutage, den er achtlos auf den Tresen warf. Dann setzte er die Schublade wieder ein, und endlich ließ sie sich schließen.

»War das Zeug in dem Drink, den du mir in die Bar gebracht hast?« Felizitas machte mit dem Kinn eine Bewegung in Richtung der Hosentasche, wo der Plastikbeutel verschwunden war.

Tobi schien zu spüren, was im Busch war. »Hey, Zita.« Geradezu zärtlich tätschelte er ihr die Wange. »Chill mal. Das ist wirklich kein krasses Zeug. Macht bloß ein bisschen locker. Sorry, dass es dich umgehauen hat. Echt dumm gelaufen.«

Auf einmal konnte Felizitas ihn nicht mehr ertragen,

wollte ihn nur noch aus den Augen haben. Wo die Drogen herkamen, würde sie sowieso nicht erfahren.

Sie machte den Mund auf, um ihn zum Teufel zu jagen, da ging er bereits Richtung Tür.

Ein Expresschecker, der Tobi.

Er polterte gerade die Außentreppe hinunter, als Felizitas auf der Holzstiege und einen Augenblick später schon in der Diele Schritte hörte. Bevor sie an Entwischen denken konnte, kamen Tante Brunriedl und Kobe in den Saal.

***

»Was machst *du* denn da heroben?«, fragte Eva perplex und registrierte im nächsten Moment, dass Felizitas anfing, auf und ab zu gehen, als müsse sie gründlich über eine passende Antwort darauf nachdenken.

»Ich brauch Bewegung nach dem vielen Liegen und Sitzen«, sagte ihre Nichte schließlich und schlenkerte die Beine seitwärts. »Eigentlich wollte ich joggen gehen. Aber ich darf ja nicht raus. Deswegen bin ich hier rauf, da kann ich wenigstens hin- und herrennen.« Sie sprintete einmal quer durch den Saal, dann kam sie zurück.

Eva studierte ihr Gesicht, fand aber nichts Beunruhigendes darin. »Also gut. Raus mit dir. Frische Luft ist wahrscheinlich sowieso das Beste für dich.« Sie warf einen Blick auf ihre Armbanduhr. »Lauf eine Runde ums Dorf, aber um sieben bist wieder da – spätestens.« Es entging ihr keineswegs, dass Felizitas sich ein befriedigtes Grinsen verkneifen musste und betont gleichgültig in Richtung Tür stakste.

Kobe hatte sich zwischenzeitlich schon an die Arbeit gemacht. Routiniert halbierte er die Semmeln, die er aus Evas Henkelkorb holte, reihte die Hälften auf den Tresen und pflanzte auf jede zweite eine halbe Essiggurke. Evas Aufgabe war es, sie mit Wurstscheiben zu bestücken und den Deckel draufzulegen.

Mindestens dreimal im Monat richteten Eva und Kobe

etliche Dutzend Wurstsemmeln her. Der Turnverein orderte vierzig für die monatliche Versammlung, der SC fünfzig. Außerdem waren da noch die außertourlichen Bestellungen. An Schulungsabenden benötigte der Pfarrer fünfunddreißig für die stets hungrige Kolpingjugend.

Kobe musste Platz schaffen, weil Eva noch keine einzige Semmel fertig gemacht und weggepackt hatte, deshalb nahm er den Fleischklopfer, der ihm dabei im Weg war, und wog ihn in der Hand, während er sich nach einem Fleckchen umsah, wo er ihn ablegen konnte.

In diesem Augenblick wurde Eva auf Kobe aufmerksam. Sie erstarrte mitten in der Bewegung.

»Wo hast du den Fleischklopfer her?« Ihre Stimme klang hysterisch.

Kobe schaute das Ding erschrocken an, dann deutete er auf den Tresen.

*＊＊

Felizitas wollte zum Friseursalon, um Chantal abzufangen und ihr ein paar Fragen zu stellen. Vielleicht war ja irgendwas Brauchbares aus ihr herauszuholen.

Die Kirchturmuhr schlug gerade sechs. Chantal würde gleich Feierabend machen.

Als sie aus dem Haus stürmte, rannte sie beinahe in Mark Bündner hinein.

Was machte der denn schon wieder hier?

Thurmansbang, der Ort, in dem er wohnte, lag mindestens sechs Kilometer von Zirnding entfernt. Wie war Mark überhaupt hergekommen?

Felizitas schaute sich um, entdeckte aber nirgends ein Fahrrad. Mit einem Auto konnte er nicht gefahren sein, weil er noch keine achtzehn war. Das wusste Felizitas sicher, denn sie kannte Marks Geburtsdatum ganz genau. Tante Brunriedl hatte es mal erwähnt und hinzugefügt, dass es etwas zu bedeuten haben müsse, wenn zwei Menschen am gleichen

Tag geboren waren und genau hundert Jahre dazwischenlagen. Bei Mark und seinem Ururgroßvater war das so. Dieser Ururgroßvater war der Älteste im Bündner-Grab, und sein Geburtsdatum stand ganz oben auf dem Grabstein.

Kein Auto also. Aber ein Motorroller, schwarz-rot mit Top Case, parkte am Brunriedl'schen Zaun.

Der Roller musste Mark gehören. In ihrer Straße hatte Felizitas noch nie so ein Teil gesehen. Der Nachbarsjunge hatte eine Zeit lang ein auffrisiertes Moped gehabt, aber das war längst verschrottet.

»Hausarrest abgesessen?«, fragte Mark und sah sie irgendwie komisch an, sodass sie schlucken musste.

»Tante Brunriedl hat mir eine Joggingrunde genehmigt.«

Mark zeigte sein Lächeln. »Funky. Gehen wir zusammen joggen?« Das konnte nicht als Frage gemeint sein, denn er ergriff ihre Hand, lief los und zog sie mit.

Sie versuchte, ihn zu bremsen. »Was machst du schon wieder bei uns in Zirnding? Du warst doch heute Mittag erst da?«

»Wichtiger Auftrag von meiner Mutter: Grablicht anzünden, Blumenschale gießen, frische weiße Kiesel um den Rand streuen.«

»Aber der Friedhof liegt ...« Felizitas hatte nicht genug Puste. War ja auch egal.

»Und nach Felizitas sehen. Mit ihr joggen gehen«, fügte er grinsend hinzu und zog sie weiter.

Die Dorfstraße fiel zurück, ein Feldweg tauchte auf, in den Mark einbog, wobei er sie losließ und an Tempo zulegte.

Felizitas versuchte, ihm auf den Fersen zu bleiben. Kleine violette Blümchen flogen an ihr vorbei, die Tante Brunriedl als Ochsenzungen bezeichnete und die nur in den Furthwiesen blühten. Weil sie sich zu bewegen schienen, kamen ihr die Blüten vor wie Schmetterlinge.

Mark lief viel zu schnell. Schon bald konnte sie nicht mehr mithalten.

Offenbar nahm er wahr, wie sich der Abstand zwischen

ihnen vergrößerte, und hörte ihr Keuchen, denn unverhofft wurde er langsamer. Nach einer Weile blieb er stehen.

Felizitas ließ den Oberkörper nach vorn kippen, stützte die Hände auf die Knie und rang nach Luft.

Mark drehte sich wie ein Kreisel um die eigene Achse. »Hier stinkt's nach Fisch.«

Außer Atem deutete Felizitas nach links, wo dichtes Strauchwerk die Sicht versperrte. »Da drüben. Fischwasser. Ottmar Benn.«

Mark spähte in die angegebene Richtung, entdeckte die Schneise im Gebüsch, die hinführte. »Und wohin geht's geradeaus weiter?«

»Kommt man irgendwann zum Bauhof.«

»Dann lieber zum Fischwasser«, entschied Mark und rannte wieder los.

Sie liefen in Reifenspuren, die sich tief in den Boden gegraben hatten, weil darin die Erde festgefahren und weniger schwammig war. Leider waren die Spuren schrecklich holprig, sodass Felizitas herumstolperte wie ein lahmes Karnickel.

Mark verringerte sein Tempo, bis sie auf gleicher Höhe mit ihm war. Er nutzte die linke, sie die rechte Reifenspur. Am Wegrand streiften Farnwedel an ihren Beinen entlang, manchmal auch dornige Ranken und einmal Brennnesseln.

Irgendwann kamen sie an eine Stelle, die wie von einem Bulldozer plattgewalzt wirkte. Felizitas entwich ein Schreckenslaut, als sie eine blutige Mullkompresse am Boden liegen sah. Nicht weit davon entfernt entdeckte sie ein Stück verbogenes Blech und eine Strickmütze. Die Mütze war halb in den Schlamm getreten, aber Felizitas erkannte sie sofort. Dunkelgrün mit kleinen Sternchen aus Silberfaden. Tante Brunriedl hatte sie für Bouba gestrickt. An Weihnachten hatte er sie von ihr geschenkt bekommen, und von da an hatte sie auf seinem Kopf gesessen.

Felizitas blieb so ruckartig stehen, als wäre sie gegen eine Wand gelaufen. Das musste die Stelle sein, an der Bouba den scheußlichen Unfall gehabt hatte.

Mark hatte nicht schnell genug abbremsen können, musste umkehren und ein paar Meter zurücklaufen.

Er setzte zum Reden an, klappte aber den Mund plötzlich wieder zu und horchte.

Im Gebüsch knackte und raschelte es laut. Wenn das ein Tier war, konnte es sich nur um ein Wildschwein handeln.

Felizitas wurde mulmig, weil Tante Brunriedl neulich erst gesagt hatte, dass die Wildschweine in der Gegend zu einer richtigen Plage geworden waren. Sie vermehrten sich wie verrückt und waren viel zu schlau, um sich von den Jägern abknallen zu lassen. Letzte Woche hatte Ottmar Benn angeblich eine ganze Rotte in den Furthwiesen beim Wühlen gesehen.

Das Knacken und Rascheln wurde lauter. Felizitas fühlte Panik aufsteigen. Kein anderes Tier, hieß es, war so gefährlich wie eine Bache mit Frischlingen im Gefolge.

Ein dürrer Ast krachte herunter, ein Haselbusch wurde abgeknickt. Felizitas rechnete mit dem Auftauchen einer gigantischen Wildsau.

Doch aus dem Buschwerk brach Karl Rucknagel.

Er schaute erst ziemlich verdutzt, dann lachte er. »Ausgebüchst.«

Da täuschte er sich aber. Felizitas klärte ihn darüber auf, dass ihr Tante Brunriedl erlaubt habe, joggen zu gehen.

»Schon gut«, erwiderte er. »Ich hätt dich ja eh nicht verpetzt.«

Felizitas musterte ihn verwundert. »Bist du schon auf Schwammerlsuche, so früh im Jahr?«

Er lachte erneut, hörte sich jedoch kein bisschen vergnügt an, dann schüttelte er den Kopf und ging davon.

Mark war bereits wieder ein Stück voraus, und Felizitas beeilte sich, ihn einzuholen.

Ottmars Fischwasser kam in Sicht.

»Da ist ja der Bär los«, rief Mark verblüfft.

Sabo und seine Leute hielten das Ufer besetzt, an dem Ottmar Benn einen Kescher schwang. Soeben zog er ihn mit einer Ladung um sich schlagender Fische aus dem Wasser und schleuderte sie in einen Bottich. Ottmars Helfer waren mit Messern bewaffnet, griffen sich Fisch um Fisch …

Felizitas schaute weg.

Die toten Fische landeten in Plastikeimern. Sobald ein Eimer voll war, wurde er weggetragen.

Um zu verhindern, dass sich ihr Blick noch einmal auf das am Ufer stattfindende Gemetzel verirrte, schaute Felizitas einem von Sabos Leuten nach (er hatte eine Baseballkappe auf dem Kopf, denn für diese Typen strickte Tante Brunriedl keine Mützen), wie er den Eimer ein Stück den Weg entlangtrug, dann rechts abbog und auf eine Baumgruppe zuging. Unter den Bäumen stand ein alter Transporter mit dem Emblem von Granit-Miedinger. Felizitas erkannte die beiden Männer, die ihn gerade entluden. Frieder Benn und Ottmars Sohn Anton schienen sich mit schweren Kisten abzuplagen.

Ihr fiel ein, dass sie vor Jahren hinter diesen Bäumen einen Schuppen entdeckt hatte, als sie auf der Suche nach Kaulquappen dort vorbeigekommen war. Sie hätte nicht mehr sagen können, ob sie damals in einem der Tümpel, die es in einem feuchten Frühjahr hier haufenweise gab, welche gefunden hatte oder nicht, aber an den Schuppen erinnerte sie sich gut. Auf der Bank davor hatte sie versucht, mit einem Stock Schlamm und Kletten von ihren Hosenbeinen zu kratzen. Den Schuppen gab es also noch, und da drin wurden die Fische zum Verkauf fertig gemacht.

»Aber das ist ja die Felizitas.«

Dass sie angesprochen worden war, merkte sie erst, als sie Marks Ellbogen in den Rippen spürte.

Ottmar winkte ihr zu. »Heut Nacht wird geräuchert«, rief er. »Sag's deiner Tante. Ich tu mal fünf Stück für sie auf die Seite. Wenn sie mehr haben will, muss sie sich melden.« Er wollte sich schon wieder an seine Arbeit machen, da schien ihm noch etwas einzufallen. »Morgen Mittag sind sie fertig. Wenn der Karl keine Zeit zum Abholen hat, bring ich sie am Abend vorbei.«

Er ließ Felizitas keine Gelegenheit für eine Antwort,

drehte sich um und begann erneut, seinen Kescher durchs Wasser zu ziehen.

Es wurde sowieso langsam Zeit, nach Hause zu gehen. »Spätestens sieben«, hatte Tante Brunriedl gesagt. Felizitas wollte sich hier ohnehin keinen Augenblick länger aufhalten. Sie warf Mark einen bezeichnenden Blick zu, aber der deutete auf den Uferweg, der nach Süden weiterlief und offenbar um das Fischwasser herumführte.

War es eine gute Idee, die Joggingrunde so weit auszudehnen? Eher nicht. Aber Mark war schon wieder ein gutes Stück voraus. Felizitas hastete hinter ihm her.

Als die Geräusche des Fischmassakers kaum mehr zu hören waren, blieb Mark stehen. »Ich hab nachgedacht.«

»Und was ist dabei rausgekommen?«, fragte Felizitas hechelnd.

Mark wirkte auf einmal verkrampft. »Gefällt mir nicht.«

Felizitas wartete ab. Zum Sprechen fehlte ihr sowieso die Luft.

»Aber egal, wie ich ansetze, immer komm ich auf dasselbe.« Mark produzierte zwei steile Falten auf der Stirn und ging langsam weiter. »Wenn ich eliminiere, was nicht zwingend zu einer Lösung führt, dann bleibt nur die Drogensache als Mordmotiv übrig. Und das bedeutet, dass Tobi und Stefan – sagen wir es vorsichtig – was mit dem Mord zu tun haben.« Wieder blieb er stehen, sah sie düster an. »Sie sind heute Nachmittag bei mir zu Hause aufgekreuzt. Algebra-Problem. War schnell gelöst. Dann haben wir uns noch ein bisschen unterhalten. Schule, Abi, Partys. Keiner hat die Drogengeschichte erwähnt, aber wenn man genau hinschaut, merkt man, dass sie total Schiss haben. Sie brechen sich zwar einen ab, ultracool rüberzukommen, aber innerlich zucken sie wie die galvanischen Froschschenkel.«

Felizitas hatte keinen Schimmer, was »galvanische Froschschenkel« waren, pflichtete Mark aber trotzdem stumm bei. Schließlich hatte sie vorhin selbst erlebt, wie Tobi Muffensausen bekam.

Blieb die Frage, die sie sich schon bei ihrem ersten Gespräch in der Bar gestellt hatte: Wie viel wusste Mark?
Im Stillen spezifizierte sie: Wie viel weiß er? Wie viel reimt er sich zusammen? Wie viel vermutet er? Wie viel vertraut er mir an?
Weil es auf keine dieser Fragen eine Antwort gab, ließ sie sich die ganze Sache selbst noch einmal durch den Kopf gehen.
Dass Tobi wegen der Drogengeschichte vor seinem Vater Schiss hatte, war klar. Aber den hatte er ja auch nicht bloß gemeint, als er gesagt hatte: »Er macht mich alle.«
Sondern definitiv denjenigen, der ihm den Stoff lieferte.
Der konnte Tobi tatsächlich gefährlich werden, denn *dem* würde es so richtig ans Leder gehen, falls Tobi plauderte. Aber würde *er* Tobi wirklich gleich »allemachen«? Hatte *er* bereits bewiesen, dass er zu so etwas fähig war? Bei Innocent zum Beispiel? Und wusste Tobi davon?
Mark hatte wieder zu laufen begonnen. Felizitas hörte auf zu grübeln und hetzte ihm hinterher.
Als sie ihn einholte, war der Weg zu Ende. Man konnte zwar noch sehen, dass er früher mal am Südufer entlang in Richtung Westen weiterverlaufen war, aber so war das wohl schon längst nicht mehr. Das Südufer zeigte sich jedenfalls mit allem möglichen Kraut zugewuchert.
Felizitas wollte jetzt endlich kehrtmachen, doch Mark deutete ans Westufer. »Schau, da drüben gibt's einen breiten Weg, den laufen wir zurück.«
»Und wie willst du rüberkommen? Durch das Grünzeug hier ist schon seit Jahren niemand mehr gelatscht.«
»Stimmt nicht, über der Staude da drüben hängt eine Jacke.« Mark stapfte in den Bewuchs, trat das Schilf nieder, die Erlensprösslinge, die Sumpfdotterblumen.
Soll er doch, dachte Felizitas und wollte schon ohne ihn den Rückweg antreten, als er sich umdrehte und ihr winkte, ihm zu folgen. Im nächsten Moment war sie zu ihm unterwegs.

Das Krautzeug wurde höher, manche Stängel reichten ihr bis an die Hüfte.

Felizitas schüttelte sich. Auf den Halmen hockten garantiert jede Menge Zecken. Außerdem stank es bestialisch in diesem Sumpf, wo in Tausenden Löchern fauliges Wasser stand und unter den Füßen gurgelte. Es roch nach vermoderten Gewächsen, nach toten Viechern, nach Schimmel und nach irgendwas, das in ihre Nase stach und ihr die Tränen in die Augen trieb.

Ich gehe jetzt auf der Stelle zurück, sagte sie sich. Soll Mark doch allein durch die Pampa pflügen.

Als hätte er sie denken hören, wandte er sich wieder um und rief ihr etwas zu.

»... wird besser ...«, glaubte sie zu verstehen. »... gleich überstanden ...«

Er wartete, bis sie aufgeholt hatte. »Da vorn fängt ein Weg an.«

Mark hatte recht. Wo das Südufer endete, hörte auch der Bewuchs auf, und an der Westseite des Fischteiches verlief zwischen einem niedrigen Gehölz und dem daran angrenzenden Wald ein erstaunlich breiter Weg.

Der Gestank wurde schlimmer. Ein fetter Käfer setzte sich auf ihre Hand. Als sie ihn wegschleudern wollte, blieb er kleben. Sie schrie auf.

Mark, erneut ein ganzes Stück voraus, blickte zurück. »Was ist?«

Felizitas konnte keine Antwort geben, weil sie panisch versuchte, den Käfer loszuwerden. Der zeigte sich eigensinnig und krabbelte auf ihren Arm.

»Was ist?«, wiederholte Mark.

»Käferattacke.«

Sie hörte ihn lachen und wünschte, ganz viele fiese kleine Mistdinger mit Stacheln und Saugrüsseln würden aus dem Schilf kriechen und über ihn herfallen.

Der Käfer steigerte unvermittelt das Tempo, flitzte über ihre Schulter, hielt auf ihren Hals zu.

Felizitas kreischte und wedelte mit den Armen.

»Reiß einen Stängel aus und streif ihn damit ab«, rief Mark.

Es war ganz einfach. Sie hätte eigentlich selbst draufkommen können.

Fünfzehn Meter noch. Zehn.

Felizitas registrierte, dass Mark den gröbsten Bewuchs schon hinter sich hatte. Er stand jetzt auf einer sandigen Stelle neben der Staude mit der Jacke.

Wie ein winziger Sandstrand, dachte Felizitas.

Von dort, wo Mark auf sie wartete, war es nur noch eine kurze Strecke über platt getretenen Erdboden bis zu dem Fahrweg, der am Westufer entlang nach Norden führte.

Felizitas wurde schneller. Je eher sie festen, trockenen Boden erreichte, desto besser. Unter ihren Füßen gurgelte es jetzt laut.

Lief sie über den Abfluss des Fischwassers?

Eher nicht, denn das überschüssige Wasser aus dem Teich floss durch einen Graben ab, der sich ein paar Schritte vor ihr befinden musste. Sie hatte Mark drüberspringen sehen. Aber weshalb rauschte es dann hier so laut, als hätte jemand auf eine Klospülung gedrückt?

Der Boden fühlte sich auf einmal wie betoniert an. Ihr rechter Fuß stieß an etwas Hartes. Als sie ihn heben wollte, blieb er hängen. Das brachte sie aus dem Gleichgewicht. Sie kippte vornüber. Im Fallen riss sie beide Arme hoch, um ihren Sturz abzubremsen. Doch die Reaktion kam zu spät. Sie schlug mit der Stirn auf. Dann wurde ihr schwarz vor Augen.

ELF

»Genau an diese Stelle hier liegen«, sagte Kobe mit Nachdruck und pochte mit den Fingerknöcheln auf den Tresen. »Ich schwören, Klopfer von Fleisch hier liegen.«

Eva ging allmählich auf, dass er die Wahrheit sprach. Warum sollte er lügen?

Sie starrte den Fleischklopfer zornig an. War das nun die Tatwaffe, oder war sie es nicht?

Wenn Maxenberger keinen Unsinn verzapft hatte, dann war sie es. Was Kobe jedoch nicht wissen konnte, sofern er nicht selbst Innocents Mörder war. Das aber glaubte Eva ausschließen zu dürfen. Nicht weil sie Kobes Ehrbarkeit als über jeden Zweifel erhaben betrachtete, sondern weil kein Mörder so blöd sein würde, die Tatwaffe aus ihrem Versteck zu holen und damit herumzufuchteln.

Der Fleischklopfer hatte also auf dem Tresen gelegen, als sie und Kobe in den Saal gekommen waren. Eva hatte ihn nicht bemerkt, was aber nicht verwunderlich war, weil sie sich als Erstes Felizitas zugewandt hatte. Ihre Nichte war offenbar schon eine Zeit lang hier gewesen. Sie konnte den Fleischklopfer in irgendeiner Ecke gefunden und achtlos auf den Tresen gelegt haben, da sie ja nicht hatte ahnen können, welches wichtige Beweismittel ihr damit in die Hände gefallen war.

Wo genau hatte sie das Ding wohl entdeckt?

Nebensächlich, entschied Eva.

Nach der Tat hatte der Mörder die Tatwaffe schnellstmöglich loswerden wollen, hatte sie abgewischt und irgendwo hineingesteckt, wo sie nicht so leicht zum Vorschein kommen würde.

Ich hätte sie hinter die Paneelen am Tresen gestopft, dachte Eva.

Die Vorderfront des Tresens war irgendwann einmal neu

verkleidet worden, und dadurch war der eine oder andere Hohlraum entstanden. Wer wusste, dass ein Teil der Paneelen abnehmbar war, um im Störfall an die Stromleitung gelangen zu können, die zwischen alter und neuer Verkleidung verlief, hätte einen der Hohlräume als Versteck für die Tatwaffe benutzen und sicher sein können, dass die Leute von der Spurensicherung nicht daraufkommen würden. Die Idee, dort nachzusehen, war ja nicht einmal ihr gekommen, was vermutlich daran lag, dass sie von vornherein davon ausgegangen war, der Täter habe die Tatwaffe mitgenommen und nachhaltig entsorgt.

Aber wieso war Zita auf den Fleischklopfer gestoßen? Selbst wenn sie von den Hohlräumen wusste, warum hätte sie ihre Nase hineinstecken sollen?

Eva wischte die Frage mit einer Handbewegung beiseite. Sie würde schon noch beantwortet werden. Viel wichtiger war die Antwort darauf, *wer* das Ding versteckt hatte.

Karl weiß Bescheid über die Verkleidung, ging es ihr durch den Kopf.

Er hatte vor einiger Zeit ein zusätzliches Kabel verlegt, weil sich einige Vereinsvorstände darüber beschwert hatten, dass es im Saal zu wenig Stromanschlüsse gab.

Ein weiterer Hinweis auf ihn als Täter.

Als ob noch einer nötig gewesen wäre.

Ich an seiner Stelle hätte die Tatwaffe aber nicht in dem Versteck liegen lassen, überlegte Eva.

Warum hatte er das Ding nicht irgendwann geholt und in die Moorauen geworfen? Kein Mensch hätte es dort gefunden.

»Was soll werden aus Klopfer?«, fragte Kobe und riss Eva damit aus ihren Gedanken.

Sichern, entschied sie. Auf alle Fälle sichern.

Hastig griff sie nach der Rolle Alufolie, die sie mitgebracht hatte, um die Wurstsemmeln abzudecken, trennte ein Stück ab und griff damit nach dem Fleischklopfer. Gehorsam schmiegte sich die Folie um den Stiel.

So vor ihren Fingerabdrücken geschützt (leider würden

die von Kobe sich haufenweise darauf finden), konnte Eva die Tatwaffe nun genauer begutachten. Zwischen einigen der stumpfen Zacken befanden sich braune Flecken. Das konnten zwar uralte Gebrauchsspuren sein, aber ebenso gut auch Rückstände von Innocents Blut.

Auf einmal überstürzten sich ihre Gedanken. Eine bessere Gelegenheit, Karl ans Messer zu liefern, würde sich nicht mehr bieten. Allerdings musste der Fleischklopfer zur Untersuchung ins Labor der Spurensicherung gebracht werden. Falls man daran Blut von Innocent und Karls Fingerabdrücke nachweisen konnte, wäre Karl geliefert.

So gut wie ohne ihr Zutun, denn sie würde vorerst keine Aussage gegen ihn machen müssen.

Das bedeutete: Sepp Maxenberger musste her. Sofort. Der Zeitpunkt war günstig, weil Karl sich wer weiß wohin verzogen hatte, als sie und Kobe sich auf den Weg in den Saal gemacht hatten.

»Wir nicht fertig sein bis halb sieben«, jammerte Kobe, weil Eva es nach wie vor versäumte, ihren Anteil an der gemeinsamen Arbeit zu erledigen.

»Leg halt selber die Wurst drauf«, fuhr sie ihn an. »Dann klappst die Semmeln zamm und richtst sie auf eine von den Platten. Sobald die voll ist, machst gleich Folie drüber, dass nix drankommt. Los geht's«, fügte sie drängend hinzu, weil Kobe dastand und den Aufschnitt musterte, der in einer Tupperschüssel vor sich hin schwitzte. »Ich hab grad was anders zu tun.«

Sie griff in die Gesäßtasche ihrer Jeans. Leider vergeblich, denn das Handy fand sich dort nicht.

»Liegt doch das Scheißding bei mir in der Küche«, grummelte sie, lief aus dem Saal und die beiden Treppen hinunter in ihre Wohnung.

Es lag mitten auf dem Tisch. Eva raffte es an sich, sah, dass jemand in ihrer Abwesenheit angerufen hatte, hielt sich aber nicht damit auf, die angezeigte Nummer abzulesen. Während sie die Treppen wieder hochstieg, drückte sie auf die Rückruftaste. Wahrscheinlich war Sepp Maxenberger der Anrufer gewesen, der ihr – hoffentlich – über Boubas Zustand Bericht erstatten wollte.

»Hier Mark. Was läuft?«

Erst als der Pfeifton kam, kapierte Eva, dass sie mit einer Mobilbox verbunden war. Mark? Mark Bündner? Hatte er auf ihrem Handy angerufen? Wollte er mit Felizitas sprechen? Aber die hatte doch selbst eins. Woher hatte er überhaupt diese Nummer?

Die letzte Frage war leicht zu beantworten. Oben im Festsaal und unten im Hauseingang gab es Aushänge mit ihrer Mobilfunknummer für alle Angelegenheiten, die die Saalnutzung betrafen. Die anderen beiden Fragen ließ sie unbeantwortet, suchte die Telefonnummer von Sepp Maxenberger heraus und ließ sie anwählen.

»Das hat aber schon Zeit bis morgen«, sagte der, nachdem sie ihm erklärt hatte, dass es die mutmaßliche Tatwaffe abzuholen galt.

Wäre er nahe genug gewesen, hätte Eva ihn geohrfeigt.

»Hat es nicht!«, schrie sie stattdessen. »Du schwingst jetzt deinen fetten Arsch daher und holst den Fleischklopfer! Wennst nicht in fünf Minuten da bist, ruf ich den Probst an.« Damit legte sie auf.

Maxenberger würde kommen, keine Frage. In viereinhalb Minuten würde er da sein. Weil er viel zu viel Bammel davor hatte, sein Vorgesetzter könnte auf welche Weise auch immer auf ihn aufmerksam werden.

Es dauerte bloß drei Minuten.

Maxenberger musste vor der Haustür gestanden haben.

Er stieg über die Außentreppe zum Saal hinauf, wo ihn Eva beim Eingang erwartete.

Sie übergab ihm den Fleischklopfer, den sie samt der Alufolie vorsichtshalber noch in die Papiertüte eingewickelt hatte, in der zuvor ein Dutzend Semmeln gewesen war. Dann erteilte sie ihm unmissverständlich einige Anweisungen.

»Hammer's kapiert, Sepp«, sagte sie zum Schluss. »Auf

Fingerabdrücke untersuchen und testen lassen, ob die braunen Flecken Blut vom Innocent sind.«

Maxenberger nickte, wiederholte leise für sich: »Auf Fingerabdrücke untersuchen und testen, ob die braunen Flecken Blut vom Innocent sind«, und wollte gehen. »Sepp.« Er drehte sich wieder zu ihr um. »Was ist jetzt mit dem Bouba? Warum hast mir nicht Bescheid gegeben?«

»Die Dienststelle hat erst grad vorhin Nachricht aus dem Krankenhaus gekriegt«, verteidigte sich Maxenberger.

»Ja und?« Eva hätte ihn schütteln mögen.

»Er ist aufgewacht«, sagen sie. »Aber nicht vernehmungsfähig. Nicht vor morgen oder übermorgen. Deswegen wollt ich jetzt endlich Feierabend machen.«

Bouba lebte. Wenigstens das, wenn schon Innocent hatte sterben müssen. Und in ein, zwei Tagen würde er reden. Dann war Karl endgültig fällig.

Dann gehst in den Knast, Saukerl, dachte Eva befriedigt. Da gibt's kein Pardon.

»Besuch darf er keinen kriegen«, sagte Maxenberger. »Weil er noch zu schwach ist für ...«

Bei dem Wort »Besuch« war Eva zusammengezuckt. Was, wenn Karl sich in Boubas Krankenzimmer schlich und ihn endgültig zum Schweigen brachte?

Er durfte auf keinen Fall erfahren, dass Bouba noch lebte und aus dem Koma aufgewacht war.

Sie packte Maxenberger am Arm. »Du darfst das niemandem erzählen, verstehst du? Keiner darf erfahren, dass Bouba aussagen kann. Das ist ein Dienstgeheimnis«, fügte sie eindringlich hinzu, um Maxenberger so gut wie möglich auf Geheimhaltung einzuschwören. »Niemand darf das wissen.«

Maxenbergers Gesichtsausdruck nach zu urteilen, wusste bereits halb Zirnding davon. Vermutlich auch Karl.

Wo er wohl hin ist?, fragte sich Eva. Bereits auf dem Weg zu Bouba?

Sosehr sie es erleichterte, ihn nicht in ihrer Nähe zu wissen, so sehr ängstigte sie die Frage, was er gerade trieb.

»Ja, der Maxenberger is da. Bist noch im Dienst oder kannst eine Halbe mit mir trinken?«

Eva hatte gar nicht bemerkt, dass auch Karl über die Außentreppe heraufgekommen war. Sie biss sich auf die Lippen. Maxenberger würde ihm gleich alles brühwarm erzählen. Der grinste erst einmal. Einer Halben Bier war er niemals abgeneigt, Dienst oder kein Dienst. Dann hob er die Tüte mit der Tatwaffe und schwenkte sie vor Karls Nase. Eva ahnte, was er vorhatte. Natürlich wollte er Karl mitteilen, weshalb er hergekommen war.

Rasch rückte sie näher an ihn heran und trat ihm auf den Fuß. »Der Sepp hat die neuen Mützen für seine Enkel abgeholt. Die sind gestern fertig geworden, grad rechtzeitig für das schlechte Wetter, das wir nächste Woche kriegen sollen. Eiskalter Ostwind und sogar Graupel, sagt der Wetterbericht.« Als sie registrierte, wie verstört Maxenberger auf die Tüte blickte, die er in der Hand hielt, verstärkte sie den Druck auf seinen Fuß. »Er wollt aber grad wieder gehn, weil seine Frau mit dem Essen wartet.« Damit gab sie Maxenbergers Fuß frei und knuffte ihn in den Rücken.

Kopfschüttelnd zog er Leine.

Während Eva ihm argwöhnisch nachsah (womöglich ließ er sich einfallen, wieder zurückzukommen), spazierte Karl quer durch den Saal und blieb dann bei Kobe am Tresen stehen.

»Weit seids aber noch nicht gekommen. Da fehlt's, scheint's, ein bisserl an Arbeitseifer.« Er nahm sich ein Messer und begann Semmeln aufzuschneiden.

Kobe rollte die Augen und schlitzte Gürkchen auf.

»Ich hab mir das Radl angesehen«, sagte Karl beiläufig zu Eva, als sie nach einer Weile hinzutrat. »Das, mit dem der Bouba den Unfall gehabt hat. Da ist nix mehr zu machen. Das muss zum Alteisen. Der Hänger ist in Ordnung. Da ist zwar die Achs verbogen gewesen, aber die hab ich richten können.«

Eva griff sich an den Kopf. Das Rad hatte sie komplett

vergessen. Und wo hatte sie eigentlich den blutigen Stein hingetan, den sie vom Unfallort mitgenommen hatte?

Kann man so deppert sein, dass einem solche Sachen einfach entfallen?, fragte sie sich ärgerlich.

Offenbar.

Der Stein, wo konnte sie ihn deponiert haben? Sie kniff die Augen zu, um sich besser darauf konzentrieren zu können, und endlich fiel es ihr ein. Sie hatte ihn neben dem Ratschenschlüssel auf dem Küchentisch liegen lassen, weil sie es so eilig damit gehabt hatte, nachzusehen, ob der Fleischklopfer in der Gemeinschaftsküche fehlte. Später hatte sie ihn – halbwegs steril verpackt – mitsamt dem Ratschenschlüssel ganz hinten ins Schuhregal gestopft.

»Schade für schönes Rad«, sagte Kobe.

Karl lachte. »Du kannst ja eh nicht gscheit fahren. Und wennst dir nicht bald merkst, dass man bei Rot *immer* stehen bleiben muss, dann kannst dem Bouba nächstens Gesellschaft leisten.«

Es klang wie eine Drohung, und Eva fragte sich, ob es nicht auch eine war. Womöglich wollte Karl Kobe zu verstehen geben, dass er sich vorsehen und vorzugsweise den Mund halten sollte.

Sie unterdrückte einen Seufzer. Wie weit würde Karl gehen? Wen – außer ihr – hatte er noch in der Hand? Wer – außer ihr – musste noch davor zittern, von ihm vernichtet zu werden?

Sie fragte sich, ob abzuwarten, was sich bei der Untersuchung des Fleischklopfers herausstellte, nicht ein zu hohes Risiko bedeutete. Was, wenn Karl Lunte gerochen hatte? Wenn er ahnte, dass sie ihm bloß etwas vorspielte? Dann wäre es wohl besser, der Sache schnell ein Ende zu bereiten.

Während sie Leberkässcheiben auf Semmelhälften verteilte, wälzte sie den Gedanken, die örtliche Polizei zu übergehen und ins Kriminalkommissariat nach Deggendorf oder Passau zu fahren, um dort zu Protokoll zu geben, was sie wusste und schlussfolgerte. Weil Sepp Maxenberger dabei nicht beteiligt wäre, würde Karl nichts davon erfahren – zumindest nicht so bald. Sie würde den Stein mitnehmen, den Ratschenschlüssel und – ja, auch das Stück Angelschnur von der Fichte, mit dem sie veranschaulichen konnte, wie Boubas Unfall herbeigeführt worden war. Das Stückchen Schnur würde sie allerdings erst noch sicherstellen müssen. Nachdem sie auf der anderen Seite der Schneise vergeblich nach dem Teil gesucht hatten, der beweisen sollte, dass sie quer über Boubas Weg gespannt gewesen war, hatte sich Maxenberger bestimmt nicht mehr darum gekümmert. Er hatte ihr zwar versprochen, auf der Dienststelle einen Bericht darüber zu machen, aber Eva befürchtete, dass die Sache im Sande verlaufen war.

Am besten wäre es, überlegte sie weiter, auch das kaputte Rad aufs Kommissariat mitzunehmen. Womöglich war unterhalb des Lenkers, wo die Angelschnur eingeschnitten haben musste, ein entsprechender Abrieb zu erkennen.

Eva war so in Gedanken, dass sie beinahe überhört hätte, wie Karl sagte: »Ich hab das Hinterrad abmontiert, damit das Radl in meinen Kofferraum passt. Morgen fahr ich's auf den Schrottplatz rüber.«

Er wollte das Unfallrad also schnellstmöglich entsorgen, und zwar an einem Ort, wo es kaum mehr ausfindig gemacht werden konnte.

Eva zermarterte sich das Hirn darüber, wie sie ihn daran hindern konnte.

Unerwartet kam ihr Kobe zu Hilfe. »Viele Teile von Rad noch gut. Nicht alles Schrott. Sattel nicht Schrott. Pedal nicht Schrott ...«

»Kobe hat recht«, mischte sich Eva ein. »Für den Schrottplatz ist das Radl eigentlich zu schad. Bring's lieber dem Benn Anton. Der kann's ausschlachten.«

Sie gelobte sich, Kobe dafür, dass er sie auf diese Idee gebracht hatte, eine neue Mütze zu stricken.

Anton würde das Schrottrad all dem Sperrmüll beigesellen, der in seinem Hof lagerte, und es würde dort unangetastet bleiben – wahrscheinlich bis in alle Ewigkeit.

»Alle Semmel fertig«, verkündete Kobe.

Eva nickte ihm zu. »Danke, Kobe. Ich kauf dir das Duschbad dafür, das dir heut früh zu teuer war.«

Kobe hob den Daumen, grinste und trollte sich.

»Ist die Felizitas noch gar nicht daheim?«, fragte Karl. »Ich hab sie vor einer guten Stund bei den Furthwiesen gesehen.«

»Sie wollte eine Runde joggen«, Eva schaute auf ihre Uhr, »müsste aber jeden Augenblick zurück sein.« Nach einer kleinen Pause fügte sie hinzu: »Ich glaub, ich dreh auch eine.«

Karl zog die Stirn kraus, sagte jedoch nichts dazu.

Eva knüllte zwei leere Semmeltüten zusammen und warf sie in ihren Henkelkorb. Die leere Tupperschüssel, die benutzten Messer und die leeren Gurkengläser legte sie dazu. Dann nahm sie den Korb rasch auf und machte sich davon, bevor Karl irgendwelche Einwände erheben konnte.

Erneut lief sie die beiden Treppen hinunter, betrat ihre Wohnung, wo sie den Korb einfach stehen ließ, schlüpfte in ihre Turnschuhe und war schon einen Moment später aus dem Haus.

Sie hatte es eilig. Um acht würde es dämmrig sein, und ein Stück durchsichtige Angelschnur war schon bei Tageslicht schwer zu erkennen.

Auf der Straße kam ihr Sepp Maxenbergers Frau mit einer vollen Einkaufstasche entgegen. Offenbar wollte sie wieder einmal ein paar Sachen vorbeibringen, die ihr Sohn Heinzi zusammengetragen hatte. Das tat sie regelmäßig, denn Heinzi sammelte bei seinen Kollegen in der Firma, bei Freunden, Bekannten und Verwandten Kleidung, Schuhe, Taschen und Rucksäcke für die Asylbewerber. Er nahm aber nur Ware an, die sich als tadellos in Ordnung, schick und modisch erwies. Eva war ihm wirklich dankbar dafür, denn sie freute sich, wenn ihre Schützlinge nicht in Schlabber-T-Shirts von NKD herumlaufen mussten. Quasi als Gegenleistung führte sie Heinzis Mutter bei jeder Lieferung in ihr Wohnzimmer, tischte ihr Kaffee und Kuchen oder ein Glas Weißwein und Knabberzeug auf und hörte sich ihre Tiraden an.

Mela Maxenberger war das schlimmste Klatschweib im

Dorf und deshalb geradezu gefürchtet. Ihre Zunge war schärfer als eine Hobelklinge, vor allem aber unermüdlich. Sie hatte über alles und jeden etwas auf Lager, und wenn ihr nichts Neues mehr einfiel, wiederholte sie einfach das bereits Gesagte.

Mela im Wohnzimmer auf der Couch sitzen zu haben war eine grausame Plage, die Eva nur ihrer Schützlinge wegen in beständiger Regelmäßigkeit auf sich nahm. Heute würde sie sie allerdings enttäuschen müssen. Nur wollte ihr dummerweise auf die Schnelle keine geeignete Ausrede einfallen. Heinzis Mutter einfach abzuweisen kam jedoch nicht in Frage. Die Joggingversion taugte ebenso wenig, denn Mela würde nur wichtige – sehr wichtige – Gründe für eine Absage akzeptieren.

Eva favorisierte gerade die Idee, Karl für sich einspringen zu lassen, als ihr dämmerte, dass die beiden auf keinen Fall zusammentreffen durften. Dann würde ja sofort aufkommen, dass ihre Behauptung, Maxenberger müsse schnell nach Hause, weil seine Frau mit dem Essen auf ihn warte, nur ein Vorwand war.

Ratlos blieb sie stehen.

Mela befand sich inzwischen in Rufweite und wedelte mit der freien Hand. »Lass dich nicht aufhalten. Zu dir will ich gar nicht. Ich muss zur Metzgerin, der hab ich meine alten Weckglasl versprochen.« Damit verschwand sie in einer Seitengasse.

Eva atmete auf.

Hast was gut bei mir, Mela, dachte sie erleichtert und sprintete die Dorfstraße hinunter.

Auf Höhe der Furthwiesen überquerte sie sie, ohne auf den Verkehr zu achten, was Frieder Benn mit seinem Transporter zu einer Vollbremsung zwang. Er war gerade vom Wiesenweg her eingebogen und hatte kräftig beschleunigt.

Erbost drehte er das Seitenfenster hinunter und bellte ihr einen Fluch hinterher. Eva hob, ohne sich umzusehen, die rechte Hand mit dem ausgestreckten Mittelfinger. Dann schwenkte sie ihrerseits in den Wiesenweg ein, rannte ihn, so schnell sie konnte, hinunter und drosselte das Tempo erst, als sie die Abzweigung zu Ottmars Fischwasser erreichte.

Die Schneise schien ihr heute deutlich breiter als tags zuvor, was daran liegen mochte, dass wegen Boubas Unfall ein höheres Verkehrsaufkommen geherrscht hatte als sonst. Der Unfallort selbst stach mittlerweile geradezu ins Auge, wirkte wie ein Kreuzungspunkt.

Eva stellte sich genau in die Mitte, drehte sich ganz langsam um die eigene Achse und versuchte, sich vor Augen zu führen, wo sie tags zuvor zusammen mit Sepp Maxenberger in den Wald eingedrungen war, um den Stein ausfindig zu machen. Sie bediente sich Frieders Fluch, weil sie die Stelle nicht gleich bestimmen konnte. Genervt wiederholte sie die Prozedur, und diesmal blieb ihr Blick an dem Brombeergestrüpp hängen, das inzwischen allerdings platt gefahren war. Umso besser. Dann musste sie wenigstens nicht wieder den Kampf mit den dornigen Ranken ausfechten.

Eva brachte die Brombeeren schnell hinter sich und hielt dann schnurstracks auf die Gruppe verkrüppelter Fichten zu, an die sie sich gut erinnerte. Wie erwartet fand sie dort die Mulde, in der der Stein gelegen hatte. Gleich daneben musste die Stelle sein, wo sich ihr Fuß verhakt hatte.

Doch obwohl sie den gesamten Boden rings um die Mulde herum absuchte, konnte sie das lose Ende der Angelschnur nicht mehr finden.

Na gut, dann eben andersherum.

Die Schnur, besann sich Eva, war an einer Fichte befestigt gewesen, deren Stamm höher und gerader gewachsen war als alle anderen in der Umgebung. Die musste ja leicht auszumachen sein.

Und so war es auch.

Aber als Eva auf den Baum zutrat, musste sie feststellen, dass da keine Angelschnur hing. Hatte sie den falschen erwischt? Sie schaute sich suchend um, kam jedoch zu dem Schluss, dass es der richtige war.

Argwöhnisch begann sie, die Rinde zu mustern. Ungefähr auf Brusthöhe entdeckte sie dünne Einschnitte, die ihr verrieten, dass hier die Angelschnur um den Stamm herumgewickelt gewesen sein musste.

Und jetzt war sie weg. Jemand hatte sie abgeschnitten und mitgenommen.

Maxenberger? Hatte er doch noch getan, wozu sie ihn aufgefordert hatte?

Eva lachte freudlos auf. Bestimmt nicht. Das war Karls Werk. Hatte er vorhin nicht selbst gesagt, er hätte Felizitas bei den Furthwiesen gesehen? Er war also hier gewesen. Vor einer guten Stunde erst.

Sie seufzte. Karl war ihr offenbar immer einen Schritt voraus. Sollte sie vielleicht doch klein beigeben? Ihn davonkommen lassen? Gute Miene zum bösen Spiel machen? Wäre das der leichtere Weg?

Auf alle Fälle wäre er risikolos, sagte sie sich. Klein beizugeben hieße, die Gefahr abzuwenden, die uns von Karl droht. Mir und Felizitas.

Würde er im Fall einer Konfrontation tatsächlich so weit gehen, sie beide umzubringen?

Zita würde er wohl verschonen. Sie wusste ja von nichts, konnte ihm also nichts anhaben. Aber er würde versuchen, sie zu benutzen.

Da Zita Evas Alleinerbin war, würde Karl alles dransetzen, sich durch sie in den Besitz von Haus und Hof zu bringen. Er würde die Pflegschaft für sie beantragen, sich unentbehrlich machen, dann das Regiment übernehmen und nach seinem Gutdünken schalten und walten. Zita wäre ihm ausgeliefert.

Und was, wenn Eva klein beigab? Auch dann würde Karl bald die Zügel in der Hand haben. Auf Dauer wäre damit nichts gewonnen.

Wie bereits am Nachmittag im Kammerl der alten Wurstküche kam Eva auch jetzt wieder zu dem Ergebnis, dass sie – Risiko hin oder her – den Kampf aufnehmen und Karl dabei, so gut es ging, in Sicherheit wiegen musste.

Aber wie waren ihre Aussichten, ihn zu gewinnen?

»Beschissen«, sagte Eva laut.

Deprimiert trat sie den Rückweg an.

Sie war noch keine drei Schritte weit gekommen, als sie den Schuss hörte. Er musste ganz in der Nähe abgefeuert worden sein. Nur einen Steinwurf entfernt, so wie er in den Ohren hallte.

Wer zum Teufel ballerte denn hier in der Gegend herum? Bevor sie Zeit hatte, sich umzuschauen, fiel der zweite Schuss. Ganz nah. Bedenklich nah. Jetzt glaubte sie sogar Schritte zu hören, konnte aber niemanden entdecken. Fünf Sekunden später fiel der dritte Schuss. Da begann Eva zu rennen, in einem Zickzack, den die Bäume ihr vorschrieben. Weitere Schüsse peitschten durch den Wald. Sie zählte sie nicht mehr.

Der Baumbestand ging in Dickicht über, und Eva blieb nichts anderes übrig, als sich hindurchzukämpfen. Umzukehren wagte sie nicht. Sie hoffte, irgendwann auf einen Weg zu treffen.

Als sie schon glaubte, das Dickicht würde niemals enden, hörte sie plötzlich Motorengeräusch. Irgendwo rechts von ihr donnerte ein Lkw vorbei. Sie schwenkte herum, kroch unter tief hängenden Zweigen durch, überwand einen Graben und fand sich hinter der Leitplanke, die am Ortsausgang von Zirnding die Dorfstraße begrenzte.

Müde, zerkratzt und niedergeschlagen kam sie zu Hause an.

Es war schon acht Uhr durch, ein paar Nachzügler, die noch zur Versammlung vom Turnverein wollten, polterten gerade die Außentreppe zum Saal hoch.

Von oben waren Stimmengewirr und Gläserklirren zu hören. Die Wurstsemmeln waren vermutlich schon alle aufgegessen. Bei den Versammlungen vom Turnverein hielten vierzig Stück nicht einmal bis zum offiziellen Auftakt vor. Die Burschen stürzten sich immer darauf, als hätten sie den ganzen Tag Kohldampf geschoben.

Der Gedanke brachte Eva zu Bewusstsein, wie leer ihr Magen war. Ob Felizitas sich schon etwas zu essen gemacht hatte?

Eva klopfte an ihre Zimmertür, erhielt aber keine Antwort. Jedenfalls nicht die erhoffte.

»Sie ist noch nicht da«, sagte Karl. Erschrocken fuhr sie herum. Er stand direkt hinter ihr. Eva fragte sich gerade, wo er herkam, als ihr aufging, was er gesagt hatte.

Felizitas war noch nicht zurück.

Eva sah auf ihre Uhr und rechnete nach. Mehr als zwei Stunden waren vergangen, seit ihre Nichte das Haus verlassen hatte. Gut eine zu viel für die vereinbarte Joggingrunde. Hatte Zita ihr eine Lüge aufgetischt, nur um fortzukommen? Aber warum? Und wo hatte sie hingehen wollen? Was hatte sie bei den Furthwiesen zu suchen gehabt?

Eva schwankte zwischen Empörung und Sorge und entschied sich schließlich, Zitas Handynummer zu wählen. Als sie es gerade tun wollte, hörte sie einen Wagen ankommen. Der Motor wurde abgestellt, die Autotür schlug zu, dann war Ottmar Benns Stimme zu vernehmen.

»Langsam, Mädel. Wart, ich helf dir. Geht's? Siehst, das kriegen wir schon.«

Eva stürzte hinaus.

Ottmar hatte seinen Geländewagen so nah wie möglich an die Haustür herangefahren und war gerade dabei, Felizitas die beiden Stufen davor hinaufzubefördern. Er hatte sich ihren rechten Arm um die Schultern gelegt und hielt ihn mit seiner linken Hand fest. Mit der rechten hatte er unter ihre Achsel gegriffen.

Felizitas hüpfte auf einem Bein, das andere hielt sie angewinkelt.

Eva und Karl sprangen gleichzeitig hinzu, um zu helfen, aber Ottmar schüttelte den Kopf. »Geht schon. Wohnzimmer? Kanapee?«

Eva nickte bloß, eilte voraus und fegte die Wollknäuel und

die Zierkissen beiseite. Zwei davon klopfte sie noch schnell als Kopfunterlage zurecht.

Ottmar bettete Felizitas aufs Sofa, dann richtete er sich auf und holte Luft. Offenbar war er doch ein wenig außer Atem geraten.

»Rennt das Mädel an meinem Fischwasser entlang, fällt hin und verstaucht sich den Haxen«, sagte er, dann deutete er auf Zitas Stirn, wo eine veritable Beule prangte. »Und das Hirn hat sie sich auch angrennt.«

Eva war bereits dabei, einen Waschlappen mit kaltem Wasser zu tränken, um ihn Felizitas auf die Stirn zu legen.

»Hast was gut bei mir dafür, dass du sie heimgebracht hast«, sagte sie aufrichtig dankbar zu Ottmar, während sie die Beule vorsichtig bedeckte.

Er winkte ab und sah ihr interessiert zu. Offenbar hatte er nicht vor, das Feld zu räumen.

Eva begann Felizitas' Fuß zu untersuchen.

Um den Knöchel herum war er geschwollen, ließ sich jedoch mühelos hin und her und auf und ab bewegen.

»Tut das weh?«, fragte sie.

Felizitas schloss kurz die Augen. »Ja, schon. Aber jetzt sticht's nicht mehr so blöd wie gleich am Anfang.«

Eva überlegte noch, was zu tun war, da sagte Ottmar: »Ruf den alten Dr. Simmerl an, dem ist eh langweilig, seit er die Praxis seinem Buben übergeben hat. Der soll rüberkommen und sich den Haxen ansehen.«

Eva fand das eine ganz gute Idee und wollte nach ihrem Handy greifen, aber Karl hielt sie davon ab: »Die Simmerls sind auf Kreuzfahrt im Mittelmeer. Die kommen erst in drei Wochen heim.«

»Dann müssen wir also schon wieder ins Krankenhaus«, sagte Eva, ließ es aber wie eine Frage klingen.

Sollten sie Zitas Fuß vorsichtshalber in der Klinik untersuchen und röntgen lassen? Oder konnten sie abwarten und hoffen, dass die Schwellung über Nacht zurückging und die Schmerzen weiter nachließen?

Felizitas nahm ihr die Entscheidung ab. »Ich glaub echt nicht, dass was gebrochen ist. Wennst mir einen Arnikaumschlag machst, kann ich morgen bestimmt wieder auftreten.« Karl tätschelte ihr die Wange. »Hast recht, Kind.« Dann wandte er sich an Ottmar. »Das passt ja gut, dass du grad mit dem Wagen da bist, da könntst du gleich das kaputte Radl mitnehmen für den Anton zum Ausschlachten. Und ...« Eva hörte nicht mehr, was Karl noch zu sagen hatte. Sie stand bereits im Badezimmer vor dem Medizinschränkchen und suchte die Flasche mit der Arnikaessenz heraus, um Zitas Fuß damit zu verarzten.

Eine gute Stunde später setzte sie sich mit einem Seufzer an den Küchentisch.

Felizitas' Fuß war versorgt, sie hatten noch eine Kleinigkeit zusammen gegessen, dann hatte sie ihrer Nichte ins Bad geholfen und wenig später ins Bett.

Auf ihre Frage, was genau passiert war, hatte Felizitas nicht viel zu antworten gehabt. Sie war beim Laufen über irgendetwas gestolpert – »Stein, Ast, was weiß ich« –, war vornübergefallen, hatte sich den Kopf angeschlagen und den Fuß verrenkt.

Auch Bouba war vornübergefallen und hatte sich den Kopf angeschlagen.

Mit aller Macht versuchte Eva, den Gedanken zu verdrängen, Felizitas' Sturz sei kein Zufall gewesen. Aber er kehrte immer wieder zurück, behauptete, ihre Nichte wäre ebenso zu Fall gebracht worden wie Bouba am Tag zuvor.

Um ihn loszuwerden, stand Eva wieder auf, ging zum Schuhregal, kramte die beiden Pakete hervor, die sie ganz hinten bei den Stiefeln versteckt hatte, trug sie in die Küche und legte sie auf den Tisch.

Und was jetzt? Der Ratschenschlüssel hatte keine Bedeutung, weil Maxenberger wahrscheinlich doch recht gehabt hatte und der Fleischklopfer die Tatwaffe war. Der Stein taugte nur dann als Beweismittel, wenn außer Blut von Bouba noch andere Spuren darauf zu finden waren. Gewebespuren von Karl, um genau zu sein. Aber Eva bezweifelte, dass sie einen Beamten, von welcher Polizeiinspektion auch immer, dazu bringen konnte, ihn untersuchen zu lassen. Die Angelschnur – ein sehr wichtiges Indiz – war nicht mehr auffindbar gewesen. Die Hoffnung, Maxenberger habe sie sichergestellt, schien ihr utopisch; die Vermutung, Karl habe sie verschwinden lassen, realistisch.

Blieb Boubas Aussage. Falls er je imstande und willens sein würde, eine zu machen. Womöglich hatte er viel zu viel Angst, um irgendwelche Anschuldigungen auszusprechen. Außerdem konnte es gut sein, dass er von der Falle, die ihm gestellt worden war, überhaupt nichts bemerkt hatte. Die gespannte Angelschnur musste so gut wie unsichtbar gewesen sein. Als er ruckartig gestoppt wurde, mochte Bouba das auf eine Furche im Weg zurückgeführt haben. Was dann weiter geschah, hatte er vielleicht gar nicht mehr mitbekommen.

Was gab es also, um beweisen zu können, dass sein Unfall absichtlich herbeigeführt und Bouba nach seinem Sturz mit dem Stein auf den Kopf geschlagen worden war?

So gut wie nichts.

Eva hatte den verdächtigen Stein ausgewickelt und angestarrt. Jetzt schob sie ihn samt Verpackung zur Seite.

Wie stand die Sache im Fall Innocent? Was hatte sie da als Beweismittel zu bieten? Einen alten Fleischklopfer, der möglicherweise nicht hielt, was er versprach. Eine unter der Hand betriebene Autowerkstatt, die als Motiv herhalten musste. Ein zufälliges Zusammentreffen hier und dort. Karls plötzliches Auftauchen im Saal beispielsweise, kurz nachdem sie Maxenberger die mutmaßliche Tatwaffe übergeben hatte. Oder sein kleiner Ausflug in die Furthwiesen heute spätnachmittags, der ihm erlaubt hätte, die verräterische Angelschnur zu entfernen.

Verdachtsmomente noch und noch, aber nicht ein einziger harter Beweis.

Und dann war da noch dieser Ratschenschlüssel.

Eva schlug das Zeitungspapier auseinander und sah ihn böse an.

Nichts als Rätsel gab er auf.

»Komm mit, ich muss dir was zeigen.« Karl stand in der Tür.

Eva sprang auf und stellte sich mit dem Rücken zum Tisch, sodass er nicht sehen konnte, was darauflag.

Er winkte sie vor Felizitas' Zimmertür und zeigte auf das Oberlicht, das über dem Türrahmen in der Wand eingelassen war. Es diente dazu, tagsüber den fensterlosen Flur zu erhellen, und befand sich so hoch oben, dass es unsinnig gewesen wäre, eine Gardine anzubringen.

Karl hatte schon einen Klapptritt bereitgestellt und bedeutete Eva, hinaufzusteigen und durch das kleine Fenster in Felizitas' Zimmer zu spähen.

Eva zögerte. Obwohl sie mittlerweile begriffen hatte, dass Karl vor nichts zurückschreckte, ging es ihr gründlich gegen den Strich, sich in seine Machenschaften hineinziehen zu lassen.

Ich soll Felizitas ausspionieren, dachte sie erbost. Was bildet der sich eigentlich ein? Und überhaupt, wie kam das Mannsbild dazu, heimlich in Zitas Zimmer zu linsen? Wobei hatte er ihr zugesehen? Wie oft hatte er sie schon auf diese Weise beobachtet?

Sie wollte ihm eine Abfuhr erteilen, aber er gestikulierte so nachdrücklich, dass sie fürchtete, eine wenn auch noch so leise geführte Auseinandersetzung würde ihre Nichte auf den Plan rufen.

Das Einfachste war wohl, auf den Klapptritt zu steigen und einen kurzen Blick ins Zimmer zu werfen.

Zita saß, durch zwei Kissen gestützt, in ihrem Bett und schrieb eifrig in das alte, grün eingebundene Schulheft, das sie schon heute Mittag auf dem Schreibtisch gehabt hatte.

Na und?

Eva stieg hinunter, sah Karl fragend an, hob die Schultern

und die Handflächen, um ihm zu verstehen zu geben, dass sie keine Ahnung hatte, worauf er hinauswollte.

Karl winkte sie den Flur hinunter, offenbar hatte er vor, es ihr zu erklären, wollte das aber nicht direkt vor Zitas Tür tun.

Am Ausgang zum Treppenhaus, der gegenüber der Küche lag, blieb er stehen. »Sie ist heut mit dem Bündner Bub unterwegs gewesen.«

Eva begriff noch immer nicht, worauf Karl abzielte, aber seine Mitteilung verblüffte sie. Zita hatte kein Wort davon erwähnt.

»Mark Bündner?«

Karl nickte gewichtig.

»Gegen den ist ja nichts zu sagen.«

Karl hielt ihr den ausgestreckten Zeigefinger vor die Nase. »Der Bündner Bub geht mit dem Miedinger und dem Kunz in die Klasse. Und auf der Miedinger-Party gab's Drogen.« Er wackelte mit dem Finger. »Die sind bestimmt nicht von Müllers Partyservice geliefert worden.«

Eva zögerte. »Du glaubst doch nicht, dass der Bündner Bub der Zita was gegeben hat?«

»Kannst du's beschwören, dass er's nicht war?«, fragte Karl.

Eva versuchte, ihre Gedanken zu ordnen. Erstens, Mark war auf der Party gewesen, keine Frage. Zweitens, er konnte mit Miedinger unter einer Decke stecken, gut genug kannten sie sich ja. Drittens, Zita hatte sich anscheinend heimlich mit ihm getroffen.

In der Summe war das durchaus alarmierend.

»Ich wette, sie schreibt Tagebuch«, sagte Karl.

Eva brauchte einen Moment, bis ihr aufging, wovon er redete.

Felizitas hatte Geheimnisse, die sie nur einem Tagebuch anzuvertrauen wagte.

An Karl hätte die Stasi ihre helle Freude gehabt.

Eva schloss kurz die Augen. Karl riet ihr also, bei nächster

Gelegenheit, in Zitas Sachen zu schnüffeln und zu lesen, was Zita in das grüne Heft hineingeschrieben hatte. Klar, Karl würde so etwas bedenkenlos tun.

Sie aber ganz bestimmt nicht.

⁂

Es pochte im Knöchel, während Felizitas in ihr Heft schrieb, aber längst nicht mehr so heftig wie vorher. Der Arnikaumschlag schien Wunder zu wirken.

Tante Brunriedl war eine Wucht.

Was trieb sie eigentlich um diese Zeit draußen im Flur? Dem Rascheln und Scharren nach, war sie mit dem Putzlappen zugange. So spät noch?

Felizitas schaute zum Oberlicht hinauf und sah, dass es im Flur dunkel war. Krass. Was raschelte dann da im Finstern?

Sie öffnete den Mund, um die Frage zu stellen, klappte ihn jedoch schnell wieder zu.

Wenn Tante Brunriedl sie rufen hörte, würde sie hereinkommen, Heft und Stift entdecken und wissen wollen, wie es mit dem *Aufsatz* voranging.

Dann würde sie sie anlügen müssen.

No-Go.

Außerdem war es jetzt sowieso still draußen im Flur, und mit ihrem Eintrag war sie fast fertig. Fehlte nur noch die Anmerkung, dass Ottmar sie heimgebracht hatte und Mark …

Oh Mann. Mark hatte ja noch gar keine Ahnung.

Nach dem Sturz hatte er sie zum Weg geschleppt und ihr dort aus Schilf und Zweigen ein Lager gebaut. Dann hatte er sich auf die Suche nach einer Stelle gemacht, wo sein Handy Netz hatte. Er hatte Tante Brunriedl anrufen und sie herbestellen wollen. Als Ottmar Benn vorbeigekommen war und sie aufgelesen hatte, war Mark noch nicht zurück gewesen. Weil auch ihr Handy kein Netz fand, hatte sie ihm nicht Bescheid geben können.

Sie entschied, ihm sofort eine Nachricht zu schicken, angelte ihr Telefon vom Nachtschränkchen und stellte fest, dass sie seine Nummer nicht hatte.

Im gleichen Moment meldete sich ihr Klingelton.

Die Nummer kannte sie nicht.

Sie nahm das Gespräch an.

»Endlich.« Marks Stimme, hörbar genervt. »Wo bist du?« Felizitas erklärte ihm, wie sie nach Hause gekommen war.

»Okay«, lenkte er ein. »Was ist mit deinem Fuß?«

»Funzt schon wieder – fast.«

»Okay.«

Dann herrschte Schweigen, bis Mark fragte: »Gehst du morgen in die Schule?«

»Hm, ja. Wahrscheinlich.«

Warum wollte er das wissen?

Die Antwort auf ihre unausgesprochene Frage kam umgehend. »Ich hab was entdeckt. Könnte ich dir zeigen.«

»Was denn?«

Mark lachte auf. »Einen Parameter, der zu einer Lösung führen könnte.«

»Und wo hast du den entdeckt?«

Sie erfuhr, dass Mark auf der Suche nach einer Netzverbindung ein Stück den Weg entlanggelaufen, dann links in den Wald abgebogen war, weil da ein erfolgversprechender Hügel aufragte, der jedoch nichts taugte. Als er dorthin zurückkam, wo er sie verlassen hatte, war sie fort gewesen. Verdattert hatte er sich umgeschaut, war in verschiedene Richtungen gestiefelt und irgendwann zu der Stelle zurückgekehrt, an der sie gestürzt war. Dabei war ihm die Jacke, die nicht weit davon entfernt hing, wieder ins Visier geraten. Er hatte sie von der Staude gepflückt und die Taschen durchsucht, um vielleicht einen Hinweis auf den Besitzer zu finden.

Die Taschen hatten nichts hergegeben, aber die Jacke selbst kam Mark bekannt vor. So eine hatte Tobi Kunz eine Zeit lang getragen, aber Mark hatte sie schon länger nicht mehr an ihm gesehen. Tobi trug seine Sachen immer nur eine Saison, dann gab er sie weg: Caritas, Asylunterkunft, Secondhand-Shop.

Mark hatte die Jacke wieder an der Staude deponiert und war ein paar Schritte weitergegangen, um nachzusehen, worüber Felizitas eigentlich gestolpert war. Als er es entdeckt hatte, fand er noch etwas anderes. Was, wollte er am Telefon nicht sagen.

Warum tat er so geheimnisvoll?

»Ich hol dich um elf an der Schule ab«, sagte Mark. »Mit dem Roller. Einen Helm für dich bring ich mit.«

»Um elf hab ich grad Englisch, um halb zwölf fängt Mathe an, um zwanzig nach Chemie, und dann geht der Bus«, erwiderte Felizitas.

Mark ließ ein Glucksen hören. »Chemie solltest du echt nicht verpassen. Trotzdem. Kurz vor elf kriegst du Kopfweh. Oder dein Fuß macht Probleme. Oder du reiherst deinem Lehrer vor die Füße. Dann sagst du, dass du heimwillst, und rufst mich mit dem Handy an. Logisch musst du so tun, als ob du mit deiner Tante telefonierst. Dann sagst du, die Tante ist in zehn Minuten da, und haust ab.«

Was Mark ausgeheckt hatte, konnte klappen und würde vermutlich weniger Probleme verursachen, als den Ausflug auf nach Schulschluss zu verschieben.

Felizitas wollte gar nicht daran denken, wie Tante Brunriedl sie ins Gebet nehmen würde, wenn der Mittagsbus ohne sie in Zirnding ankäme. Und erst recht nicht an das Gerede, das aufkommen würde, wenn sie mittags vor aller Augen auf Marks Roller stieg. Außerdem hatte Mark vielleicht gute Gründe, die Sache nicht publik werden zu lassen.

Aber sollte sie tatsächlich auf seinen Vorschlag eingehen?

Wollte sie hinter Mark auf seinem Roller sitzen, die Arme um seinen Bauch schlingen, die Brust an seinen Rücken pressen?

»Was ist?«, drängte er. »Kein Interesse an einem Beweis für einen Hammer von Mordmotiv?«

»Doch, klar«, antwortete Felizitas, bevor sie realisierte, dass sie damit in seinen Plan einwilligte.

»Du rufst mich also morgen um elf an«, schärfte er ihr ein, »und –«

»Hab ich Alzheimer?«, unterbrach sie ihn. »Morgen während der Englischstunde wird mir schlecht, und statt Tante Brunriedl kriegst du einen Anruf von mir. Ist ja nicht schwer zu merken.«

Wie wollte eigentlich Mark selbst vom Unterricht wegkommen? Hatte er vor, den ganzen Tag zu schwänzen? Felizitas kam nicht mehr dazu, ihn danach zu fragen.

***

Als Eva bettfertig aus dem Badezimmer kam, hörte sie Geräusche aus der Küche.

Lungerte Karl noch immer in ihrer Wohnung herum? Wollte er sich durchgehend hier einnisten? Sie würde sich angewöhnen müssen, die Tür abzusperren. Doch damit würde sie wahrscheinlich sein Misstrauen wecken.

Sie beschloss, sich ein weiteres Zusammentreffen mit ihm zu ersparen, ging in ihr Zimmer und legte sich ins Bett.

Zehn Uhr durch. Aber an Schlaf war überhaupt nicht zu denken. Sie wälzte sich von einer Seite auf die andere und fragte sich, wie lange sie dieses Katz-und-Maus-Spiel mit Karl wohl aushalten konnte.

Die aufrichtigste Antwort war: keine Sekunde länger.

Während sie noch versuchte, diese Erkenntnis zu unterdrücken, kam ihr die Szene im Flur wieder in den Sinn.

Warum hatte Karl so nachdrücklich darauf bestanden, dass sie sich ansah, wie Felizitas in das grüne Heft, das ihr vermutlich als Tagebuch diente, schrieb? Warum wollte er, dass sie herausfand, was Felizitas da zu Papier brachte? Zitas »Geheimnisse« konnten ja auch ganz harmlos sein. Eine Schwärmerei für Mark Bündner, ein heimliches Treffen mit ihm, eine halbe Stunde knutschen im Gebüsch an Ottmars Fischweiher. Und überhaupt, warum schaute sich Karl das grüne Heft nicht selbst an? Er schreckte doch auch sonst vor keiner Schandtat zurück.

Oder wusste er bereits, was drinstand, und hielt es nicht

für ratsam, das zuzugeben? Er hatte sich vorhin ja eher auf Andeutungen beschränkt. Was wusste Karl über Felizitas' heimliche Aktivitäten, und wie sahen die wirklich aus? Die letzte Frage war nur zu beantworten, wenn sie tatsächlich in Felizitas' Sachen herumschnüffelte und in dem Heft las.

Konnte sie das Mädel derart hintergehen?

Felizitas und sie hatten immer eine offene, fast kameradschaftliche Beziehung zueinander gehabt, die sie mit so einer Aktion aufs Spiel setzen würde.

Andererseits war es natürlich möglich, dass Felizitas mit irgendwelchen Problemen kämpfte, über die sie nicht zu sprechen wagte.

Erfuhr Eva nicht gerade an sich selbst, wie es sich anfühlte, wenn der Karren im Dreck steckte und man nicht wusste, wie er wieder rausgezogen werden könnte? Vielleicht war dem Kind ja ganz leicht zu helfen. Aber um eingreifen zu können, war es nötig, Bescheid zu wissen.

Eva haderte mit sich und der Welt und Gott, an den sie nicht wirklich glaubte, bis sie – weit nach Mitternacht – endlich einschlief.

Dass der Stein und der Ratschenschlüssel auf dem Küchentisch liegen geblieben waren, hatte sie vergessen.

Das fiel ihr erst am nächsten Morgen wieder ein, als sie den Tisch leer vorfand. Damit waren die letzten beiden Gegenstände verschwunden, die eventuell als Beweismittel hätten dienen können. Schuld daran trug sie selbst. Wie hatte sie nur so kopflos sein können? So zerstreut und vergesslich?

»Weil so viel Unerhörtes, Unsägliches und Unbegreifliches vorgeht«, sagte sie zu sich selbst.

Da waren der Scheißmord an Innocent, der Scheißanschlag auf Bouba, Karl und seine Scheißautowerkstatt, Miedinger und die Scheißdrogen ...

Sie griff sich zwei leere Bierflaschen, die auf der Anrichte standen, und pfefferte sie in den Korb fürs Altglas, ohne sich zu fragen, wie sie in ihre Küche gekommen waren. Dann setzte sie Teewasser auf und deckte den Frühstückstisch. Normalerweise ließ sie sich von Felizitas dabei zur Hand gehen, aber heute beeilte sie sich, alles selbst zu erledigen, damit Felizitas ihren Fuß schonen konnte, bevor sie zur Bushaltestelle humpeln musste.

Falls sie zur Schule gehen würde. Das musste sich erst zeigen.

Eva schaltete die Brotschneidemaschine ab und sah auf, als Zita hereinkam. Erleichtert stellte sie fest, dass der Fuß kaum noch geschwollen war und ihre Nichte sogar auftreten konnte.

»Viel besser also«, konstatierte sie.

Zita lächelte. »Funzt recht gut.«

Eva musste grinsen. Funzt stand wohl für funktioniert. Interessante Abkürzung. Wieder einmal bewunderte sie die Wortschöpfungen der jungen Leute heutzutage. Sie grinste breiter, als ihr einfiel, dass Zita neulich ihren Taschenrechner »Gehirnprothese« genannt hatte.

Im nächsten Augenblick wurde sie jedoch ernst, denn sie hatte beobachtet, wie sich Zita auf die Anrichte gestützt und das Gesicht qualvoll verzogen hatte.

Sie überlegte gerade, ob sie Zita nicht doch lieber zum Arzt schaffen sollte, da sagte die, als hätte sie ihre Gedanken gelesen: »Alles paletti. Doktor braucht kein Mensch.« Sie biss in ihr Brot, kaute, schluckte. »Diese Woche fährt der Schreiner Hans Frühschicht, der alte Gähnaffe.«

Gähnaffe. Was für ein treffendes Bild. Maxenbergers Schwager, der den Schulbus fuhr, hätte man nicht besser beschreiben können.

Gähnaffe, Nullchecker, Doofkopf. Und ich bin der größte von allen, dachte Eva. Warum komme ich erst jetzt darauf, dass ich dem Mädel die Busfahrt heute ersparen könnte?

»Optimalo«, sagte Zita, als Eva ihr den Vorschlag machte, sie mit dem Wagen in die Schule zu bringen.

ZWÖLF

Englisch fiel aus, weil Schnecki krankfeierte.

Mit richtigem Namen hieß Zitas Englischlehrerin Jessica Schneckenhuber, woran sie nach Meinung der gesamten Realschulklasse 10a selbst schuld war, weil sie diesen Prollo Emil Schneckenhuber geheiratet und auch noch seinen Namen angenommen hatte. Angeblich schlug er sie, weshalb sie manchmal verpflastert zum Unterricht erschien und manchmal eben gar nicht.

Schneckis Englischunterricht sollte durch eine Sportstunde ersetzt werden. Zitas Banknachbarin regte sich tierisch darüber auf, weil sie Sport nicht leiden konnte, aber ihr selbst wurde dadurch erspart, eine Show zu inszenieren, die ihr Punkt elf das Verlassen des Unterrichts ermöglichen würde.

Statt in die Turnhalle humpelte sie ins Direktorat und erklärte, dass sie einen verstauchten Knöchel hätte und deshalb nicht turnen könnte.

Die Direktorin schien keinen Augenblick daran zu zweifeln, dass Felizitas die Wahrheit sagte. »Das tut mir aber leid für dich. Bleib so lange im Klassenzimmer oder schau den andern beim Sport zu.«

»Das geht nicht«, antwortete Felizitas entschieden, »weil mir der Fuß ganz furchtbar wehtut. Ich muss ihn schnellstens hochlegen und einen Arnikaumschlag drummachen. Meine Tante kann mich bestimmt abholen kommen.«

Noch während sich die Direktorin die Sache durch den Kopf gehen ließ, zückte Felizitas ihr Handy und wählte Marks Nummer.

Er meldete sich erst nach dem vierten Klingeln, als sie schon glaubte, sein Anruf gestern sei womöglich reine Verarsche gewesen.

»Brunriedl.« Sogar die Stimme war verstellt, der Tonfall so brüsk wie der ihrer Tante.

Felizitas musste sich auf die Lippen beißen, um nicht laut herauszuprusten, bevor sie sagen konnte, was sie sich zurechtgelegt hatte.

Knapp teilte er ihr mit, dass er in zehn Minuten beim Schulhaus sein könnte, und ließ dann eine ganze Latte Ermahnungen folgen: Den Fuß nicht zu sehr belasten ... Unbedingt die Erlaubnis der Direktorin einholen ... Jemanden beauftragen, ihr den Mathe- und Chemiestoff weiterzugeben, den sie heute versäumen würde ...

Felizitas gelang es nur mit Mühe, ernst zu bleiben. »Ja, Tante, ja natürlich, Tante, ja, das mach ich, Tante Brunriedl, ja, in zehn Minuten neben dem Eingang.« Sie betonte das »neben« extrastark, um Mark klarzumachen, dass er nicht am Haupteingang vorfahren, sondern in der Quergasse aufkreuzen sollte.

Die Direktorin ließ sie mit einem Lächeln gehen, wünschte ihr sogar noch gute Besserung.

Felizitas verkrümelte sich schleunigst, hastete aus dem Schulgebäude und verschwand in besagter Quergasse, um außer Sicht zu sein.

Mark ließ keine fünf Minuten auf sich warten. Er bremste an ihrer Seite, hob grinsend den Daumen und reichte ihr einen Helm. Und schon saß sie hinter ihm auf dem Roller.

Als sie losfuhren, schlang Felizitas die Arme um Marks Taille und presste die Brust an seinen Rücken.

Es fühlte sich gut an.

Über Traiding und Riggerding fuhren sie nach Zirnding, bogen gleich hinter dem Ortsschild zu den Furthwiesen ab, holperten den Feldweg hinunter und über die Schneise durchs Unterholz zum Fischwasser.

Zum Glück trafen sie auf niemanden, der sie hätte fragen können, warum sie nicht in der Schule waren und was sie hier verloren hatten – mitten an einem Vormittag außerhalb der Ferienzeit.

Felizitas nahm an, dass Mark am Fischwasser den Weg in

Richtung Südufer einschlagen würde, den sie gestern entlanggelaufen waren, aber er lenkte nach rechts. Die Fahr-
bahn war hier glatt und fest, sodass sie kaum durchgerüttelt
wurden.

Ottmars Schuppen kam in Sicht, und Felizitas fragte sich,
was Mark dort wollte. Hatte er seinen Beweis »für einen
Hammer von Mordmotiv« in dieser Scheune entdeckt? Aber
hatte er gestern nicht gesagt …

Ihre Überlegungen erübrigten sich, als Mark am Schuppen
vorbeifuhr und weiter dem Uferweg folgte. Der machte eine
Kurve, verlief jetzt an der Nordseite des Fischwassers entlang
nach Westen und zeigte sich nach wie vor gut befahrbar.

Sie ratterten ihn entlang, erreichten das Westufer, wo Mark
nach Süden abbog. Hinter der Kurve gab es eine kurze Hol-
perstrecke, auf die Felizitas nicht gefasst war. Sie reagierte mit
einer erschrockenen Bewegung und klammerte sich heftig an
Mark.

Ansonsten saß sie mittlerweile recht entspannt auf dem
Roller, hielt Mark nur locker umfasst und ließ den Blick
schweifen.

Sie kamen an dem Hügel vorbei, auf den er gelaufen sein
musste, weil er gehofft hatte, dort oben Netz für sein Handy
zu haben, und wenig später an dem Plätzchen, wo Ottmar
Benn sie währenddessen aufgelesen hatte.

Kurz darauf bremste Mark ab. »Wir sind da.«

Irgendwie schade.

Mark stieg ab, half ihr vom Roller und legte ihr dann einen
Arm um die Taille.

Auch nicht schlecht. Felizitas lehnte sich an ihn.

Er drückte sie sanft an sich. »Weit haben wir es nicht. Bloß
ein paar Schritte.«

Die hatten es allerdings in sich. Sie brachten sie wieder
mitten in die Pampa, wo die Ekelkäfer hausten und weiß der
Geier was sonst noch für asslige Viecher.

»Ich will nicht wieder da durch«, beschwerte sich Felizitas.

»Wir sind ja schon da«, sagte Mark.

Im nächsten Moment ließ er sie los, machte noch einen Schritt vorwärts und begann, mit dem Fuß am Boden herumzuscharren. »Schau, hier ist es.«

Da war nichts als Geschmiere aus Lehm und Sand.

Mark deutete auf seine Schuhspitze. Als Felizitas näher trat und sich bückte, erkannte sie, was er meinte.

Sein Schuh zeigte auf einen Ring aus rostigem Eisen.

An diesem Ding war sie also gestern hängen geblieben und deshalb so blöd gestürzt. Und was sollte daran jetzt so sensationell sein?

Mark hatte inzwischen kräftig weitergescharrt und eine Eisenplatte freigelegt. Sie sah aus wie ein Kanaldeckel, war aber nicht rund, sondern quadratisch. Am linken Rand ragten zwei große Schraubenköpfe heraus.

»Warte hier«, sagte er und war weg, bevor sie etwas dagegen einwenden konnte.

Sie reckte den Hals, sah ihn auf den Roller zusteuern und glaubte schon, er würde abhauen und sie hier zurücklassen wollen. Dann registrierte sie, dass er sein Topcase geöffnet hatte und darin herumkramte. Kurz darauf kam er mit einem Werkzeug zurück, wie sie es schon oft bei Karl gesehen hatte, wenn er einen Reifen wechselte. Karl nannte das Ding »Ratsche«.

Mark klappte den Eisenring nach außen, um sich Platz zu schaffen, und legte die Ratsche an einem der Schraubenköpfe an.

Der ließ sich ganz leicht drehen, und auch der zweite leistete keinen Widerstand. Im Nu waren beide so locker, dass er sie rausziehen konnte.

»Halt das mal.« Mark drückte ihr die Ratsche und die Schrauben in die Hand. Dann stellte er sich breitbeinig hin, bückte sich, packte den Ring mit beiden Händen und zog daran.

Eine ganze Weile rührte sich nichts. Dann machte es unvermittelt »Pfft«, und der Deckel öffnete sich ein kleines Stück.

Als Mark aber versuchte, ihn weiter hochzuziehen, sperrte er sich.

Mark begann zu keuchen.

Felizitas ließ Ratsche und Schrauben auf den Boden fallen und wollte unter den Deckelrand greifen, um Mark zu unterstützen, zuckte jedoch im nächsten Moment zurück. Was, wenn Mark plötzlich losließ? Dann würde ihr die herunterkrachende Eisenplatte sämtliche Finger zerquetschen.

Während sie noch überlegte, ob sie das Risiko eingehen sollte, hatte er durchgeatmet und zog jetzt mit einem so kräftigen Ruck, dass der Deckel auf einmal senkrecht stand. Vorsichtig legte er ihn um.

Ein Schacht tat sich auf, aus dem es grässlich stank.

»Riechst du das?«, sagte Mark, verlagerte das Gewicht und blickte hinein. »Echt madig.«

Felizitas war bereits übel von dem Geruch. Sie verdrehte bedeutungsvoll die Augen.

Mark grinste. »Was genau riechst du denn?«

Was für eine Frage. Aber offensichtlich wollte er sie beantwortet haben.

»Denk nach.«

Nachdenken half nichts. »Es riecht nach einer Mischung aus Autowerkstatt und Misthaufen«, sagte Felizitas schließlich.

Mark nickte. »Diesel, Altöl, Lösemittel, Säure ...« Er murmelte noch einiges mehr, das sie nicht verstand. Dann sagt er wieder lauter: »Da verklappt jemand Giftmüll. Eine ganze Menge. Und nicht erst seit gestern.«

Während Felizitas noch damit beschäftigt war, die Information einzuordnen, fügte er hinzu: »Wenn das rauskommt, geht der Arsch ein paar Jahre in den Knast.«

Diesel, Altöl, Lösemittel ... In Lösemitteln steckten aromatische Kohlenwasserstoffe, hatte ihr Mark erklärt, als sie ihn gestern danach gefragt und ihm von der Broschüre erzählt hatte, die unter Innos Sachen gewesen war.

Man musste kein Mathegenie sein, um da einen Zusammenhang herzustellen.

Innocent hatte mal hier, mal da gejobbt, das wusste Felizitas. Warum nicht auch bei Ottmar Benn, so wie Sabo und seine Leute gestern? Falls er häufiger am Fischwasser gewesen war, konnte er die Sache mit dem Giftmüll mitgekriegt haben. Womöglich hatte er sogar beobachtet, wie das Zeug in den Schacht gefüllt wurde. Und weil er alles andere als dumm war, musste ihm irgendwann, vielleicht auch mit Hilfe der Broschüre, klar geworden sein, dass etwas Unerlaubtes vor sich ging. Dass er einem krassen Umweltfrevel auf die Spur gekommen war. Hatte er die Sache aufdecken wollen?

Der Wind hatte den stechenden Geruch mittlerweile so verdünnt, dass Felizitas sich näher an den Schachtrand wagte, um hinunterblicken zu können.

Aber da gab es nichts zu sehen.

»Da ist ja gar nix drin«, sagte sie überrascht. »Da verklappt ja gar keiner mehr was.«

»Was wetten wir, dass hier laufend Giftbrühe reingeschüttet wird?«, erwiderte Mark. »Das Zeug bleibt bloß nicht stehen. Es fließt ab. Versickert im Boden, läuft in den Bach, in den Acker, was weiß ich, wohin.« Er deutete über das von Unkraut überwucherte Terrain hinweg auf eine Hecke, hinter der ein Acker lag. Aus der glänzend braunen Erde konnte man kleine hellgrüne Stängel wachsen sehen.

Felizitas hatte keine Ahnung, was aus den Stängeln einmal werden würde, konnte sich aber gut vorstellen, wie sie das Gift aus dem Schacht aufsaugten, wie es sich in den Blättern, den Früchten und den Samen verteilte.

Sie hörte Mark nur mit halbem Ohr zu, der ihr berichtete, wie er den Kanaldeckel entdeckte, ihn aber ohne Werkzeug nicht aufbekommen hatte. Als er im Schilf und unter den anderen Gewächsen hässliche braune Flecken fand, die ätzend stanken, war ihm aufgegangen, was es damit auf sich hatte.

Mark vermutete unter dem Wildwuchs ein altes, womöglich marodes Rohrleitungssystem, das vielleicht einmal zu einem längst abgerissenen Gebäude gehört hatte, und nahm an, dass sich die Giftbrühe durch die kaputten Rohre im ganzen Umkreis verbreitete.

»Damit wir sicher sein können, muss ich unten nachschauen«, sagte er und zog die Jacke aus.

Felizitas schrak auf. »Du willst da rein? Hast du sie noch alle?«

Statt einer Antwort ließ Mark sich auf den Schachtrand nieder und schwang die Beine in die Öffnung. Dann drehte er sich um, krallte die Finger um die Metallkante, die den Deckel an Ort und Stelle hielt, und verschwand Stück für Stück.

Felizitas warf sich auf die Knie und schaute ihm nach. Der Schacht bestand aus aufeinandergestapelten Betonringen. Dazwischen zeigten sich Fugen, die so ausgeschwemmt waren, dass Marks kompletter Vorderfuß darin Platz hatte. Er konnte fast wie auf Stufen hinuntersteigen. Das letzte Stück nahm er im Sprung, dann war er unten. Der Schachtrand befand sich jetzt gut einen Meter über seinem Kopf.

Mark bückte sich, suchte den Boden ab.

»Siehst du was?«, rief Felizitas. »Gibt's tatsächlich ein Rohr?«

Die Antwort ließ so lange auf sich warten, dass sie schon dachte, er hätte sie nicht gehört. Schließlich richtete er sich auf, hob die Hand und spreizte drei Finger. »Mehrere. Wie ich gesagt hab. Drei Stück. Und massenhaft schmierige Ablagerungen.« Er klopfte seine Hosentaschen ab, dann sagte er: »Fuck.«

»Was ist?«, rief Felizitas.

»Ich will ein Foto machen. Aber das Handy steckt in der Jacke. Innentasche links.«

Felizitas hielt es bereits in der Hand.

»Wirf«, sagte Mark.

Das wagte sie nicht. Falls es in dem Giftschlamm da unten landete, war es mit ziemlicher Sicherheit hinüber. »Ich komm lieber runter.«

»Das kannst du vergessen!« Mark klang besorgt. »Dein Fuß macht da nicht mit.«

Aber Felizitas saß bereits am Schachtrand, ihre Beine baumelten über Marks Kopf.

Wie sie es bei ihm gesehen hatte, drehte sie sich vorsichtig um, krallte die Finger in die Kante, die ein wenig herausragte, sodass sie sich gut daran festhalten konnte, und presste den linken Vorderfuß in eine der breiten Fugen. Funzt, dachte sie. Der verstauchte rechte Fuß folgte dem linken und nahm die Belastung ohne Protest hin. Felizitas ließ die Kante los und arbeitete sich nach unten: rechter Fuß, linker Fuß, rechte Hand, linke Hand.

Sie war schon fast unten.

Da brach ein Stück Beton aus der Fuge, in der sie den linken Fuß verkeilt hatte. Er rutschte weg, was zur Folge hatte, dass der verstauchte rechte Fuß ruckartig mehr Gewicht abbekam und seinerseits den Halt verlor. Mit der rechten Hand hatte Felizitas gerade tiefer greifen wollen, die linke versuchte erst gar nicht, fünfundfünfzig Kilo allein zu tragen.

Felizitas knallte mit beiden Füßen so heftig auf den Boden, dass ihre Knie einknickten und eine Messerklinge in ihren verstauchten Fuß fuhr. Zumindest fühlte es sich so an. Bevor sie mit der Nase im Dreck landete, fing Mark sie auf.

Eng umschlungen standen sie im Schacht.

»Ultrakrasse Leistung«, sagte Mark. »Wird bestimmt spaßig, dich wieder hochzukriegen.« Er ließ die Arme sinken.

Schade.

Aber es ging nicht anders. Wenn sie nicht an dem Gestank krepieren wollten, mussten sie zusehen, dass sie so schnell wie möglich wieder nach oben kamen.

Felizitas angelte Marks Handy aus ihrer Hosentasche, reichte es ihm, und er begann zu fotografieren.

Währenddessen begutachtete sie die Rohre, die vom Schachtboden abzweigten. Dazu musste sie in die Hocke gehen, wobei sie feststellte (es sich aber kaum einzugestehen wagte), dass der rechte Knöchel stach, als steckten etliche Dolche drin, und dass jetzt auch der linke pochte und tobte.

Plötzlich graute ihr davor, den Schacht wieder hochzukraxeln. Die Aufstiegsstrecke sah von hier unten gigantisch hoch aus. Aber irgendwie würde sie es schaffen müssen. Hastig verdrängte sie den Gedanken an die bevorstehende Tortur und konzentrierte sich wieder auf die Kanalrohre.

Wie drei abgespreizte Finger – genau so hatte Mark es ihr gezeigt – führten sie aus dem Schachtboden in Richtung Acker.

»Siehst du die Ablagerungen?«, fragte Mark.

»An den Augen hab ich ja nix.«

»Die müssen überall sein. Deswegen merkt man dem Bach nichts an.«

»Was soll man denn dem Bach anmerken?« Kaum hatte Felizitas die Frage gestellt, fiel ihr selbst die Antwort ein: Wenn der ganze Dreck, das Altöl und anderes Giftzeug, direkt in den Zirndinger Bach fließen würde, dann wäre das längst aufgeflogen.

»Ich glaube, dass die Rohre verschieden lang sind und lauter Löcher haben«, sagte Mark nach einer Weile. »Und dass der ganze Umkreis deswegen eine riesige Sickergrube ist. Was irgendwann noch in den Bach läuft, sieht klar und sauber aus. Ungiftig ist es wahrscheinlich nicht.«

Wie viele Leute aus der Gegend wohl schon krank geworden waren, weil sie mehr von dem Gift abgekriegt hatten, als sie vertragen konnten?

Der Gedanke erinnerte Felizitas daran, sich schleunigst von hier zu verziehen. Ihr war jetzt schon ganz schummrig von dem ätzenden Gestank.

Mark ging es anscheinend genauso.

Er steckte das Handy ein und blickte nach oben. »Du zuerst. Dann kann ich dich von hinten anschieben.«

Felizitas biss die Zähne zusammen, suchte sich zwei Griffmulden für die Finger und zwängte den rechten Fuß in die unterste Fuge. Als sie ihn belasten wollte, gab es einen Knall und es wurde schlagartig finster. Sie rutschte zurück auf den Boden, schlug sich den Kopf an der Schachtwand.

»Fuck – fuck – fuck.« Marks Fluchen klang wie rhythmische Hammerschläge. Dazwischen konnte Felizitas oben auf dem Eisendeckel Schritte hören. Metall klirrte, dann quietschte es leise.

Kein Zweifel: Die Schrauben wurden festgedreht.

Sie tastete nach Marks Arm und klammerte sich daran.

Er nahm ihre Hand in seine rechte, mit der linken drückte er eine Taste auf seinem Handy, und ein schwacher Lichtstrahl erschien. »Empfang können wir uns abschminken.«

Fuck.

DREIZEHN

Ich mach das nicht, sagte sich Eva. Auf gar keinen Fall schnüffel ich in Zitas Sachen herum.

Sie befand sich auf dem Heimweg vom Nachbarort, wo sie Felizitas am Eingang zur Realschule abgeliefert und, weil sie schon mal in einer größeren Ortschaft als Zirnding war, gleich ein paar Besorgungen gemacht hatte. Danach hatte sie noch getankt und war durch die Waschanlage gefahren. In ein paar Minuten würde sie zu Hause sein und könnte, während Zita noch in der Schule war, unbemerkt in ihr Zimmer gehen, nach dem Heft suchen und lesen, was drinstand. Tu ich aber nicht, wiederholte sie für sich. Das Kind ist sechzehn. In dem Alter darf man Geheimnisse haben, die niemanden etwas angehen.

Daran, dass Felizitas an einem Aufsatz geschrieben haben könnte, glaubte sie inzwischen selbst nicht mehr. Viel zu viel sprach dagegen. Vor allem die späte Stunde gestern. Zu so einer Zeit hätte ihre Nichte nur dann gearbeitet, wenn der Aufsatz heute abzugeben gewesen wäre. Aber wann hätte sie ihn ins Reine geschrieben? Als Eva aus dem Badezimmer gekommen war, war es bei Zita bereits dunkel gewesen.

Sie stellte den Smart vor dem Haus ab, ging in ihre Wohnung und räumte den Frühstückstisch ab. Dann setzte sie sich hin und schlug die Zeitung auf. Die derzeit gängigen Schlagzeilen sprangen ihr entgegen. Terror, Brexit, Flüchtlingsströme. Eva fragte sich, um welchen Faktor sich die Zahl der Asylsuchenden multipliziert hatte, seit die ersten sechs jungen Männer aus Nigeria bei ihr angelangt waren. Inzwischen waren die Flüchtlinge zu Tausenden gekommen, hauptsächlich aus dem Irak, Syrien und Afghanistan. Ihr Zustrom nach Europa hatte »die Flüchtlingskrise« ausgelöst.

Wie oft das Wort in letzter Zeit wohl in den Nachrichten zu hören gewesen war?

Die Flüchtlingskrise spaltete die Nation und Europa. Die Rechtsgerichteten schrien »Ausländer raus«, die Gemäßigten hielten dagegen, dass die Lösung so einfach nicht sei, weil man human handeln und die Fluchtursachen bekämpfen müsse.

In Zirnding war unterdessen alles beim Alten geblieben. Nein, *alles* wohl kaum.

Ein Asylbewerber war ermordet worden, und einer war schwer verletzt, ohne dass bisher jemand dafür zur Verantwortung gezogen werden konnte.

Eva blätterte um, warf einen Blick auf die Seite »Familie und Gesundheit« und schlug die Zeitung missmutig zu. »Spargelgerichte. Die beste Methode, um abzunehmen.« Scheiß drauf.

Ihr Blick glitt zum Fenster, wanderte die Straße hinunter zu den Stellplätzen, wo Karl soeben in seinen Wagen stieg. Wo wollte er hin? Was hatte er vor? Eine weitere Schandtat begehen? Andere zu Schandtaten verleiten, so wie er sie dazu verleiten wollte, Zita auszuspionieren?

»Tu ich nicht«, sagte sie laut.

Was aber, wenn Felizitas in Schwierigkeiten war? Was, wenn man sie daraus befreien konnte, sofern man wusste, wo der Hund begraben lag?

Mist.

Eva zog die Schublade des Küchentischs auf, nahm eine Schachtel Marlboro heraus und zündete sich eine Zigarette an. Sie hatte zwar schon vor Jahren aufgehört zu rauchen, aber manchmal brauchte sie eine. Die Zigarette würde ihr helfen, zu einer Entscheidung zu kommen.

Ich tu es nicht, beschloss sie nach dem ersten Zug.

Nach dem zweiten wurde sie schwankend. War es nicht ein fataler Fehler, sich von übertriebenem Taktgefühl leiten zu lassen, wenn resolutes Handeln nottat?

Wo gehobelt wurde, fielen Späne. Ende Gelände.

Eva sprang auf und lief in Zitas Zimmer, wo sie abrupt stehen blieb.

Wo sollte sie anfangen zu suchen?

Kurz streifte sie der Gedanke, ihre Nichte könne ihr Tagebuch mit in die Schule genommen haben, doch sie ließ ihn schnell wieder fallen.

Es musste hier im Zimmer sein. Warum sollte Felizitas es mit sich herumschleppen und riskieren, dass es jemand in die Finger bekam? Aber wo hatte sie es hingetan?

Eva ging zum Schreibtisch und zog die oberste Schublade auf, weil sie wusste, dass ihre Nichte darin all jene Hefte aufbewahrte, die sie an dem betreffenden Tag nicht brauchte.

Deutschheft, Vokabelheft … Eva suchte herum, bis ihr einfiel, dass Felizitas beim Schreiben im Bett gesessen hatte. Wäre sie an Zitas Stelle mit dem lädierten Fuß noch mal aufgestanden, um das Heft im Schreibtisch zu verwahren? Wohl kaum.

Ich, dachte Eva, hätte es unter die Matratze gestopft.

Es war abgeschabt und kam ihr irgendwie bekannt vor. Als sie es aufschlug, wusste sie, wieso. Lange Zeit hatte es in ihrer Küchentischschublade gelegen.

Irgendwann hatte sie einmal angefangen, ihre Ausgaben für den Haushalt darin aufzulisten, war aber über die erste Seite nicht hinausgekommen. Der letzte Eintrag – »eine Tube Pattex, Gummiringe, Salatöl« – war fast zwei Jahre alt.

Es sah Felizitas ähnlich, dieses alte Heft als Tagebuch zu benutzen. Jedes andere Mädchen hätte sich eins von den schicken Notizbüchern bestellt, die im Internet angeboten wurden. Edles Papier, edler Einband, abschließbar, versteht sich. Mit Eulen vorne drauf, Schmetterlingen oder Glitzerherzchen. Oder mit dem Eiffelturm.

Eva zögerte. Sollte sie umblättern und anfangen zu lesen oder das Heft zurück unter die Matratze tun? Noch hatte sie die Wahl.

Eine gute Stunde später ließ sie es sinken.

»Brüller« war das letzte Wort auf der letzten Seite. »Wenn Mark wirklich was gefunden hat, wäre das der Brüller.«

Kann man wohl sagen, dachte Eva. Blieb die Frage: Was hatte Mark entdeckt, und wie bedeutsam war es?

Aber jetzt war wenigstens klar, weshalb Felizitas sich von Chantal hatte aufbrezeln lassen und zu Stefan Miedingers Party gegangen war. Jetzt war auch ersichtlich, warum sie gestern am späten Nachmittag oben im Festsaal gewesen war.

Und Eva begriff endlich, wo der Fleischklopfer hergekommen war, bei dem es sich sehr wahrscheinlich um die Tatwaffe handelte, was Felizitas allerdings nicht wissen konnte.

Wegen all dem, was ihre Nichte da eingefädelt hatte, wollte sie heute die Schule schwänzen. Zusammen mit Mark Bündner.

Was konnte der Bursche bei Ottmars Fischwasser nur aufgestöbert haben?

Etwas Wichtiges, so viel stand fest. Sonst hätte er keine zwei Worte darüber verloren, denn Mark war kein Sprücheklopfer, sondern ein schlauer Kopf. Dass Mark Gleichungen lösen und Parabeln konstruieren konnte, musste jedoch nicht heißen, dass er stets überlegt und besonnen handelte. Schließlich war er erst siebzehn.

Eva sah auf die Uhr. Fast zwölf. Mark und Zita mussten längst am Fischweiher angekommen sein.

Waren die beiden in Gefahr?

Nicht, solange sie Karl nicht in die Quere kommen, dachte Eva.

Und das würde nicht der Fall sein, weil Karl erwähnt hatte, er müsse nach Passau, um ein neues Luftdruckmessgerät zu besorgen. Außerdem hatte Ottmar ihn angeblich gebeten, ihm zwei große Kescher mitzubringen.

Kescher für Ottmar. Eva blieb einen Moment lang die Luft weg.

Was, wenn Karl schon auf dem Rückweg war und sie im Schuppen am Fischwasser abladen wollte?

Dann würde er dort auf Mark und Felizitas treffen.

Mit einem Ruck sprang Eva auf, warf das Heft aufs Bett und rannte aus dem Zimmer. Im Flur wollte sie schon nach den Autoschlüsseln greifen, die oben auf dem Schuhschränkchen lagen, entschied sich jedoch anders.

Sie würde laufen. Abgesehen davon, dass der Smart auf den Feldwegen vielleicht Zicken machte, konnte sie sich, wenn sie zu Fuß unterwegs war, notfalls in Deckung halten.

Während sie in geeignete Schuhe schlüpfte, versuchte sie sich vorzustellen, was sich am Fischwasser wohl gerade zutrug, und unversehens tauchten schreckliche Bilder in ihrem Kopf auf.

Je mehr Raum sie sich schufen, desto stärker wuchs ihre Befürchtung, Mark und Felizitas könnten bereits bis zum Hals in der Klemme stecken.

Sollte sie die Polizei zu Hilfe rufen?

Warum nicht? Die Bullen waren ja schließlich zum Schutz der Bürger da und nicht dazu, auf der Dienststelle Kaffee zu trinken und Leberkässemmeln zu essen.

Sie griff sich ihr Handy, das sie zusammen mit den Autoschlüsseln auf dem Schuhschränkchen abgelegt hatte, und wollte die Nummer der Polizeidienststelle eintippen. Ihr Finger kreiste bereits über der Tastatur, hielt aber inne.

Wenn sie dort anrief, musste sie Erklärungen abgeben, für die ihr die Zeit und die Geduld fehlten. Letztendlich würde dann sowieso nur Sepp Maxenberger aufkreuzen. Den konnte sie aber ebenso gut selbst zum Fischwasser bestellen, und zwar auf die Schnelle.

Hastig tippte sie »Ottmars Fischweiher. Jetzt!« und schickte die Nachricht als SMS an Maxenbergers Mobiltelefon.

Dann wandte sie sich der Tür zu, drehte sich jedoch gleich wieder um und ließ den Blick suchend durch die Diele schweifen. War es nicht ratsam, eine Waffe mitzunehmen?

Sie dachte kurz an ein Messer, verwarf den Gedanken aber wieder.

Ungeeignet. Um ihren Gegner damit überwältigen zu können, müsste sie sehr nahe an ihn herankommen und ihn mit der Klinge gezielt treffen.

Hammer?

Schon besser. Ein kräftiger Schlag mit einem Hammer richtete an fast jeder Körperstelle Schaden an.

Sie lief in die Küche und öffnete die unterste Schublade der Anrichte, wo sie Hammer, Zange, Schraubenzieher, Meterstab, eine kleine Wasserwaage, Nägel – allerlei Werkzeug halt – aufbewahrte, das sie stets rasch zur Hand haben wollte. Inmitten des ganzen Sammelsuriums lag ein Ratschenschlüssel. Marke Saxon. Größe 30. Eva hatte keine Zeit, sich darüber Gedanken zu machen, wie er da hineingekommen war. Sie griff einfach danach und wog ihn in der Hand. Schwerer als ein Hammer, größer als ein Hammer, wirkungsvoller als ein Hammer.

Her damit.

Sie stopfte die Ratsche hinten in ihren Hosenbund, schnappte sich die Wohnungsschlüssel und hetzte aus dem Haus. Schon nach wenigen Metern bereute sie, das Ding mitgenommen zu haben, denn es drückte ihr scheußlich ins Kreuz. Sie verschob es um einige Zentimeter, was nichts besser machte.

Außer Atem erreichte sie die Verbindungsschneise zwischen Furthwiesenweg und Fischwasser, erlaubte sich jedoch kein Verschnaufen, keuchte weiter bis zu der Stelle, wo Bouba verunglückt war.

Erst dort wurde sie langsamer, verfiel in Schritttempo.

Ab sofort musste sie auf der Hut sein.

Vorsichtig schlich sie am Wegrand entlang, jederzeit bereit, sich hastig im Unterholz zu verstecken, sollte unvermutet jemand auftauchen.

Doch ihre Wachsamkeit erwies sich als überflüssig, denn nichts regte sich. Kein Ast knackte, nicht einmal eine Maus raschelte im Gehölz. Sogar der Fischreiher schien Mittagsschlaf zu halten.

Auch das Ufer, das bald in Sicht kam, zeigte sich still und leer.

Eva schaute es hinauf und hinunter, entdeckte nichts und

niemanden, woraufhin sie entschied, ihm nordwärts zu folgen, weil im Norden Ottmars Schuppen stand.

Nach Süden zu verlief sich der Weg ohnehin in Schilf und niedrigem Buschwerk. Was sollte da schon zu finden sein? Erneut hielt sie sich hart am Wegrand und bewegte sich umso wachsamer, je näher sie dem Schuppen kam.

Ein Motorroller parkte davor. Er war schwarz, hatte fast aggressiv wirkende weiße Dekorstreifen und einen Sportauspuff.

Eva schlich zur Eingangstür, die ein wenig offen stand, und spähte hinein.

Im hinteren Teil des Raums sah sie Chantal Mösenbichler und Tobi Kunz vor dem geöffneten Kühlschrank stehen.

Ohne zu überlegen, stürmte sie auf die beiden zu.

Chantal und Tobi wirbelten herum.

Eva registrierte, dass Tobi etwas hinter seinem Rücken verschwinden ließ, und blitzartig wurde ihr klar, worum es sich dabei handeln musste. »Hier habt ihr also das Dreckszeug gebunkert. Ganz schön schlau. Zwischen dem ganzen bunten Fischfutter fallen ein paar Beutel mit rosa Pillen ja nicht weiter auf.«

In einer Geste der Unterwerfung hob Tobi die Hände. »Peace. Ist doch bloß ganz softe Ware.«

Eva winkte ab. Die Drogen waren ihr im Moment egal. »Habt ihr Zita und Mark gesehen?«

Die beiden verneinten.

Evas Stimme wurde schrill. »Die müssen aber hier sein!«

»Sind sie aber nicht«, gab Chantal patzig zurück.

Eva zwang sich zur Mäßigung, weil es keinen Sinn hatte, sich mit den beiden herumzustreiten. »Wie lange seid ihr denn schon da?«

»Zehn Minuten maximal«, antwortete Tobi friedfertig.

In Eva keimte kurz die Hoffnung, Felizitas und Mark könnten bereits wieder fort sein. Aber hätte sie ihnen dann nicht begegnen müssen?

Falls sie von der Dorfstraße abgebogen sind, könnte ich sie

knapp verpasst haben, versuchte sie sich einzureden, wusste jedoch genau, dass sie sich damit nur etwas vormachte.

Wo hätten die beiden denn hinfahren sollen, wenn nicht nach Hause? Nach Eging, ein Eis essen am See? Oder sich einen Döner holen am Imbiss auf dem Marktplatz? Oder einfach herumlungern, bis es Zeit war, heimzukommen, und dann so tun, als kämen sie aus der Schule? Möglich. Aber unwahrscheinlich.

Eva glaubte keinen Augenblick daran, dass Mark und Felizitas sich nach einem kurzen Abstecher zum Fischwasser einen schönen Vormittag machten. Sie waren aus einem bestimmten Grund hierhergekommen, und sie waren noch da. Hier ganz in der Nähe.

Aber wo?

Sie kümmerte sich nicht weiter um Chantal und Tobi und verließ wortlos den Schuppen.

Draußen trat sie aus dem Schatten der Bäume, kniff die Augen zusammen und suchte das gegenüberliegende Ufer ab. Nichts.

Unvermittelt fiel ihr ein, dass Ottmar neulich von dort drüben gekommen war und sich über den verstopften Zulauf zu seinem Weiher beschwert hatte. Weil sie ohnehin nicht wusste, wo sie mit der Suche nach ihrer Nichte und Mark anfangen sollte, konnte sie ebenso gut an diesem Zulauf beginnen.

Sie wollte sich gerade in Bewegung setzen, da sah sie Chantal und Tobi aus dem Schuppen kommen.

Tobi hob in einer Weise die Hand, die ihr zu verstehen gab, dass er noch etwas zu sagen hatte. Eva blickte ihn fragend an.

»Wenn Mark in der Nähe wäre«, sagte Tobi, »dann müsste ja sein Roller irgendwo stehen.« Dabei schaute er sich um, als suche er nach einem Bonsaigewächs.

»Er muss ihn ja nicht genau hier vor dem Schuppen abgestellt haben«, erwiderte Eva. »Ich seh mal da drüben nach.« Sie deutete auf das andere Ufer und lief los. Nach kurzer Zeit schlossen Chantal und Tobi zu ihr auf.

Zu dritt trabten sie an der Nordseite des Weihers entlang und trafen dort, wo sich das Ufer krümmte, um nach Süden abzubiegen, auf den Bach, der Ottmars Fischwasser speiste. Eine hölzerne Brücke führte darüber hinweg, auf der anderen Seite ging der Weg weiter.

Eva streifte ein Gedanke, der sie verwirrte. Wieso war Ottmar eigentlich an dem Tag, als Bouba verunglückte, um das ganze Fischwasser herumgelaufen, nachdem er den verstopften Zulauf freigeräumt hatte, anstatt den kürzesten Weg zu seinem Schuppen zu nehmen?

Sie machte auf der Brücke halt und blickte ins Wasser, das silbrig und klar über die Steine im Bachbett sprudelte. Keine Spur von Schmutz und Abfall. Vielleicht hatte Ottmar ein Stück flussaufwärts eine Art Filter angebracht, der dafür sorgte, dass nur klares, sauberes Wasser hierhergelangte. Allerdings konnte sie keinen Pfad erkennen, der vom Weg wegführte. Nicht einmal Trittspuren.

Chantal und Tobi hatten die Brücke bereits überquert und folgten nun dem Weg am Westufer entlang in Richtung Süden.

Eva eilte ihnen nach. Der Ratschenschlüssel in ihrem Hosenbund drückte mittlerweile so übel, dass es kaum auszuhalten war. Sie zog ihn heraus und behielt ihn in der Hand.

Sie hatte gerade aufgeholt, da blieb Chantal unvermittelt stehen und starrte in eine Furche, die quer über den Weg verlief. Dann bückte sie sich und klaubte etwas daraus hervor.

Nachdem sie sich wieder aufgerichtet hatte, öffnete sie die Faust und hielt Eva ihren Handteller hin, auf dem ein silbernes Seepferdchen lag.

»Das kann eigentlich nur Zita gehören«, sagte sie nachdenklich.

Kein Zweifel. Auf Chantals Handfläche lag der silberne Anhänger, den Felizitas zum Schulanfang bekommen hatte, von ihrer Mutter, die nur wenig später tödlich verunglückt war. Dieser Anhänger war Zitas liebstes Erinnerungsstück. Er hing an einer Silberkette, die sie nie ablegte.

Während Eva in ihrer Bestürzung reglos verharrte, hatte

Chantal sich ein zweites Mal gebückt und die Kette aufgehoben, die – ein Stück weiter rechts – ebenfalls in der Furche gelegen hatte.

Wie zu erwarten, war sie entzweigerissen. Zita musste also hier entlanggekommen sein.

Tobi hatte mittlerweile noch ein paar Schritte weiter gemacht und stand nun vor einer kleinen Mulde, die bis vor Kurzem mit Regenwasser gefüllt gewesen sein musste, denn die Lehmschicht darin war noch ganz weich. In dieser Schicht konnte man ganz deutlich den Abdruck einer Radspur erkennen, die Eva für einen Autoreifen zu schmal, für einen Fahrradreifen aber deutlich zu breit zu sein schien.

»Die ist megasicher von einem Roller.« Tobi deutete zum Südufer. »Mark und Zita müssen da runtergefahren sein.«

Und wie es aussieht, sind sie noch nicht wieder zurückgekommen, dachte Eva.

Schweigend setzten sie sich wieder in Bewegung.

Nach kurzer Zeit erreichten sie das Ende des Weges, der sich hier zu einer Art Wendeplatz verbreiterte.

An dieser Stelle krümmte sich das Ufer erneut und verlief – nun dicht bewachsen – an der Südseite des Weihers nach Osten.

Tobi stakste hierhin und dorthin, suchte den sandigen Boden auf weitere Reifenspuren ab.

Schließlich deutete er auf einen schmalen Erdstreifen am äußersten Rand des Wendeplatzes. »Da hat er ihn geparkt gehabt.«

Aber wo waren sie jetzt? Mark, der Roller – und Felizitas?

»Okay«, sagte Chantal. »Die zwei sind hergefahren, haben gechillt und sind wieder weg.«

»Sehen die Spuren danach aus?«, wandte sich Eva an Tobi.

»Danach, dass sie wieder weggefahren sind?«

Der zuckte die Schultern. »Eigentlich nicht.«

»Bist du bescheuert?«, rief Chantal. »Meinst du, die haben sich in Luft aufgelöst? Klar sind die wieder abgedüst. Was denn sonst?«

Eva hatte sich umgedreht und den Blick über das Südufer schweifen lassen. Es sah genauso aus, wie sie angenommen hatte: dicht bewachsen, unzugänglich. Hinter einem etwa fünfzehn Meter breiten Streifen aus niedrigen Gewächsen ragten mannshohe Büsche auf. Dazwischen glaubte sie, ein Dach zu erkennen.

Besaß Ottmar noch einen zweiten Schuppen? Aber warum war der so weit vom Wasser weg, stand dort hinten unter den Büschen? Und wie gelangte Ottmar überhaupt dorthin?

Erst als ihr Blick ganz zufällig darauffiel, erkannte Eva, dass vom Wendeplatz aus eine Fahrt in den Wildwuchs führte. Sie wurde offenbar nicht oft benutzt, viel mehr Anzeichen als ein paar umgeknickte Halme und festgebackenes Gras gab es nicht. Doch die bildeten definitiv eine Fahrspur.

Ein Geländewagen würde kaum Schwierigkeiten haben, hier durchzukommen. Aber ein Roller?

Die Frage, ob Mark und Felizitas es versucht hatten, ließ sich nur beantworten, wenn man dem Pfad folgte.

Ohne zu zögern, machte Eva sich auf den Weg.

Nach ein paar Schritten merkte sie, dass Chantal und Tobi sich ihr erneut anschlossen.

Chantal schien die ganze Sache zu missfallen, denn Eva hörte sie »Null Bock« murmeln und noch irgendetwas, das sie aber nicht verstehen konnte.

Die beiden parallelen Streifen, auf denen der Bewuchs platt gedrückt war, führten geradewegs auf ein niedriges Blockhaus zu.

Es wirkte relativ neu, schien noch keine zwei Winter auf dem Buckel zu haben, denn die Balken, aus denen es bestand, waren nur geringfügig verwittert. An der Vorderseite gab es eine Tür, nirgends aber Fenster, wodurch das Holzhäuschen einen recht abweisenden Eindruck machte.

Am Riegel der auffallend massiven Eingangstür befand sich ein schweres Vorhängeschloss, das jedoch nur lose eingehängt war.

Als Eva näher trat, erkannte sie, dass die Tür sogar einen Spaltbreit offen stand.

Ohne die geringste Vorsicht walten zu lassen, riss sie sie mit Schwung auf, sodass der Riegel heftig an die Außenwand knallte.

Es klang wie ein Schuss. Aus dem Augenwinkel sah sie, wie Chantal zusammenzuckte.

Im nächsten Moment betrat sie das Blockhäuschen. Chantal und Tobi spürte sie in ihrem Rücken.

Das Erste, was ihr ins Auge fiel, waren Reihen von Blechfässern, die an drei Wänden entlangliefen. An der vierten Wand gab es eine Halterung, in der Harke, Schaufel, Rechen und allerlei Werkzeuge hingen. Der Boden war durchweg schmutzig und voller Ölflecken.

Verwundert blieb Evas Blick an einem neongrünen Koffer hängen, der auf einem roh gezimmerten Tischchen stand und auf dessen Griff die Prägung »Saxon« zu erkennen war. Sie ging darauf zu, um ihn sich anzusehen.

Hinter sich hörte sie Chantal quengeln. »Da stinkt's ja megakrass. Und voll eklig ist es da. Die Hütte hätten sich Mark und Zita ganz bestimmt nicht ausgesucht zum ...«

Der Rest des Satzes ging in einem lauten Krachen unter. Dann wurde es finster im Raum.

Sekundenlang herrschte Stille.

Bis Chantal aufschrie. »Die Tür ist zu. Wir sind eingesperrt!«

»Das war bloß der Wind«, hörte Eva sich sagen. »Bloß der Wind«, wiederholte sie fest. »Wir können sie ganz leicht wieder aufdrücken.« Tief drinnen glaubte sie selbst nicht an ihre Worte.

Allmählich gewöhnten sich ihre Augen an das Dunkel, das – wie sie nun feststellte – nicht vollständig war, denn durch eine Art Schießscharte an der Rückseite des Holzhäuschens fiel etwas Licht.

Eva konnte die Konturen der Fässer erkennen, den Tisch, die Werkzeuge und den Rahmen der Eingangstür, der ebenfalls ein paar Lichtstrahlen durchließ, die den Weg nach draußen wiesen.

Tobi stand bereits vor der Tür und drückte dagegen. Vergeblich.

Er versuchte es mit mehr Krafteinsatz, ächzte und keuchte, aber nichts bewegte sich.

Schließlich drehte er sich zu ihr um, und Eva konnte in seinen Augen die gleiche Panik sehen, die sie auch in sich selbst aufsteigen fühlte.

Hatte Karl nun zugeschlagen? Hatte er sie alle drei hier in dieser abgelegenen Hütte eingeschlossen, um sie verrotten zu lassen wie tote Fische?

Eva schloss die Augen, fand ein letztes bisschen Hoffnung und klammerte sich daran.

»Wir müssen uns alle gemeinsam dagegenstemmen«, verkündete sie dann. »Auf drei.«

Sie warfen sich mächtig ins Zeug, atmeten erleichtert auf, als die Tür ein winziges Stück nachgab, und mussten im nächsten Augenblick – weil sie dann hartnäckig stockte – einsehen, dass das Vorhängeschloss eingehakt worden war und anscheinend einen minimalen, trügerischen Spielraum ließ.

Eva hatte den schweren Eisenriegel noch eindrücklich genug vor Augen, um zu wissen, dass sie es auch zu dritt nicht schaffen würden, ihn aus der Verankerung zu reißen.

Aber wozu hatte sie ein Werkzeug mitgebracht? Sie steckte den Ratschenschlüssel in den Spalt und benutzte ihn als Hebel. Er rutschte ab, sooft sie ihn auch ansetzte.

Sollten sie wahrhaftig hier eingesperrt sein?

Chantal jedenfalls schien davon überzeugt zu sein, denn sie begann hysterisch zu schreien. »Lass uns raus, du blöder Wichser! Mann, ey.« Ihre Stimme überschlug sich. »Lass uns da raus, du Arsch!« Sie begann zu schluchzen.

Tobi schlang ihr einen Arm um den Nacken und presste ihr Gesicht an seine Schulter, sodass die Laute, die sie von sich gab, nur noch gedämpft zu hören waren.

Eva lehnte sich kraftlos an eins der Fässer.

Hatte Karl tatsächlich vor, sie hier einfach ihrem Schicksal zu überlassen?

Das kann er nicht tun, sagte sie sich energisch. Nicht mit drei Leuten. Man wird nach uns suchen. Man wird uns finden. Man wird …

Was roch da auf einmal so anders?

Eva schnüffelte und horchte, als könne sie Gerüche vernehmen, ließ den Blick suchend durch den Raum gleiten, als könne man sie sehen.

Und war es nicht so?

In dem Lichtstrahl, der unter der Tür durchfiel, kräuselte sich Rauch. Dünne Schwaden stiegen im Raum hoch und begannen, sich zu verteilen. Von draußen war ein leises Knistern zu hören.

Eva stockte der Atem, als ihr bewusst wurde, was das zu bedeuten hatte.

Karl musste das Blockhäuschen angezündet haben.

Bald würde es lichterloh brennen.

Selbstverständlich würde das Feuer irgendwann von Zirnding aus zu sehen sein, die Feuerwehr würde alarmiert werden und ausrücken. Aber der Löschtrupp würde dann nur noch ein Häufchen Asche von den Balken und Brettern vorfinden und von ihr, Tobi und Chantal ein paar versengte Knochen.

Man würde Ermittlungen anstellen, nicht viel herausfinden und sich kopfschüttelnd fragen, was Tobi Kunz, Chantal Mösenbichler und Eva Brunriedl hier gemacht hatten und wie es zu dem schrecklichen Unfall hatte kommen können.

Wir werden alle drei sterben, dachte Eva erschüttert. Wenn nicht schon an einer Rauchvergiftung, dann irgendwann durch die Explosion, die es geben wird, sobald die Flammen durch die Tür schlagen.

Sie zweifelte nicht daran, dass die Fässer Altöl und ähnlich brennbare Flüssigkeiten enthielten.

Gepeinigt stöhnte sie auf. Durch ihre Schuld würden zwei

junge Menschen ums Leben kommen. Warum nur hatte sie sie in die Sache hineingezogen? Warum hatte sie sich nicht allein auf die Suche nach Mark und Felizitas gemacht?

Sie presste beide Hände auf den Mund, um den Klagelaut, der entweichen wollte, zu ersticken.

»Wir müssen hier raus!« Tobi war unter die Schießscharte getreten, die sich einen halben Meter über seinem Kopf befand und, wie Eva nun feststellte, mit einem Gitter gesichert war. Was keine Rolle spielte, weil höchstens eine Katze durchgepasst hätte.

Tobi sprang hoch, packte die Gitterstäbe, zog sich ein Stück daran in die Höhe und stemmte dann die Füße gegen die Holzbalken der Hüttenwand. Schließlich hing er wie ein Äffchen da und begann, an den Stäben zu rütteln.

Sie bewegten sich keinen Millimeter.

Chantal hatte sich auf den Boden gehockt, war in sich zusammengesunken und weinte leise vor sich hin.

Tobi rüttelte wie verrückt an den Stäben und rief lauthals um Hilfe.

Zwecklos, dachte Eva. Wer soll ihn hören außer Karl, der beschlossen hat, uns erbarmungslos abzufackeln?

Der Rauch brannte in ihren Augen, in ihren Lungen. Sie spürte, wie ihr schummrig wurde. Mechanisch ließ sie die Ratsche wieder in den Hosenbund gleiten.

Langsam, als wüssten sie nicht genau, wie das geht, knickten ihre Knie ein. Zentimeterweise rutschte sie an der Wand abwärts.

Eva ahnte, dass sie bald das Bewusstsein verlieren würde. In ihrem Kopf wirbelten bereits bunte Kreise wie in einem Kaleidoskop.

***

Felizitas sah mit angstgeweiteten Augen zu, wie Mark sich in eins der Rohre wand. Das Handy hatte er sich zwischen die Zähne geklemmt, um nicht völlig blind zu sein.

Sie blieb im Dunkel zurück.

Eigentlich könnte ich mein eigenes Handy anmachen, dachte sie müde, damit ich es ein kleines bisschen hell habe. Aber wozu?

Mark würde bestimmt nicht weit kommen. Über kurz oder lang würde er stecken bleiben, und das war's dann. Die giftigen Dämpfe in dem engen Rohr würden ihn töten. Relativ schnell, wenn er Glück hatte.

Bei ihr würde die Sache länger dauern, weil das Gift im Schacht nicht so hochkonzentriert war.

Sie dachte eine Weile darüber nach, ob sie in eins der Rohre kriechen sollte, damit es auch bei ihr schneller ging, konnte sich aber nicht dazu aufraffen. Es wäre ihr sowieso ziemlich schwergefallen, weil sie vor Kälte schon ganz steif war.

Also blieb sie im Dreck auf dem Schachtboden hocken, die Füße angezogen, den Rücken an die Wand gelehnt.

Nach einer Weile legte sie den Kopf auf die Knie und versuchte, Geräusche auszumachen. Vielleicht konnte sie Mark ja irgendwo rumoren hören.

Aber alles war still hier unten. Still, kalt und feucht.

∗∗∗

Eva glaubte, ein scharfes, metallisches Klirren zu vernehmen, glaubte den Raum in Helligkeit getaucht, meinte, kühle, frische Luft einzuatmen.

So etwas nennt man wohl Fata Morgana, ging es ihr vage durch den Sinn. Oder doch nicht? War dieser Ausdruck nur Trugbildern in der Wüste vorbehalten?

Plötzlich fühlte sie sich gepackt, hochgezerrt, halb geschoben, halb getragen.

Dann verlor sie das Bewusstsein.

Als sie die Augen wieder öffnete, fand sie sich im Freien gegen einen Feldstein gelehnt. Eine schwarze Hand hielt sie an der Schulter fest, die andere strich ihr über die Wange.

»Atmen, Good Mama«, sagte Kobe. »Keine Feuer mehr und keine Rauch. Fest einatmen. Gleich alles gut.«

Eva folgte dem Rat, holte tief Luft, blies sie ganz langsam wieder aus. Nach einigen Atemzügen merkte sie, wie ihr Kopf klarer wurde, ihr Blick schärfer.

Er fiel auf Chantal und meldete, dass sie auf dem Rücken im Gras lag und Tayo mit besorgtem Gesicht neben ihr hockte, was Eva in Schrecken versetzte, bis Chantal ihr zuwinkte.

Sie winkte zurück, brachte sogar ein Lächeln zustande. Dann hielt sie nach Tobi Ausschau.

Der stand mit Sabo und seinen Leuten, zu denen sich auch Unmar und Sidy gesellt hatten, im Kreis zusammen.

Kobe tätschelte Eva den Handrücken, erhob sich und ging zu ihnen hinüber.

Tobi schien den Brandanschlag weit besser verkraftet zu haben als Eva und Chantal. Er wirkte fit und war in eine lebhafte Diskussion mit den Afrikanern verwickelt.

Eva konzentrierte sich, um mitzubekommen, worum es ging.

Offenbar versuchten sie Tobi zu erklären, was sie hergeführt hatte.

Eva vernahm den Ausdruck »Cop« und ahnte, dass Maxenberger damit gemeint war.

»Cop kommen in Haus und fragen nach Good Mama«, hörte sie Kobe sagen.

Das ist wieder einmal typisch Maxenberger, dachte sie.

Statt zu tun, was sie ihm per SMS aufgetragen hatte, war er erst einmal zu ihr nach Hause gegangen, um sich zu erkundigen, warum er zum Fischwasser latschen sollte.

Hasenhirn, grollte sie. Doofbirne. Meganullchecker. Dann gingen ihr die Benennungen aus, die sie von Felizitas gelernt hatte.

Im Haus hatte Maxenberger nur die Afrikaner angetroffen, die natürlich von nichts wussten.

Auch ohne viel von dem zu verstehen, was Kobe zu erklären versuchte, konnte Eva sich lebhaft vorstellen, wie die Geschichte weitergegangen war.

Maxenberger hatte den Afrikanern die SMS gezeigt und die, weil sie im Gegensatz zu ihm nicht auf den Kopf gefallen waren, hatten trotz mangelnder Deutschkenntnisse die richtigen Schlüsse gezogen und sich umgehend auf den Weg gemacht. Als sie am Fischwasser ankamen, hatten sie die Rauchfahne gesehen, Tobis Rufe gehört und das Holzhäuschen gefunden. Sie hatten das Feuer ausgetreten und die Tür aufgebrochen.

Mit einer belustigten Grimasse gestand Eva sich ein, dass Maxenbergers Begriffsstutzigkeit in diesem Fall von Vorteil gewesen war, denn seine Aktion hatte dazu geführt, dass er letztendlich mit neun Mann anrückte, die nicht nur ihre Augen und Ohren, sondern auch ihren Verstand zu gebrauchen wussten.

Sie entschloss sich, ihm ein Dankeschön zu gönnen, aber als sie sich nach ihm umsah, konnte sie ihn nirgends entdecken. Gleichzeitig stellte sie fest, dass auch Sabo und seine Leute verschwunden waren.

Sie rief Kobe und fragte ihn nach ihnen.

»Gehen weiter auf Fährte von Auto«, erklärte er und deutete nach Westen, wohin die beiden parallelen Spuren liefen, die Eva hierhergeführt hatten. Als sie ihnen mit ihrem Blick folgte, konnte sie erkennen, dass sie in einer kleinen Senke verschwanden, in der dichtes Gestrüpp wuchs.

»Good Mama jetzt nach Hause bringen?«, fragte Kobe fürsorglich.

Eva verneinte. »Ich geh erst heim, wenn wir Felizitas und Mark gefunden haben.«

Die Sorge um Zita brachte Eva auf die Beine. Als sie aufrecht stand und sich fragte, ob sie nun ebenfalls der Wagenspur nachgehen sollte, sah sie zwei von Sabos Leuten zurückkommen. Zwischen ihnen hing eine leblos wirkende Gestalt.

Schwankend und stolpernd rannte Eva auf die Gruppe zu.

Marks Kopf pendelte hin und her wie ein Glockenschwengel. Aus seiner Schläfe sickerte Blut. Seine Kleidung war verschmutzt und zerrissen. Er war triefend nass und stank wie eine Kanalratte. Kraftlos hob er die Hand, als wolle er auf irgendetwas deuten. Aus seinem Mund kollerten Silben, die keinen Sinn ergaben. Dann sackte er zusammen.

»Hospital«, keuchte einer der Kerle, die ihn festgehalten hatten und nun vorsichtig auf den Boden gleiten ließen. »Young man Hospital.« Er legte in höchster Konzentration die Stirn in Falten, dann sagte er überdeutlich: »Kran-ken-wa-gen.«

Eva hatte bereits ihr Handy gezückt, musste jedoch feststellen, dass sie keinen Empfang hatte.

Mit einer verzweifelten Geste hielt sie es dem Afrikaner hin. Der schaute es zehn Sekunden überlegend an, dann riss er es an sich und rannte mit großen Schritten davon. Inzwischen war Kobe herangekommen und übernahm es an seiner Stelle, Mark in eine stabile Seitenlage zu bringen.

Evas Blick schoss die Wagenspur entlang, aber es kam niemand mehr in Sicht.

»Felizitas?«, fragte sie den anderen Afrikaner, der Mark hergebracht hatte.

Der zog mit einer schnellen Bewegung sein Hemd aus, wand es zu einer Art Turban und bettete Marks Kopf darauf. Auf ihre Frage erntete Eva nur ein bedauerndes Abwinken.

Sie hatten ihre Nichte nicht gefunden.

Warum war sie nicht in Marks Nähe gewesen? Und wohin waren Maxenberger und die anderen unterwegs?

Kobe schien zu erraten, was ihr durch den Kopf ging.

Er stellte dem anderen eine Frage, die Eva nicht verstand, und erhielt als Antwort: »Verfolgen Mörder.«

Eva rang nach Luft. War Felizitas tot? Hatte das Abwinken vorhin bedeutet, dass ihre Nichte ermordet worden war?

Bevor sie den Mut aufbrachte, sich Gewissheit zu verschaffen, wurde sie durch Rufe aufgeschreckt, die aus nördlicher Richtung ertönten – von dort, wo der Bewuchs niedriger war und das Südufer des Weihers nicht mehr weit entfernt.

Tobi, der versucht hatte, Mark die triefenden Kleidungsstücke abzustreifen, sprang auf, horchte, nahm Kurs auf die Stelle, von der die Rufe auszugehen schienen, und sprintete davon. Der Afrikaner folgte ihm.

Eva hastete den beiden hinterher.

Es dauerte nur ein paar Minuten, bis sie das hohe Gesträuch hinter sich hatte und den Gürtel aus Gras, Schilf und niedrigem Buschwerk überblicken konnte, der bis zum Ufer reichte.

Mitten darin stand eine Gestalt, schwenkte die Arme und rief: »Hierher, hierher. Ich brauche Hilfe!«

Eva erkannte die Stimme und denjenigen, dem sie gehörte.

Karl.

Was zum Teufel hatte er jetzt wieder vor?

Unbändige Wut flammte in ihr auf.

Sie lief, so schnell sie konnte. Ihr Atem ging rasselnd. Sie strauchelte, fing sich wieder und lief weiter.

Der Boden war uneben, voller Löcher, kleiner spitzer Hügel und morastiger Mulden. Grünes Geschlinge griff nach ihren Knöcheln.

Sie knüppelte sich weiter.

Falls es noch einen vernünftigen Gedanken in ihrem Kopf gab, der ihr hätte sagen können, sie solle ihr Tempo den Gegebenheiten anpassen, verhallte er ungehört.

Etwa fünfzehn Meter vor dem Ziel fiel sie auf die Nase.

Sie hatte sich gerade wieder halbwegs aufgerappelt, da kam ihr Tobi entgegen.

»Karl hat einen Schacht gefunden. Er meint, Zita könnte dort unten stecken. Aber ohne Werkzeug kriegen wir den Deckel nicht auf.«

Das ist doch eine hundsgemeine Falle, schoss es Eva durch den Kopf. Karl lässt uns einen Schacht aufmachen, dann wirft er uns alle hinein.

»Ich muss eine Ratsche finden«, sagte Tobi. »Karl meint, in dem Blockhaus könnte eine sein.« Damit setzte er sich wieder in Marsch.

»Warte.« Eva hielt ihn zurück.

Widerwillig blieb Tobi stehen.

Sie griff nach hinten in ihren Hosenbund und zog den Ratschenschlüssel heraus, zögerte jedoch, ihn Tobi zu geben. Der sah sie verdutzt an.

Eva deutete mit dem Kinn zu Karl hinüber. »Noch vor ein paar Minuten wollte er uns abfackeln.« Tobi schien einen Moment lang nicht zu wissen, was sie damit meinte, dann entwand er ihr die Ratsche. »Karl ist okay.« Im nächsten Moment war er fort.

Als Eva hinkend bei der kleinen Gruppe ankam, hatte Karl den Ratschenschlüssel bereits angesetzt. Die erste Schraube spulte sich aus dem Gewinde.

Tobi und der Afrikaner sahen merklich angespannt zu.

Es war offensichtlich, dass sie versuchen würden, den Deckel zu öffnen, sobald Karl die Schrauben herausgezogen hatte.

Und was dann?

Würde Karl die beiden hinunterstoßen?

Eva schwor sich, es zu verhindern.

Aufmerksam ließ sie den Blick über den Boden gleiten, bis sie einen faustgroßen Stein entdeckte, den sie für geeignet hielt. Sie hob ihn auf und wog ihn in der Hand. Dass sie Karl damit außer Gefecht setzen konnte, schien ihr fraglich, aber sie wollte ihr Bestes geben.

Die zwei Schrauben lagen nun im Gras, und die Männer begannen, an einem Eisenring zu ziehen, der offenbar als Griff diente.

Der Deckel klappte auf.

Eva umklammerte den Stein, beobachtete, wie Karl sich über die Öffnung beugte.

Er hatte eine Taschenlampe in der Hand und leuchtete in den Schacht hinunter. »Sie ist tatsächlich da unten.«

Er lügt, dachte Eva. Er will uns reinlegen.

Sie wollte den anderen gerade eine Warnung zurufen, als Tobi vortrat, Karl zur Seite drängte, seinerseits in den Schacht blickte und dann den Kopf schüttelte. »Ich seh sie nicht. Gib mir mal die Lampe.«

»Zwei von uns müssen sofort runterklettern und sie raufholen«, sagte Karl mit Nachdruck.

Tobi nickte, setzte sich auf den Schachtrand, um sich hinunterlassen zu können.

Der Afrikaner machte sich in gleicher Weise bereit.

»Schnell«, sagte Karl. »Sie muss bewusstlos sein.«

Eva hob den Stein und zielte auf seinen Kopf.

VIERZEHN

Hatte sie geschlafen? War sie ohnmächtig gewesen? Felizitas wachte davon auf, dass jemand ihre Taille umklammerte und sie gleichzeitig unter den Achseln gepackt hielt.

Was gar nicht geht, dachte sie schläfrig, weil man nämlich vier Hände dazu bräuchte.

Sie wurde gezogen und geschoben, schlug sich irgendwo den Kopf an, schrammte mit der Wange an etwas entlang, das sich furchtbar rau anfühlte und ihr die Haut aufschürfte.

Jeder Knochen tat ihr weh, sie fühlte sich schwindelig, wusste nicht mehr, wo oben und wo unten war. Als sie die Augen aufmachen wollte, um nachzusehen, gehorchten ihr die Lider nicht.

Unvermittelt hörte das Schieben und das Stoßen auf. Sie wurde auf etwas Weiches gelegt. Jemand deckte sie zu, rieb ihre kalten Arme und Hände.

Eine Stimme murmelte beruhigende Worte.

Diese Stimme war vertraut.

Tante Brunriedl?

»Zita. Kind, wach auf, bitte.«

Wenn Tante Brunriedl »bitte« sagt, dann ist sie krass schräg drauf, dachte Felizitas.

Die Bestürzung darüber ließ sie die Augen öffnen.

Tante Brunriedl sah mit aschgrauem, von Sorgenfalten gezeichnetem Gesicht auf sie hinunter, was Felizitas Angst machte, bis sie ein Lachen hörte und am Rande ihres Sichtfelds zwei Reihen strahlend weißer Zähne, umrahmt von schwarzer Haut, erschienen.

Innocent?

Nein, Inno war tot.

Sie selbst anscheinend nicht, sonst würde Tante Brunriedl nicht ihre Hände reiben.

Und was war mit Mark? Sie wollte nach ihm fragen, aber ihre Zunge war so dick geschwollen, dass sie nur »Maaa« herausbrachte.

Tante Brunriedl verstand sie trotzdem. »Der Sanka hat ihn abgeholt und fährt ihn gerade ins Krankenhaus. Da bringen wir dich jetzt auch hin.«

***

»Felizitas und Mark müssen die Nacht über im Krankenhaus bleiben«, sagte Eva.

Karl lief in der Küche hin und her, deckte den Tisch, schenkte Kaffee ein.

Eva schlich auf Samtpfoten um ihn herum.

Puschig hätte Felizitas das Verhalten ihrer Tante genannt.

Karl versuchte, einhändig eine Packung Schokokekse aufzureißen. Sein linker Arm steckte in einer Schlinge, die so fixiert war, dass es aussah, als hätte er den Daumen in seinen Gürtel gehakt.

Als Eva ihm zu Hilfe kam, hielt er ihre Hand fest. »Du hast mich für einen Verbrecher gehalten.«

»Nicht ganz zu Unrecht.« Dass Karl kein Mörder war, hieß noch lange nicht, dass sie alles vergessen und verzeihen würde.

»Er hat dem Maxenberger noch an Ort und Stelle seine Untaten gestanden – vor Zeugen«, sagte Karl. »Den Mord an Innocent, den Anschlag auf Bouba, die Sache mit Mark und Felizitas, alles.«

»Er ist sein Leben lang ein Pechvogel gewesen.« Eva sprach mehr zu sich selbst. »Was er angefasst hat, ist in die Hose gegangen. Und weil er auf ehrliche Art zu nix gekommen ist, hat er es auf die krumme Tour versucht.«

»Und weil das erst recht schiefgegangen ist, sitzt er jetzt in U-Haft und bald im Gefängnis«, fügte Karl hinzu.

Es war nicht schwer nachzuvollziehen, wie Ottmar Benn sich immer tiefer in kriminelle Machenschaften verstrickt hatte.

Als sein Hof wieder einmal kurz vor der Versteigerung stand, hatte er verzweifelt nach irgendeiner Geldquelle gesucht. Sein Sohn Anton hatte sie ihm verschaffen können. Über die Entsorgungsfirma, bei der er arbeitete, war er an die nötigen Kontakte gekommen.

»Ich versteh bloß nicht«, sagte Eva, »wie es sein kann, dass so lang niemand gemerkt hat, wie der Ottmar Altöl, Batteriesäure und Gott weiß was lustig in der Landschaft verteilt.« Dabei warf sie Karl einen Blick zu, der gar nicht »puschig« war.

»Warum hätte ich denn hellhörig werden sollen?«, verteidigte er sich. »Der Ottmar hat ja immer behauptet, sein Sohn würd das Zeug über die Firma günstig entsorgen können. Ich hab überhaupt keinen Grund gehabt, ihm das nicht zu glauben. Alle seine Kunden haben ihm geglaubt.«

»Aber irgendwann bist du ja dann doch *hellhörig* geworden«, erwiderte Eva.

Karl nickte. »Allerdings erst, nachdem der Innocent erschlagen worden ist, und auch nur deswegen, weil er mich mal darüber ausgefragt hat, wie bei uns in Deutschland Altöl und Lösemittel und solche Sachen beseitigt werden und ob es nicht verboten wär, das Zeug einfach irgendwohin zu kippen.«

»Wetten, dass er meine Jungs zum Fässerabladen eingespannt hat?« Eva hätte Ottmar Benn am liebsten eigenhändig erwürgt. Ihre Schützlinge …

Sie merkte wieder auf, weil Karl soeben sagte: »Wahrscheinlich hat der Innocent irgendwie mitgekriegt, was in den Fässern war – vielleicht ist ja mal eines leck gewesen –, und hat sich gedacht, dass es in Deutschland verboten sein muss, so giftiges Zeug einfach in einen alten Schacht zu schütten. Dann hat er sich drangemacht herauszufinden, *wie* verboten das ist, und hat erst mal herum–«

Der Klingelton von Evas Handy unterbrach ihn.

Sie nahm den Anruf an, hörte kurz zu, sagte »Ja, gut« und legte wieder auf.

»Was ist?«, wollte Karl wissen.

»Bouba geht es besser«, antwortete sie. »Die Polizei war bei ihm und hat ihn vernommen. Er kann jetzt Besuch kriegen und will, dass ich komme.«

Eva wollte nach den Autoschlüsseln greifen, aber Karl hielt sie zurück.

»Das hat Zeit bis morgen.« Bevor sie etwas dagegen einwenden konnte, fuhr er fort: »Morgen fahren wir ins Krankenhaus, holen Felizitas ab und besuchen Bouba. Und du ruhst dich jetzt aus.« Er führte sie ins Wohnzimmer und drückte sie aufs Sofa.

Eva hatte nicht mehr die Kraft, sich dagegen zu wehren.

FÜNFZEHN

»Ich komm mit zu Bouba«, verkündete Felizitas. »Bin eh schon abmarschbereit.«

Eva hatte sowieso nicht erwartet, dass sich ihre Nichte Boubas Bericht entgehen lassen würde. Sie humpelte bereits auf die Tür ihres Krankenzimmers zu. Als sie die Hälfte der Strecke zurückgelegt hatte, klingelte auf ihrem Nachttisch ein Mobiltelefon.

»Krass«, sagte sie. »Hätte ich doch glatt mein Handy vergessen.« Sie wollte umkehren, aber Eva war schneller, griff danach und warf ganz automatisch einen Blick aufs Display. Im nächsten Moment bekam sie große Augen, dann auf einmal schmale. »Das ist die Nummer von dem Anrufer, der sich an dem Partyabend bei mir gemeldet und gesagt hat, ich soll in den Festsaal raufkommen. Dreimal die fünf am Schluss. Das muss sie sein.« Sie hielt ihrer Nichte das Handy vor die Nase. »Wem gehört die?«

Felizitas musste nicht einmal hinsehen. »Mark.« Sie nahm den Anruf entgegen.

Mark hatte also …

Bevor Eva den Gedanken zu Ende denken konnte, hatte Felizitas das Gespräch bereits beendet. »Mark kommt auch mit.«

Sie trafen ihn auf dem Flur.

Ein dicker Verband bedeckte seine Stirn und Schläfen, auf dem Kinn prangte ein Bluterguss, und über die Wangen zogen sich leuchtend rote Striemen. Er schien jedoch ganz guter Dinge zu sein, hob den Daumen und grinste. »Der Roller hat nicht mal einen Kratzer abgekriegt, sagt Frieder Benn.«

»Im Gegensatz zu dir«, konnte Eva sich nicht verkneifen anzumerken.

»Bei mir heilt es ja. Und den Acetonrausch hab ich schon ausgeschlafen.«

»Hat Frieder dich etwa heute schon besucht?«, fragte Eva.

Mark nickte. »Und er hat ganz genau gewusst, was sein Bruder im Verhörraum abgesondert hat.«

Vom Maxenberger, der alten Plappertasche, natürlich.

»Es war megakrasses Pech für Zita und mich, dass Ottmar Benn mit einer Ladung Altöl zu seinem Entsorgungsschacht unterwegs gewesen ist und gesehen hat, was wir da machen«, sagte Mark. »Klar hat er sich denken können, was passiert, wenn wir wieder hochkommen. Also hat er den Deckel zugeschlagen und verschraubt.« Mark stieß bitteres Lachen aus. »Der Wichser wollte uns tatsächlich da unten verrotten lassen. Streitet er gar nicht ab, sagt Frieder. Aber selbst wenn, dass er den Roller verschwinden lassen wollte, ist Beweis genug dafür. Er hat ihn auf seinen Geländewagen geladen und wollte ihn zu einer Stelle im Gehölz fahren, wo früher so was wie ein Auffangbecken gewesen ist. Eins von den Rohren endet da. In dem Becken steht gut einen Meter hoch eine stinkende braune Brühe, auf der Algen schwimmen, morsches Holz und so Zeug. Dazwischen wollte er ihn versenken.«

Mark versuchte, Eva anzugrinsen, brachte aber nur eine komische Grimasse zustande. »Euer Timing war echt stark. Zehn Sekunden später und er hätte euch nicht kommen sehen, weil er schon unterwegs war. So aber hat er den Geländewagen nur außer Sicht gebracht und ist zurückgeschlichen. Wollte wissen, was ihr vorhabt.«

Eva nickte begreifend. »Nachdem er festgestellt hat, dass wir die eingelagerten Fässer in der Hütte entdeckt haben, muss er komplett durchgedreht sein.«

Alle nickten beipflichtend.

»Hat voll Panik geschoben und nicht mehr denken können, als er gemerkt hat, dass ihm schon wieder jemand auf den Hacken ist.« Zita klang beinahe mitleidig.

Mark verdrehte die Augen. »So weit, euch drei in der Blockhütte einzusperren und Feuer zu legen, hat's aber noch gereicht. Dann ist er wieder zu seinem Wagen gelaufen und zu dem Auffangbecken gefahren.«

»Und als er hinkam, bist du aus der Brühe aufgetaucht«, riet Eva.

»Er hätte mich beinah an den Eiern gehabt«, sagte Mark.

»Ich hab viel zu spät kapiert, dass er echt durchgeknallt ist.«

Bouba zeigte seine strahlend weißen Zähne, als sie zu viert um sein Bett herumstanden: Eva und Karl, Felizitas und Mark. Was er sagte, war jedoch kaum zu verstehen, weil sein kompletter Kopf einbandagiert war und der Verband seinen Unterkiefer fixierte.

Demnach dauerte es eine ganze Weile, bis alle Fragen beantwortet waren, zumal Boubas Aktionen nicht so leicht nachzuvollziehen waren.

Eva, Felizitas und Mark versuchten, ihm das Reden abzunehmen, indem sie ihre Vermutungen und Rückschlüsse zum Besten gaben, sodass er nur bejahen oder verneinen und hin und wieder etwas einfügen musste.

»Ottmar hat den Innocent, dich und ein paar andere statt zum Fischausnehmen auch manchmal zum Fässerabladen eingeteilt«, sagte Eva. »Dabei ist dem Innocent –«

»Fass undicht«, unterbrach sie Bouba.

»Verstehe.« Eva nickte ihm fast zärtlich zu. »Von dem Giftzeug ist was ausgelaufen.«

»Und Inno hat sich gefragt, was da abgeht«, machte Felizitas weiter. »Er hat ein bisschen gegraben.«

»Hat er mit dir darüber geredet?«, fragte Eva.

Bouba nickte, zuckte gleichzeitig die Schultern und hob die Handflächen.

»Du hast dich nicht dafür interessiert«, riet Mark.

Boubas Blick verschleierte sich.

»Jedenfalls so lange nicht, bis es zu spät war.«

Boubas Augen schimmerten feucht.

Eva legte ihre Hand auf die seine. »Du hast ja nicht ahnen können, dass der Inno deswegen sterben muss.«

Eine Träne löste sich, lief aus Boubas Augenwinkel und versickerte im Verband.

»Warum hast du …«, begann Eva, besann sich jedoch. Sie konnte sich ja denken, in welcher Zwickmühle Bouba sich befunden hatte. Er hatte nicht den geringsten Beweis besessen, dass Ottmar der Täter war, konnte nicht einmal sicher sein, dass Innocent recht gehabt hatte und die Sache mit den Fässern tatsächlich strafbar war.

»Habt ihr die Fässer nur in der Blockhütte gestapelt oder auch in den Schacht geleert?«, fragte sie, statt zu sagen: »Warum hast du keine Aussage gemacht?«

Boubas Antwort bestand in einer Handbewegung, die wohl ein Stapeln andeuten sollte, dann formte er Daumen und Zeigefinger beider Hände zu zwei Ringen und hielt sie vor die Augen wie ein Fernglas.

Eva verstand. »Ihr habt nur abgeladen. Aber du hast Ottmar mal beim Verklappen beobachtet.«

Bouba grinste anerkennend.

Nachdenklich fügte sie hinzu: »Wahrscheinlich hat er das mitgekriegt.«

»Ottmar hat zugegeben, dass er Bouba auf dem Kieker hatte, weil ihm aufgefallen ist, dass der nach Innocents Tod ziemlich von der Rolle war«, sagte Mark.

Bouba brachte daraufhin ein paar Silben hervor, die »Ratschenschlüssel« bedeuten mochten.

Eva schaute ihn fragend an.

»Weg-neh-men«, sagte Bouba.

Da ging Eva ein Licht auf. »Du hast Ottmar ausspioniert und beobachtet, wie und wo er den Giftmüll verklappt, hast gesehen, womit er die Schrauben im Kanaldeckel raus- und reindreht, und hast die Ratsche als Beweisstück mitgehen lassen.«

»Kühl-scha«, kam es von Bouba.

»Du hast die Ratsche in den Kühlschrank gelegt, weil du den sowieso wegbringen solltest. Wolltest du sie mir geben und mir von dem Schacht erzählen?«

Bouba wirkte verlegen.

»Du wolltest sie dem Karl geben.« Eva konnte nicht verhindern, dass Enttäuschung in ihrer Stimme mitschwang. »Aber dazu bist du nicht gekommen, weil der Karl dich mit dem Kühlschrank wieder weggeschickt hat. So ist die Ratsche dann doch bei mir gelandet. Aber warum ...« Wieder verzichtete sie darauf, die Frage zu stellen.

Bouba beantwortete sie trotzdem. Was er sagte, war relativ gut zu verstehen. »Good Mama auch so wissen, was tun.« Na toll.

Sie zog ihre Hand weg, lehnte sich auf ihrem Stuhl zurück und ließ den Blick auf Boubas weißer Bettdecke ruhen, von der sich seine dunkle Hand abhob wie ein Nutellaklecks.

Nach einer Weile sagte sie zu niemand Bestimmtem: »Wie hat das bloß kommen können, dass der Mord im Festsaal passiert ist? Und wieso hat Ottmar mit meinem Fleischklopfer zugeschlagen? Wo hat er denn den überhaupt hergehabt?«

Erstaunlicherweise war es Felizitas, die darauf antwortete: »Innocent ist an dem Tag in den Festsaal hinaufgegangen, weil er dir einen Gefallen tun und die Spinnweben von den Deckenbalken abkehren wollte. Er hatte den Fleischklopfer dabei.«

Eva glaubte, sich verhört zu haben. »Er hatte was?«

»Innocent hat mich nach einem Hammer gefragt«, erklärte Felizitas. »Weil er im Saal oben nicht nur Spinnweben abkehren, sondern auch was annageln wollte. Am Tresen, glaub ich. Ich hab den Hammer aus der Werkzeugschublade in der Küche geholt, aber bei dem war der Stiel locker. Da haben wir uns auf die Suche nach einem andern gemacht, haben die Schubladen in der Gemeinschaftsküche durchgeackert und da den Fleischklopfer entdeckt. Innocent hat gemeint, der würde es auch tun.«

»Und wie kam Ottmar ...« Eva ließ den Rest in der Luft hängen.

Mark antwortete ohnehin bereits: »Er hat von der Straße aus gesehen, dass Innocent im Saal oben zugange war, und ist über die Außentreppe hinaufgegangen. Wollte mit ihm reden, weil klar gewesen ist, dass Innocent drauf und dran war, die ganze Umweltverpestung auffliegen zu lassen. Er hat ihm Geld geboten und einen festen Job. Dafür sollte Innocent den Mund halten. Aber er ist hart geblieben, da hat sich Ottmar den Fleischklopfer gekrallt und zugeschlagen.«

Eva fiel auf, dass Felizitas über etwas nachgrübelte. Was machte ihr zu schaffen?

Sie fragte sie danach.

»Ottmar muss sich in letzter Zeit heimlich bei uns im Haus herumgetrieben haben«, antwortete Felizitas.

Kann gut sein, dachte Eva. Vielleicht wollte er herauskriegen, ob sich Innocent Notizen oder gar Fotos von dem Schacht gemacht hat.

Aber wie kam Felizitas auf die Vermutung, Ottmar wäre durchs Haus geschlichen, um danach zu suchen?

Widerwillig rückte ihre Nichte damit heraus, dass sie in Innocents Zimmer gewesen war.

Natürlich, das und was da geschehen war, wusste Eva ja aus dem Tagebuch.

Wahrscheinlich hatte Ottmar mehr als einen Anlauf gebraucht, bis sich ihm die Möglichkeit bot, in Innocents Zimmer vorzudringen. Als es ihm endlich gelang, hatte er Felizitas dort entdeckt und sie dabei beobachtet, wie sie Innocents Sachen durchsuchte. Dabei hatte er festgestellt, dass sie irgendetwas Belastendes gefunden hatte, und es ihr abgenommen.

Eva spürte, wie etwas an ihren Gedanken nagte, und konzentrierte sich darauf. Dieses Etwas hatte sich gemeldet, als Felizitas die Werkzeugschublade in ihrer Küche erwähnt hatte. Plötzlich nahm es Gestalt an.

Mit einer heftigen Bewegung wandte sie sich an Karl. »Du bist das gewesen. Du hast den Ratschenschlüssel vom Tisch genommen und in die Schublade getan.«

»Da gehört er ja hin«, verteidigte er sich.

»In meiner Wohnung räum ich selber auf.«

Karl nickte gutmütig. »Weiß ich doch. Aber der Ottmar

hat an dein Küchenfenster geklopft und gefragt, ob wir nicht eine Halbe trinken wollen.« Seine Miene wurde streng. »Da sagt man nicht Nein bei uns in Zirnding. Da stellt man zwei Flaschen auf den Tisch. Deswegen hab ich ihn abgeräumt.«

»Und wo hast den Stein hingetan?«

»Der Patient darf nicht überanstrengt werden.« Eine Schwester war hereingekommen und komplimentierte sie hinaus.

Karl hatte den Stein auf eins der Fensterbretter gelegt, weil er ihn bei Gelegenheit mit in den Garten nehmen wollte.

Als Beweismittel spielt er sowieso keine Rolle mehr, dachte Eva. Ottmar Benn hat ja bereits alles gestanden.

Aber sie war noch nicht ganz fertig mit ihrem Verhör und setzte es auf dem Flur fort. »Hast du die Angelschnur verschwinden lassen?«

Karl schüttelte den Kopf. Von einer Angelschnur hatte er nichts gewusst. Er war neulich nur deswegen bei den Furthwiesen gewesen, weil er wissen wollte, ob die Wildschweine wirklich so viel Schaden anrichteten, wie behauptet wurde, war durch ein Waldstück gegangen und an der Unfallstelle herausgekommen.

Ottmar selbst musste die Angelschnur irgendwann abgeschnitten haben.

Oder doch Maxenberger?, überlegte Eva. Aber auch das war jetzt egal.

Fast unvorstellbar erschien ihr, wie zielstrebig und entschlossen Ottmar gehandelt hatte, als Bouba am Unfalltag das Fischwasser entlang in Richtung Schuppen geradelt war. Er hatte sich offenbar unverzüglich in den Wald geschlichen und die Falle aufgebaut, in die Bouba auf dem Rückweg tappen sollte.

Eva sah sich nach Mark um, weil sie ihn fragen wollte, ob Ottmar etwas dazu ausgesagt hatte. Sie sah ihn ein Stück von ihr und Karl entfernt mit Zita zusammenstehen und leise mit ihr reden. Die Mienen der beiden waren ernst.

»Stimmt was nicht?«, fragte Eva.

»Alles easy«, antworteten sie wie aus einem Mund.

Eva wandte sich von ihnen ab, weil sie schwere Schritte näher kommen hörte.

Im nächsten Moment tauchte Sepp Maxenberger auf. Sein rundes Gesicht leuchtete wie ein roter Lampion. Der platzt gleich vor Stolz, dachte Eva. Glaubt wahrscheinlich, dass *er* den Täter überführt hat. Dann wollen wir doch mal sehen, ob er ihn gründlich genug vernommen hat. »Der Ottmar hat also alles gestanden. Hat er dir zufällig auch verraten, woher er die Drogen bezieht, die er in seinem Fischschuppen lagert und an unsere Kinder verticht?«

Maxenberger musste eine Weile nachdenken. Dazu legte er die Stirn in Falten und dimmte den Lichtschimmer. Plötzlich strahlte er wieder. »Die bunten Pillen, die der Ottmar zwischen dem Fischfutter lagert, besorgt der Anton Benn über einen Kontaktmann in Tschechien. Den hab ich heut früh schon bei den Kollegen drüben zur Fahndung gemeldet.«

Eva holte tief Luft. Chantal und Tobi hatten vermutlich nicht im Mindesten geahnt, auf was sie sich einließen, als sie von Ottmar Benn die ersten Pillen gekauft hatten. Erst als er sie am Haken hatte, bedroht und unter Druck gesetzt hatte, waren ihnen die Augen aufgegangen, aber da konnten sie nicht mehr zurück.

Sie horchte wieder auf, als sie Maxenberger zu Karl sagen hörte: »Sieben Schuss. Mit sieben Schuss ham wir drei Wildsäu erlegt, der Frieder und ich. Vorgestern is das gewesen. In den Furthwiesen. Auf die Nacht zu, da kommens raus, die Viecher. Eine ham wir noch durch den Wald brechen hören, die ham wir aber nicht erwischt.«

Eva lehnte sich an die Wand und schloss die Augen. Es hatte nicht viel gefehlt und Maxenberger hätte sie mit einem Blattschuss erledigt.

Danksagung

Die Idee zu diesem Krimi verdanke ich »Good Mama«. Wir sind eines Abends ganz zufällig beim »Alten Bier« in einer Gaststätte zusammengetroffen und ins Gespräch gekommen. Was »Good Mama« mir dabei über die Asylunterkunft, die sie damals noch führte, erzählt hat, ist größtenteils in den Text eingeflossen. Die Handlung des Krimis ist natürlich ebenso erfunden wie sämtliche Personen.

Wie immer danke ich an dieser Stelle meiner Familie und meinen Freunden für ihr Verständnis, meiner Lektorin Stefanie Rahnfeld für ihre Unterstützung, dem Emons-Team für den unermüdlichen Einsatz und Dr. M. Auer von der Aulo Literaturagentur für den Rückhalt.

Lust auf mehr? Laden Sie sich die »LChoice«-App runter, scannen Sie den QR-Code und bestellen Sie weitere Bücher direkt in Ihrer Buchhandlung.

Andere Kriminalromane von Erfolgsautorin Jutta Mehler:

Alle Titel sind auch als eBook erhältlich.

Krimis mit Fanni Rot

Saure Milch
ISBN 978-3-89705-688-6

Honigmilch
ISBN 978-3-89705-784-5

Milchschaum
ISBN 978-3-89705-803-3

Magermilch
ISBN 978-3-89705-898-9

Milchrahmstrudel
ISBN 978-3-89705-963-4

Eselsmilch
ISBN 978-3-95451-006-1

Milchbart
ISBN 978-3-95451-285-0

Wolfsmilch
ISBN 978-3-95451-532-5

Milchlinge
ISBN 978-3-95451-804-3

Milchreis
ISBN 978-3-7408-0067-3

Krimis mit Hilde, Thekla und Wally

Mord und Mandelbaiser
ISBN 978-3-95451-168-6

Mord mit Streusel
ISBN 978-3-95451-396-3

Mord mit Marzipan
ISBN 978-3-95451-664-3

Mord mit Schokoguss
ISBN 978-3-95451-998-9

Mord mit Buttercreme
ISBN 978-3-7408-0195-3

Weitere Titel

Moldaukind
ISBN 978-3-89705-452-3

Am seidenen Faden
ISBN 978-3-89705-504-9

Schadenfeuer
ISBN 978-3-89705-580-3

Der kleine Flüchtling
ISBN 978-3-95451-090-0

www.emons-verlag.de